정비석 장편소설

小說 **초한지** 楚漢志

③

범우사

차 례

진시황제 秦始皇帝

초패왕 항우楚霸王 項羽

여후 치呂后 雉

漢高祖 姓劉名邦字季

한고조 유방 漢高祖 劉邦

한신韓信　　　　　　　소하蕭何

장량張良　　　　　　　진평陳平

제3권 풍운조화風雲造化

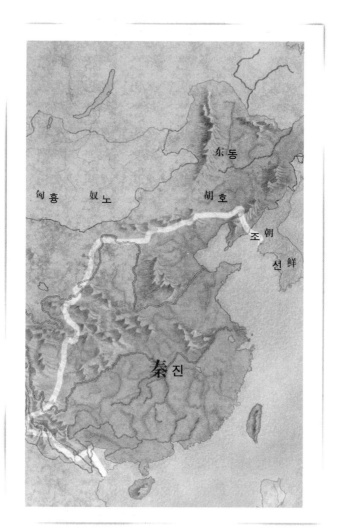

진秦 통일의 시대(B.C. 210년 전후)

상이냐, 벌이냐

시황제의 무덤을 파헤치고 그 속에서 부장품副葬品을 꺼내 온 것은 항우의 커다란 실책이었다. 그나 그뿐이랴. 부장품을 꺼내고 난 뒤에 지하 아방궁阿房宮에 불까지 질러 버린 것은 더더욱 커다란 실책이었다.

그로 인해 백성들 간에는,

'항우라는 자는 진시황보다도 더 무섭고 무지막지한 폭군이로다!'

하는 소문이 파다하게 퍼져 나갔다.

더구나 항우는 초패왕으로 등극하고 나서도 생사고락을 같이 해 온 장수들에게 논공행상論功行賞조차 베풀어 주지 않아서, 그들 역시 항우에게 불평이 대단하였다.

범증은 그러한 사태를 알고 항우에게 간한다.

"진나라를 정벌하신 지가 이미 오래이온데, 대장들에게 아직도 논공행상을 내려 주지 않으셔서 모두들 섭섭하게 생각하고 있사옵니다. 바라옵건대, 대왕께서는 그들을 후백侯伯에 봉하시고 빨리 임지에 부임하여 국토를 튼튼히 수호하게 하시옵소서."

항우는 그 말을 듣고 고개를 끄덕이며 말한다.

"좋은 말씀이오. 그러면 논공행상을 베풀기로 합시다. 그런데 정작 논공행상을 베풀려고 하니 문제의 인물이 하나 있구려. 패공 유방을 어떻게 처우處遇했으면 좋겠소?"

항우는 '관중왕關中王'의 자리를 유방에게서 억지로 빼앗아 오기는 했지만, 그렇다고 유방의 존재를 전연 경시해 버릴 수는 없었던 것이다. 범증은 한동안 생각해 보다가 대답한다.

"유방을 한왕漢王에 봉하여, 파촉巴蜀으로 보내 버리시면 좋을 줄로 아뢰옵니다."

"유방을 파촉으로?"

"유방을 패상에 그냥 머물러 있게 하면, 그는 실력을 배양해서 어떤 짓을 할지 모르옵니다. 그러나 '한왕'이라는 명목으로 멀리 파촉으로 쫓아 버리면, 감히 배반할 생각을 하지 못하겠기 때문입니다."

"파촉으로 보내 버리면 딴 짓을 못 할 것 같소이까?"

"물론 그렇습니다. 파촉은 워낙 첩첩 태산인 산간 벽지이기 때문에 그곳은 사람도 적고 물산도 없어서 대군大軍을 양성하기가 어려울 것이옵니다. 군사가 없이 어떻게 모반을 도모할 수 있으오리까. 한왕에 봉하여 파촉으로 보내 버리기만 하면 유방은 어쩔 수 없이 거기서 늙어 죽고 말게 될 것이옵니다."

항우는 그 말을 듣고 무릎을 치며 좋아하였다.

"참 기막힌 계책이오. 유방만 맥을 못 추게 해놓으면, 천하는 절로 내 것이 될 게 아니겠소?"

"대왕 전하! 그러하옵니다. 그러니까 논공행상이라는 명목으로 유방을 하루속히 파촉으로 쫓아 버리도록 하시옵소서."

항우는 범증의 말을 옳게 여겨, 유방을 비롯한 모든 대장들에게 '논공행상을 거행할 테니, 침주로 모두들 모이라'는 명령을 내렸다.

유방은 항우의 소집장을 받아 보고 매우 난처하였다. 호락호락 달려가자니 위신 문제요, 그렇다고 항우의 명령을 묵살해 버리자니 후환이 두렵기 때문이었다.

유방은 생각다 못해 중신 회의를 열었다.

"항우가 내게서 관중왕의 자리를 빼앗아 가더니, 이제는 논공행상을 하겠노라고 하면서 호출장을 보내 왔으니, 이 일을 어찌했으면 좋겠소?"

소하가 머리를 조아리며 아뢴다.

"지금 형편에 항우의 명령을 묵살해 버렸다가는 보복이 두렵사오니, 먼 장래를 생각하시어 가시는 것이 좋을 줄로 아뢰옵니다."

"경솔하게 달려갔다가 만약 만인 좌중에서 모욕이라도 당하는 날이면, 그 일을 어떻게 감당하겠소?"

소하가 다시 아뢴다.

"천만 다행하게도 장량 선생이 지금 항우의 막하에 머물러 계시옵니다. 그러므로 일단 침주에 가셔서, 모든 일을 장량 선생과 상의하시면 되실 것이옵니다."

"그러면 장량 선생을 믿고, 용기를 내어 가보기로 하겠소이다."

유방이 항우를 찾아오니, 항우는 용상에 높이 올라앉아 유방을 완전히 부하 취급하였다. 더구나 논공행상을 거행하게 되자, 항우는 용상에 덩실하니 높이 올라앉아 있었고, 유방은 다른 장수들과 함께 단하에 꿇어앉아 있어야만 하는 처지가 되었다.

그 식전式典에는 장량도 항우의 등 뒤에 배석해 있었다. 장량은 단하에 꿇어앉아 있는 유방과 시선이 마주치자, 아무도 모르게 고개를 여러 번 끄덕이며 반가운 표정을 나타내 보인다.

이윽고 군정사軍政司가 항우의 명령을 따라, 다음과 같은 논공문을 읽어 내려간다.

1. 유방 장군을 한왕漢王에 봉하노니, 남정南鄭에 도읍하여 파촉巴蜀 41현縣을 다스리도록 하라.

2. 장한章邯 장군을 옹왕雍王에 봉하노니, 폐구廢丘에 도읍하여 진령 秦領 38현을 다스리도록 하라.

3. 사마흔司馬欣 장군을 색왕塞王에 봉하노니, 역양櫟陽에 도읍하여 진령 11현을 다스리도록 하라.

4. 동예董翳 장군을 적왕翟王에 봉하노니, 고노高奴에 도읍하여 서진 西秦 38현을 다스리도록 하라.

5. 영포英布 장군을 구강왕九江王에 봉하노니, 육합六合에 도읍하여 북진北秦 45현을 다스리도록 하라.

이상과 같은 논공행상을 수없이 낭독하고 나서 끝으로 이렇게 읽 는다.

1. 범증 군사를 승상에 제수하여 '아부亞父'로 존칭하고,

2. 항백項伯 장군을 상서령尙書令에 제수하여 대왕을 측근에서 보필하 게 하고,

3. 종이매鍾離昧 장군을 우사마右司馬로, 계포季布 장군을 좌사마左司 馬로 삼아 대왕의 경호 책임을 맡게 한다.

유방은 완전히 부하 취급을 당하는 바람에, 모욕감을 금할 길이 없었다. 명색은 비록 '한왕'이라고 하지만, 사람이 살지 못할 심심 산중으로 정배를 보내는 것과 무엇이 다르단 말인가.

'관중왕의 자리를 빼앗아 간 주제에, 나를 이렇게까지 홀대할 수 가 있을까. 내가 아무리 참을성이 많기로, 이것만은 묵과할 수 없는 일이다!'

유방은 항의를 할 생각에서 얼굴을 들어 항우를 정면으로 쏘아보 았다. 그러자 그 순간, 단상에 앉아 있던 장량이 손을 들어 유방을 누르는 손짓을 해 보인다. 말할 것도 없이 항의를 제기하지 말라는 신호였다.

유방은 그래도 참을 수가 없어, 몸을 움직여 일어서려 하였다. 그러자 장량은 부랴부랴 자리에서 일어서더니, 항우에게 이렇게 말한다.

"대왕 전하! 논공행상을 끝내셨으니, 이제는 제후들에게 축배를 나눠 드리도록 하소서."

유방에게 항의할 기회를 주지 않으려고, 장량은 일부러 그런 태 도를 취했던 것이다.

이윽고 항우가 주최하는 축하연이 성대하게 베풀어졌다. 논공행 상을 받은 장수들은 저마다 술잔을 나누며 크게 떠들어대고 있었 다. 그러나 유방은 화가 동하여 술을 마실 기분이 나지 않았다. 장 량이 가까이 다가오더니 속삭이듯 말한다.

"아무리 불쾌하시더라도, 오늘은 아무 말씀도 하지 마시옵소서. 축하연이 끝나거든, 이번에는 저도 패공을 모시고 패상으로 돌아가 기로 하겠습니다."

유방은 그 소리에 귀가 번쩍 틔는 것만 같다.

"선생이 나와 함께 패상으로 돌아가 주신다면, 그처럼 기쁜 일이 없겠소이다. 그러나 항우가 선생을 돌려보내려 하겠습니까?"

"그 문제는 제가 알아서 해결하겠습니다."

그로부터 얼마 후, 장량은 항우 옆에 다가와 이렇게 말했다.

"진나라를 평정하는 대업을 이미 완성하셨으니, 저는 오늘로서 패공과 함께 일단 패상으로 돌아가기로 하겠습니다."

항우는 그 말을 듣고 매우 못마땅한 듯,

"아니, 나는 자방더러 언제까지나 나를 도와 달라고 했는데, 자방은 나보다도 패공을 도와주고 싶어서 내 곁을 떠나겠다는 말씀이오?"

하고 노골적으로 나무란다.

장량은 얼른 이렇게 대답하였다.

"대왕의 말씀은 오해의 말씀이시옵니다. 이 곳을 떠나려는 것이 아니옵고, 저의 고국인 한韓나라로 돌아가기 위해 이 곳을 떠나려는 것이옵니다. 한왕께서 저를 이 곳으로 보내 주실 때, 진나라가 평정되거든 그날로 본국에 돌아오라는 엄명이 계셨던 것이옵니다. 그러므로 이제는 본국으로 돌아가야 할 때가 되었기에, 일단 패상에 들러 짐을 꾸린 후 즉시 본국으로 돌아갈 생각입니다."

항우는 그제야 오해가 풀린 듯,

"본국으로 돌아가겠다면 어쩔 수 없는 일이구려."

하고 유방과 함께 돌아가기를 허락해 주었다.

파촉巴蜀 부임

유방은 장량과 함께 패상으로 돌아오자, 곧 중신 회의를 열고 항우에게 설움당한 일을 솔직하게 말해 주었다.

모든 중신들이 그 말을 듣고 한결같이 분개하는 중에 조참曹參이 이를 갈며, 소리 높여 말한다.

"주공께서는 마땅히 관중왕이 되셔야 할 어른이시온데, 파촉으로 쫓겨가신다는 것은 말도 안 되는 일이옵니다. 그것은 귀양살이를 가는 것이지, 그게 어디 논공행상입니까. 필연코 범증이라는 자가 뒤에 숨어서 그런 책동을 하고 있음이 분명합니다. 사태가 이렇게 된 이상에는, 파촉으로 쫓겨갈 게 아니라 무력으로 결판을 내야 합니다."

대장 왕릉도 조참의 의견에 찬동하면서 말한다.

"그렇습니다. 파촉으로 쫓겨가면, 우리가 어느 세월에 고향에 돌아올 수 있겠습니까. 싸우다가 몰살을 당하는 한이 있어도, 우리는 정정 당당하게 싸움으로 결판을 내야 합니다."

그러자 번쾌도 덩달아,

"소장은 두 분의 말씀을 전폭적으로 지지합니다. 만약 싸움을 하게 되면, 소장을 선봉장으로 임명해 주시옵소서. 그러면 소장은 항우의 군사를 남기지 않고 괴멸시켜 버리겠습니다."

하고 큰소리로 외치기까지 하였다.

유방은 그들의 말을 들을수록 새삼스럽게 울화가 치밀어 올랐다.

"세상이 다 알고 있다시피 초회왕께서는 '함양을 먼저 점령하는 사람이 관중왕이 되어 함양에 도읍하라'고 분명히 말씀하셨소. 그런데 항우는 왕명을 무시하고 '초패왕'이라고 자칭해 가면서 나를 파촉으로 쫓아 보내려고 하니, 이런 기막힌 일이 어디 있단 말이오. 파촉은 사람의 왕래조차 어려운 첩첩 산중이니, 그곳에 가면 다시는 고향에 돌아오지 못하게 될 것이오."

유방은 감정이 격해져서, 그 역시 모든 것을 전쟁으로 해결하려는 방향으로 몰아가고 있었다.

그러자 소하가 침착하게 입을 열어 말한다.

"주공께서는 감정에 치우치지 마시옵고, 이 문제를 어디까지나 냉철하게 판단해 주시옵소서. 파촉이 제아무리 첩첩 산중이기로, 항우와 싸워서 참패하느니보다는 파촉으로 가는 편이 훨씬 유리하다고 신은 생각하는 것이옵니다. 그 옛날 탕왕湯王과 무왕武王은 만인지상萬人之上이 되기 위해, 일시는 패자覇者에게 굴복을 감수했던 고사故事도 있사오니, 주공께서는 그들의 지혜를 본받도록 하시옵소서. 파촉이 비록 불모의 벽지라고는 하오나, 그 대신 외적의 침략을 받지 않을 이로움은 있사옵니다. 우리가 그런 안전지대에 가서 현사賢士들을 모으고 백성들을 규합하여 군사 훈련을 강력히 시행하면, 천하를 도모하는 대사업도 능히 성취할 수가 있을 것이옵니다."

유방은 그 말을 듣고 용기가 크게 솟아 장량에게 묻는다.

"장량 선생은 어떻게 생각하시오?"

장량이 즉석에서 대답한다.

"저는 소하 대인의 의견에 전적으로 찬동합니다."

유방이 다시 묻는다.

"그 이유는?"

장량이 머리를 조아리며 다시 대답한다.

"파촉이라는 곳은, 진나라에서 죄인을 정배 보내던 곳인 것만은 사실입니다. 그러나 조금 전에 소하 대인께서 지적하신 바와 같이, 파촉은 산이 많고 길이 험하여 외침을 받을 염려가 전연 없는 곳이옵니다. 따라서 이쪽에서 실력만 길러 놓으면 항우의 백만 대군도 능히 정벌할 수가 있을 것이니, 그 어찌 나쁜 곳이라고만 말할 수 있으오리까. 바라옵건대, 패공께서는 낙심 마시고 하루속히 파촉으로 들어가시어 권토중래捲土重來의 대사업을 도모하도록 하시옵소서. 만약 패공께서 파촉으로 떠나실 날짜를 지연시키면, 또 어떠한 불상사가 발생할지 모르옵니다."

"불상사라뇨? 그것은 무엇을 말씀하시는 것이오?"

장량은 근엄한 얼굴로 대답한다.

"범증은 자나깨나 패공을 살해할 계획을 꾸미고 있음을 패공께서는 왜 모르시옵나이까. 만약 패공께서 파촉으로 속히 부임해 가지 않으면, 저들은 우리가 싸울 채비를 하고 있는 줄로 잘못 알고, 백만 대군으로 우리에게 쳐들어오게 될 것입니다."

유방은 그 말을 듣고 적이 놀랐다. 그러면서도 얼른 마음이 내키지 않아, 아직도 주저하는 빛을 보였다.

그러자 이번에는 여이기 노인이 유방에게 말한다.

"주공께서 파촉으로 가시면 '세 가지의 이로움'이 있사옵고, 함양에 그냥 눌러 계시면 '세 가지의 해로움'이 있사옵니다."

유방이 반문한다.

"세 가지의 이로움과 세 가지의 해로움이란 어떤 것을 말씀하는 것이오?"

여 노인이 대답한다.

"파촉은 워낙 내왕이 험난한 곳인 까닭에 우리가 그곳에서 무슨 일을 꾸며도 적이 알지 못할 것이니, 그것은 이로운 점의 첫째이옵고, 지세가 험난한 곳에서 군마軍馬를 조련하면 전투력이 유난히 강해질 것이니, 그것은 이로운 점의 둘째이옵고, 후일에 우리가 관중으로 쳐나올 경우에는, 군사들은 모두가 고향으로 돌아간다는 기쁨에서 사기가 백 배로 왕성해질 것이니, 그것은 이로운 점의 셋째입니다. 우리에게는 그처럼 이로운 점이 많은데, 주공께서는 어찌하여 파촉으로 가기를 주저하시옵니까?"

유방은 미처 몰랐던 일을 깨우쳐 주는 바람에 크게 기뻤다. 장량과 소하도 여 노인의 말에 고개를 끄덕이며 감탄해 마지않는다. 유방이 여 노인에게 다시 묻는다.

"선생의 말씀을 들어 보니, 과연 그럴듯하구려. 함양에 그냥 눌러 있으면 세 가지의 해로움이 있다고 말씀하셨는데, 세 가지의 해로움이란 어떤 것을 말씀하시는 것이오?"

여 노인은 머리를 조아리며 대답한다.

"세 가지의 해로운 점에 대해 말씀 올리겠습니다. 함양은 한韓 · 위魏 등과 지리적으로 가까운 곳인 관계로 우리가 함양에 머물러 있으면, 군사기밀軍事機密이 외국에 속속들이 새어나가게 될 테니, 그 점은 해로움의 첫째이옵니다."

유방은 고개를 끄덕인다.

"과연 그렇구려. 그러면 둘째, 셋째의 해로움은 무엇이오?"

"둘째는, 우리가 군사를 일으켜 항우를 치려고 할 경우에, 범증은 우리의 실력을 미리 알고 있다가 우리의 허점을 선수로 찔러올 것이니, 그것이 해로움의 둘째이옵니다."

"음! 과연 옳은 말씀이오. 셋째는?"

"셋째는, 사람의 마음이란 간사하기 짝 없는 것이어서 항우가 우리보다도 실력이 강한 까닭에, 백성들은 우리를 버리고 항우편에 가담하려고 할 것이니 그것이 해로움의 셋째이옵니다. 이해 관계가 그처럼 크오니, 주공께서는 일시적인 불만을 참으시고 파촉으로 들어가서서 천하를 새로 도모하도록 하시옵소서. 이제부터라도 와신상담臥薪嘗膽의 각오만 가지면, 머지않아 천하를 얻게 될 것은 결코 어려운 일이 아니옵니다."

유방은 그 말을 듣고 크게 기뻤다.

"선생의 말씀을 듣고, 나는 크게 깨달았소이다. 그러면 지금부터 모두가 파촉으로 들어가 설욕의 대업을 완수해 보기로 합시다."

그러자 장량이 머리를 조아리며 유방에게 아뢴다.

"저만은 이 곳에서 작별을 고하고, 본국으로 돌아가게 해주시옵소서."

유방은 그 말을 듣고 깜짝 놀랐다.

"선생께서 나를 버리고 본국으로 돌아가시다니, 그게 무슨 말씀입니까. 선생이 돌아가시면, 나는 누구와 더불어 천하를 도모하라는 말씀입니까?"

장량은 미소를 가볍게 지으면서 말한다.

"제가 없더라도 패공의 휘하에는 소하 장군을 비롯하여 여이기·번쾌 장군 등등 현사들이 기라성같이 많으므로, 인재의 부족은 조금도 느끼시지 않으실 것이옵니다."

그러자 소하·여이기·번쾌 등이 장량의 손을 움켜잡으며 간청한다.

"저희들은 오로지 선생만을 믿고 대업을 도모하려고 했던 것이옵니다. 그런데 선생께서 떠나가시면 저희들은 어떡하라는 말씀이옵니까?"

유방도 장량의 손을 움켜잡고 눈물로 만류하는 바람에 장량은 어쩔 수 없이 파촉으로 함께 떠나게 되었다.

그러나 함양을 등지고 파촉으로 떠나려는 유방의 심정은 처량하기 그지없었다. 가도 가도 태산뿐인 파촉 만리萬里로 가는 것은 귀양살이를 떠나는 것과 다름이 없기 때문이었다. 그러나 아니 갈 수도 없는 길이기에 눈물을 머금고 떠나려고 하는데, 홀연 항우로부터 난데없는 호출장이 날아왔다.

급히 상석할 일이 있으니, 즉시 출두하라!

도대체 항우는 무슨 용무로 유방을 긴급히 호출한 것일까. 거기에는 다음과 같은 사유가 있었다. 항우를 부추겨 유방을 파촉으로 쫓아 보내도록 책동한 사람은 다른 사람 아닌 범증이었다. 말하자면 범증은 유방을 파촉으로 쫓아 보내는 일에 보기 좋게 성공한 셈이었다. 그러나 범증은 그 일에 성공하고 나서, 금목수화토金木水火土 오행五行으로 점을 쳐보다가 소스라치게 놀랐다.

'아차! 유방을 파촉으로 보내는 것이 아니었는데, 내가 커다란 실수를 저질렀구나!'

범증은 자신의 실수를 깨닫고 크게 당황하였다. 그러면 무엇이 어떻게 잘못되었다는 것일까. 그 사유는 이러하였다. 유방이라는 인물을 오행으로 따지면 그는 화덕火德을 타고난 사람이었다. 그러기에 유방은 자기 군대의 깃발도 붉은 빛깔을 쓰고 있었다. 그런데 유방이 부임해 가게 될 파촉은 서쪽으로서, 서방西方은 금金에 해당한다. 오행점에는 '금이 불을 만나면 대성한다〔金得火大〕'는 점괘가 있다. 그 점괘대로 판단한다면, 유방은 파촉으로 가면 망하기는커 녕 오히려 크게 일어날 것이 분명하였다.

'내가 일생 일대의 과오를 범할 뻔했구나. 이제라도 늦지 않으니, 무슨 술책을 써서라도 유방을 파촉으로 보내지 말아야 한다.'

범증은 마음을 그렇게 먹고 부랴부랴 항우한테로 달려왔다. 그러 나 자기가 꾸며 놓은 일을 자기 입으로 번복하기는 위신에 관계되 는 일이므로, 범증은 항우에게 이렇게 꾸며대었다.

"유방은 파촉으로 가라는 왕명을 받들었을 때, 귀양살이를 가는 줄로 알았는지 매우 불만스런 표정이었습니다. 어쩌면 파촉으로는 가지 않을지도 모르니까, 대왕께서는 유방을 직접 부르셔서 확답을 들어 보시도록 하시옵소서."

항우는 고개를 끄덕이면서 묻는다.

"직접 물어 보아서, 만약 파촉으로 가고 싶지 않다고 하면 어떡해 야 하겠소?"

"만약 자기 입으로 가고 싶지 않다고 대답한다면, 그것은 대왕의 명령을 거역하는 것에 다름없으니 마땅히 참형에 처해 버리심이 옳 을 줄로 아뢰옵니다."

유방을 살려 두었다가는 반드시 후환이 있을 것 같아서, 범증은 무슨 수를 써서라도 유방을 죽여 없애고 싶었던 것이다.

"음……, 군사의 말씀을 들으니 과연 그렇기도 하구려. 나의 명 령에 복종하지 않는 자를 살려 둘 수는 없는 일이지. 그러면 유방을 곧 호출하도록 하오."

이리하여 유방을 긴급 호출하게 되었던 것이다. 그러한 사유를 알 턱 없는 유방은, 생각지도 않았던 호출장을 받고 적잖이 불안하 였다. 유방은 장량을 불러 호출장을 내보이며 묻는다.

"노공이 느닷없이 이런 호출장을 보내 왔는데, 이 문제를 어떻게 처리하면 좋겠소이까?"

장량은 호출장을 세밀하게 검토해 보고 나서 이렇게 대답한다.

"무슨 용무로 오시라는 것인지, 이 호출장만 읽어 보아서는 전연 짐작이 가지 아니합니다. 그러나 호출장을 받고 나서 가시지 않으면 '명령 불복종'이 성립되니까, 가시기는 가셔야 하겠습니다."

"왜 이런 호출장을 보내 오게 되었는지, 선생으로서도 짐작이 아니 가신다는 말씀이오?"

장량은 눈을 감고 한동안 심사숙고하다가 다시 입을 열어 대답한다.

"추측컨대, 이번 일도 범증의 짓이 아닌가 싶사옵니다."

"범증이 무슨 일로 이런 장난을 친다는 말씀이오?"

장량이 다시 대답한다.

"범증은 지략도 비상하지만, 선견지명先見之明도 대단한 인물입니다. 그러기에, 그는 항우의 장래를 위해서는 패공을 반드시 없애 버려야 한다고 생각하고 있사온데, 이번에도 무슨 구실을 잡아서든 패공을 해치기 위해 부른 것이 아닌가 짐작되옵니다."

유방은 그 말을 듣고 크게 불안하였다.

"나를 죽이기 위해 부른다면, 내가 가서는 안 될 것이 아니오?"

"가시지 않으면, 그 자체로써 '명령 불복종'의 죄가 성립되니까, 어떤 일이 있어도 가시기는 가셔야 합니다."

"그러면 죽음을 각오하고 가라는 말씀인가요?"

"거기에 대한 대책은 간단합니다. 패공께서 항우를 만나시면, 항우는 패공을 처벌할 구실을 찾기 위해 여러 가지로 질문하게 될 것입니다. 그러면 패공께서는 어떤 질문을 받으시든 간에 '모든 것은 대왕 전하의 분부대로 거행하겠습니다'라고만 대답하시옵소서. 항우는 우직하고도 단순한 인품이기 때문에 패공께서 그렇게만 대답하시면 어떤 위험도 모면하실 수가 있을 것이옵니다."

"고맙소이다. 그러면 선생의 말씀대로 노공을 만나러 가기로 하겠소이다."

유방은 용기를 내어 항우를 만나려고 침주로 향하였다. 항우는 유방을 만나자, 대뜸 다음과 같은 질문을 퍼붓는다.

"내가 패공을 '한왕'으로 봉한 지가 이미 여러 날이 지났건만, 공은 어찌하여 아직도 임지에 부임하지 않고 있소? 공은 파촉으로 떠나기가 싫어서, 패상에 그냥 눌러 있으려고 하는 것은 아니오?"

유방은 장량으로부터 미리 주의를 받은 일이 있기에, 항우에게 머리를 조아리며 이렇게 대답하였다.

"황공하옵게도 신은 한왕에 임명된 것을 무상의 영광으로 생각하고 있사옵는데, 파촉으로 가는 것을 어찌 마다하겠나이까. 신은 오직 대왕의 명령에 복종이 있을 뿐이옵니다."

항우는 그 대답을 듣고 매우 만족스러운 기색이었다. 그러면서도 어딘가 석연하지 않게 느껴져서 말한다.

"그렇다면 어찌하여 임지로 속히 떠나가지 아니하고, 아직도 패상에 그냥 머물러 있느냐 말이오?"

유방은 다시금 머리를 조아리며 대답한다.

"많은 식구가 먼 길을 한꺼번에 떠나자니, 준비 관계로 출발이 다소 지연되고 있으나, 불원간에 떠날 생각입니다."

유방은 거기까지 말하고 잠시 뜸을 두었다가, 이번에는 머리를 깊이 수그려 보이며 다시 말한다.

"이 기회에, 신은 평소에 생각하고 있던 바를 대왕 전에 한 말씀만 여쭙고 싶사옵니다."

"무슨 얘긴지 어서 말해 보오."

"그러면 한 말씀만 여쭙겠사옵니다. 신은 마치 대왕께서 애용하시는 말[馬]과 같은 몸이어서, 대왕께서 채찍질을 하시면 무조건 앞으로 앞으로 달려나갈 것이옵고, 만약 대왕께서 고삐를 당기시면 그 자리에 멈춰 서서 그 다음의 명령을 기다릴 것이옵니다. 그 점만은 신을 의심치 말아 주시옵소서."

유방은 물론 언제까지나 항우의 그늘에서 종신할 생각은 꿈에도 없었다. 그러나 먼 장래의 대성을 위해서는, 그만한 아첨은 어쩔 수 없이 필요하다고 생각했던 것이다. 그러나 항우는 그 말을 액면 그대로 믿고 지극히 흡족스러워하며, 소리를 크게 내어 웃는다.

"하하하, 패공이 자기 자신을 나의 말에 비유한 것은 명담 중의 명담이오. 그러면 속히 돌아가 파촉으로 빨리 부임해 가도록 하오."

이리하여 유방은 죽을 고비를 또 한 번 넘기고, 패상으로 무사히 돌아올 수 있었다. 범증은 유방이 이번에도 무사하게 돌아가는 것을 보고 또다시 한탄해 마지않았다.

'아아, 항우는 이번에도 유방을 죽이지 않고 무사히 돌려보내 주었으니, 이런 원통한 일이 어디 있단 말인가. 항우가 워낙 우직하여, 유방의 술책에 번번이 속아 넘어가고 있으니, 이제는 내가 직접 나서서 유방을 죽여 버리기로 하리라. 그렇지 않으면 유방에게 천하를 빼앗겨서, 언젠가는 나 역시 항우와 함께 유방의 손에 죽게 될 것이 아닌가?'

범증은 유방이 제왕의 천품을 타고난 인물임을 알고 있었기 때문에, 그를 지금 죽이지 않으면 항우와 자기가 그의 손에 죽게 되리라는 것을 확신하고 있었다. 그러기에 무슨 수를 써서라도 유방을 죽여 버리기로 결심하였다. 범증으로서는 그야말로 '네가 죽느냐, 내가 죽느냐' 하는 결사적인 투쟁이었던 것이다.

진평陳平의 계략

유방은 패상으로 돌아오자 항우와 만났던 이야기를 장량에게 소상하게 말해 주었다. 장량은 유방의 이야기를 다 듣고 나서 안도의 숨을 내쉬며 말한다.

"패공께서 '항우의 말〔馬〕이 되어 드리겠노라'고 말씀하신 것은 참으로 잘하신 말씀이셨습니다. 만약 그렇게 대답하지 않으셨다면, 범증은 무슨 트집을 잡아서라도 패공을 반드시 해치려 했을 것이옵니다. 그러나 범증은 워낙 집념이 강한 사람이기 때문에 아직도 마음을 놓을 수가 없으니, 하루속히 파촉으로 떠나도록 하십시다."

그러자 유방은 별안간 얼굴에 수심이 가득해지며 말한다.

"떠나기는 떠나야 하겠지만, 고향에 계시는 부모님을 버리고 떠날 수는 없는 일이 아니오. 항우에게 허락을 받아 일단 고향에 돌아가서 부모를 모시고 떠났으면 싶은데, 선생은 어떻게 생각하시오?"

유방의 부모는 그의 고향인 패현沛縣에 있었던 것이다. 장량은 대답하기가 곤란하였다. 아무리 급해도 부모님을 버리고 떠나자고는 할 수 없었기 때문이었다.

"그러면 고향에 가셔서 부모님을 모셔 오기까지 한 달 가량 말미를 달라고 항우에게 표문表文을 올리는 것이 좋을 것 같사옵니다."

"부모님을 그냥 내버려 두고 떠났다가는, 부모님께서 어떤 박해를 당하시게 될지도 모르니, 아무리 급하더라도 그렇게 해야 하겠소이다."

유방은 그날로 항우에게 '부모님을 모셔 오게 한 달 가량 부임을 연기해 달라'는 표문을 올렸다. 유방의 표문을 받아 보고 누구보다도 기뻐한 사람은 범증이었다.

'옳다, 됐다! 무슨 수를 써서라도 유방을 이번 기회에 죽여 버려야겠다. 이것은 하늘이 내려 주신 절호의 기회다.'

범증은 그렇게 생각하고 항우에게 품한다.

"대왕 전하! 유방이 이런 핑계 저런 핑계를 대며 파촉으로 떠나가기를 미루어 오고 있는 것은, 엉뚱한 생각이 있기 때문입니다. 그러므로 유방이 고향에 다녀오기를 일단 허락해 주시고 그의 부모를 우리가 먼저 붙잡아 오십시다. 우리가 그의 부모를 볼모로 붙잡아 두고 있으면, 유방은 배반을 하고 싶어도 못 하게 될 것이 아니옵니까?"

항우는 그 말을 옳게 여겨 유방에게 한 달 간의 말미를 허락해 주는 동시에, 패현으로 사람을 보내 유방의 늙은 부모를 강제로 연행해 왔다. 유방은 그런 줄도 모르고 부모를 모셔 가려고 고향에 와 보니, 부모는 온데간데없지 않은가.

사방으로 염탐을 해 보니, 수일 전에 항우의 군사들이 습격해 와서 늙은 부모를 강제로 납치해 갔다는 것이 아닌가. 유방은 크게 걱정하며 패상으로 부랴부랴 돌아와 장량과 상의하였다. 장량조차도 이번만은 크게 당황하며 말한다.

"사태가 매우 위급해 보이오니, 큰일을 당하기 전에 파촉으로 속히 떠나는 것이 좋을 것 같사옵니다."

유방은 눈물을 흘리며 대답한다.

"나만 살려고 늙으신 부모님을 사지死地에 버려 두고 떠날 수는 없는 일이 아니오? 나는 그렇게는 못 하겠소이다."

자식 된 도리로서 당연한 말이었다.

장량은 매우 난처하였다. 유방이 부모를 데리러 가면, 범증은 무슨 꼬투리라도 잡아서 유방을 죽여 없애려고 할 것이 분명했기 때문이었다. 장량은 심사숙고해 보다가 유방에게 이렇게 말했다.

"항백은 패공의 매제妹弟이옵고, 진평陳平은 진작부터 우리와 뜻이 통하는 사람이니, 제가 그들을 비밀리에 찾아가 그들과 대책을 상의해 보고 오겠습니다."

장량은 항백과 진평을 비밀리에 찾아가, 그쪽 사정을 물어 보았다. 항백이 대답한다.

"범증은 패공을 유인해다가 죽이려고 나의 장인 장모(유방의 부모)를 볼모로 잡아 두고 있는 중입니다. 따라서 패공이 부모님을 모시러 왔다가는 큰일납니다. 장인 장모님은 내가 맡을 것이니, 패공을 빨리 파촉으로 떠나가시도록 하소서."

그러나 장량은 여전히 난색을 표명하였다.

"패공의 부모님을 모시고 떠나기는 이미 틀렸다는 말씀이구려. 그러나 이제는 우리들만 떠나기도 어렵게 되었소. 왜냐하면, 우리가 떠나기만 하면 범증은 항우를 부추겨서 백만 대군으로 우리를 추격해 올 것이 분명하기 때문이오. 우리가 이런 곤욕을 치르게 된 것은 오로지 범증 때문이오."

장량은 거기까지 말하다가 진평을 정면으로 바라보면서,

"진평 장군! 범증이 없어야만 우리가 무사히 떠날 수가 있겠으니, 범증을 며칠 동안 지방으로 출장이라도 보내 버릴 수는 없겠소?"
하고 물었다.

진평은 한동안 깊은 생각에 잠겨 있다가, 문득 얼굴을 들며 말한다.

"그런 계책이 노상 없는 것은 아니옵니다. 항우 장군은 초패왕이 되시고 나서도, 아직 팽성彭城에 계신 의제義帝에게는 보고를 올리지 않았습니다. 그러므로 범증을 팽성으로 보내 보고를 올리도록 하면 될 것입니다."

장량은 그 말을 듣고 크게 기뻐하였다.

"그거 참 기막힌 명안이오. 그러면 우리는 떠날 준비를 갖추고 기다리고 있을 테니, 범증을 꼭 팽성으로 보내 주도록 하오. 범증이 팽성으로 떠났다는 소식만 알려 주면, 우리는 그날로 파촉으로 떠나가겠소이다. 만약 이번 일이 성공하면 패공께서는 장군의 은공을 결코 잊지 않으실 것이오."

"그 점은 염려 마시옵소서. 제가 무슨 술책을 써서라도 범증을 팽성으로 보내도록 하겠습니다."

진평은 장량과 작별하고, 곧 항우를 찾아와 다음과 같이 품했다.

"대왕 전하! 이즈음 항간에는 매우 해괴한 소문이 떠돌고 있사옵니다."

항우는 그 말을 듣고 어리둥절하였다.

"해괴한 소문이라니? 어떤 소문이 떠돌고 있다는 말인가?"

진평은 머리를 조아리며 다시 말한다.

"아뢰옵기 황송하오나, 백성들 간에는 '하늘에 해가 하나밖에 없듯 나라에도 임금님은 둘이 있을 수 없는데, 초나라에는 팽성에 초회왕이 있고 침주에 초패왕이 있으니, 도대체 어느 임금님이 진짜이고 어느 임금님이 가짜이냐' 하는 이야기가 파다하게 떠돌고 있사옵니다. 대왕께서는 그 점을 깊이 고려하시옵소서."

항우는 그 말을 듣고 얼굴에 분노의 빛을 띠며 소리친다.

"모르는 소리 작작들 하라고 이르시오. 나는 '초패왕'이 되면서 회왕을 '의제'로 받들어 모시기로 했는데, 뭐가 잘못되었다는 것이오?"

진평이 다시 말한다.

"회왕을 '의제'로 받들어 올린 것은 매우 현명하신 처사이셨습니다. 그러나 백성들은 워낙 무식하기 때문에 '의제'와 '패왕'의 위계位階를 제대로 분간할 지능이 없어서 결국은 초나라에는 임금님이 두 분이라고 생각하고 있는 것이옵니다."

"그러면 이 문제를 어떻게 해결했으면 좋겠소?"

"그대로 내버려 두다가는 대왕께서 이신벌군以臣伐君했다는 비방을 면하시기가 어려우실 것이옵니다. 그렇게 되면, 백성들은 대왕을 한결같이 저주하게 될 것이옵니다."

"그러기에 이 문제를 어떻게 처리했으면 좋겠느냐 말이오?"

"해결책은 오직 한 가지 방도가 있을 뿐이옵니다."

"그것이 무엇이오?"

"범증 군사를 팽성으로 보내셔서, 의제를 깊은 산속에 숨어 사시게 하는 일이옵니다. 그래야만 대왕의 위세가 제대로 확립되시옵니다."

항우는 진평의 말을 고맙게 여기며, 곧 범증을 불러 다음과 같이 명한다.

"아부亞父도 알고 계시다시피, 지금 의제가 있는 팽성은 내가 출생한 곳이오. 그래서 나는 장차 팽성에 대궐을 짓고 도읍을 그곳으로 옮겨 갈 생각이니, 경은 팽성으로 의제를 찾아가 거처를 어느 산중으로 옮겨 가도록 하시오. 만약 산중으로 가기가 싫다고 하거든, 침주로 모시고 돌아와도 무방하오."

항우는 천하의 권력을 잡고 보니, 이제는 의제의 존재가 몹시 귀찮게 여겨졌다. 의제를 그냥 내버려 두다가는 '신하로서 임금을 쳤다'는 비난을 면하기가 어려울 것 같아서, 여차하면 없애 버릴 생각에서 침주로 모셔 와도 무방하다고까지 말했던 것이다.

항우의 그와 같은 심사를 범증이 모를 리가 없었다. 항우가 권력을 장악하고 나면 그와 같은 부작용이 반드시 일어날 것만 같기에, 그런 부작용을 미연에 방지하기 위해 '초회왕'을 '의제'로 받들어 올리자고 제안한 사람은 범증 자신이 아니었던가. 범증은 팽성으로 떠나기 전에, 항우에게 말한다.

"그 문제는 신이 의제를 직접 만나 뵙고 선처하도록 하겠습니다. 그런데 신이 길을 떠나기 전에, 대왕 전하께 중요한 부탁 말씀을 올리고자 하옵니다."

항우가 범증에게 말했다.

"무슨 부탁인지, 어서 말해 보오."

범증이 말한다.

"신은 대왕에게 세 가지 부탁 말씀이 있사옵니다. 첫째, 지금 우리는 유방의 부모를 볼모로 잡아 두고 있사온데, 신이 없는 사이에 유방은 부모를 탈환해 가려고 기도할지 모르옵니다. 그러므로 대왕께서는 볼모를 유방에게 빼앗기지 않으시도록 각별히 유념해 주시옵소서."

"알겠소. 유방이 제아무리 재주가 비상하기로, 볼모를 빼앗길 내가 아니오. 두 번째 부탁은 무엇이오?"

"두 번째는, 집극랑執戟郎으로 있는 한신韓信을 대장으로 승격시켜 주십사 하는 부탁이옵니다. 한신은 겉으로는 대수로운 인물이 아닌 것처럼 보이오나, 실상인즉 원수元帥의 경륜을 품고 있는 비범한 인물입니다."

"뭐? 한신을 대장으로 승격시키라구요? 그자가 어떤 점이 비범하다고 대장으로 승격시키라는 말씀이오?"

"대왕께서는 한신을 하찮은 인물로 보고 계시오나 한신은 경륜經綸과 용병술用兵術이 누구보다도 뛰어난 무장입니다."

"아무리 그렇기로 집극랑에 불과한 사람을 어떻게 대번에 대장으로 승격시키라는 말씀이오?"

"한신을 대장으로 발탁하실 의사가 없으시다면, 차라리 한신을 죽여 없애는 편이 좋을 것이옵니다."

"그건 또 무슨 말씀이오?"

"만약 대왕께서 한신을 등용하지 않으시면 한신은 불만을 품고 다른 나라로 달아나 버릴 것이니, 그렇게 되면 우리에게 커다란 우환이 되겠기 때문입니다."

그러나 항우는 한신이라는 인물을 어디까지나 대수롭지 않은 인물로 여겨 왔던 까닭에 쉽게 답한다.

"알겠소이다. 그 문제는 내가 알아서 적당히 처리하겠소. 세 번째 부탁은 어떤 것이오?"

"세 번째는, 유방은 제가 없는 사이에 파촉으로 도망가려고 할지 모르오니, 제가 돌아올 때까지는 패상에 그냥 억류해 두도록 하시옵소서. 유방에 대한 문제는 제가 팽성에서 돌아온 후 다시 품의하도록 하겠습니다."

"아부의 부탁은 잘 알았소이다. 아부가 돌아올 때까지는 유방을 패상에 억류시켜 둘 테니, 아무 걱정 말고 팽성에나 속히 다녀오시오."

그리고 항우는 그날로 유방에게 '당분간 파촉으로 부임하기를 보류하고 있으라'는 특명을 보냈다. 범증이 팽성으로 떠나가 버리자, 진평은 곧 장량에게 다음과 같은 밀서를 보냈다.

범증을 팽성으로 출장 보내는 데는 성공했습니다. 그러나 범증은 팽성으로 떠나기에 앞서, 항왕項王에게 자기가 돌아올 때까지는 패공을 패상에 억류해 두어 달라고 신신 당부를 하고 떠났습니다. 그러므로 범증의 부재중에 파촉으로 떠나시려거든, 장량 선생이 항왕을 직접 찾아오셔서, 정식으로 허락을 받아 가지고 떠나도록 하시옵소서. 그렇지 않으면 반드시 후환이 있을 것이옵니다.

장량은 진평의 밀서를 받아 보고 나서, 유방과 상의한다.

"우리가 파촉으로 무사히 떠나려면, 아무래도 제가 항우의 허락을 받아 와야만 후환이 없을 것 같사옵니다."

"선생께서 가신다고 항우가 우리의 출발을 허락해 줄 것 같소이까?"

"제가 직접 가면 그만한 허락을 받아 올 자신이 있사옵니다."

"그렇다면 수고스러우신 대로 선생께서 다녀와 주시면 고맙겠소이다. 이왕 가실 바에는 나의 부모님까지 모시고 오셨으면 싶은데, 그 일은 어렵겠소이까?"

"매우 죄송스러운 말씀이오나, 지금 형편으로는 부모님까지 모시고 오기는 거의 불가능한 일이옵니다. 그러나 부모님이 항왕의 손에 억류되어 계시더라도, 항백과 진평 등이 각별히 돌봐 드릴 것이니까, 그 점은 너무 염려하지 마시옵소서."

장량은 유방의 슬픔을 달래 주고, 곧 항우를 찾아왔다. 항우는 장량을 보자, 대뜸 나무라듯 말한다.

"자방은 내게서 떠날 때에는 당장 고국으로 돌아갈 것처럼 말하더니, 어찌하여 아직도 유방의 그늘에 그냥 머물러 있소?"

장량이 머리를 조아리며 대답한다.

"저는 당장 고국으로 돌아가려고 했사오나, 저더러 대왕 전에 심부름을 한번 다녀와서 떠나라는 패공의 간곡한 부탁 말씀이 있었기에 부득이 대왕을 다시 찾아왔사옵니다."

"유방의 심부름이라니? 도대체 유방이 나에게 무슨 심부름을 시키더란 말이오?"

"패공은 파촉으로 속히 출발하고 싶으니, 대왕께서 허락을 내려 주십사 하는 부탁이었습니다."

"그 문제라면 당분간 떠나기를 보류하라고 이미 명령을 내린 바 있는데, 무슨 이유로 명령을 무시하고 허락을 받으러 왔다는 말이오?"

"대왕께서 '출발을 보류하라' 는 명령을 내리신 것은 저도 알고 있사옵니다. 그러나 파촉 지방에서는 지금 도둑의 무리가 난동을 부리고 있어서, 치안治安이 말이 아니라고 하옵니다. 그대로 내버려 두면 대왕의 치적治績에 누를 끼치게 될 것 같아서, 패공은 하루 속히 임지로 달려가 적도들을 깨끗이 소탕해 버림으로써 대왕 전하에게 충성을 다하겠다고 하시옵니다."

항우는 장량의 말을 듣고 매우 난처한 생각이 들었다. 도둑의 무리가 난동을 치고 있다면, 유방을 보내 그들을 소탕해 버리게 하는 것이 상책임은 말할 것도 없었다. 만약 시간을 끌다가 치안이 험악해지면, 백성들은 항우를 원망하게 될 것이기 때문이었다.

그러나 항우는 "유방을 패상에 억류해 두겠노라"고 범증과 철석같이 약속했기 때문에 "속히 떠나라"는 허락을 내리기도 난처했던 것이다. 장량은 그러한 눈치를 재빠르게 알아채고 다시 말한다.

"대왕 전하! 백성들은 지금 대왕의 성덕을 한결같이 찬양하고 있는 중이옵니다. 그러나 파촉 지방의 치안이 난마같이 되어 버리면, 그 곳 백성들은 대왕을 얼마나 원망할 것이옵니까. 그 점을 고려하셔서 패공에게 '파촉으로 속히 떠나라' 는 명령을 신속히 내려 주시옵소서."

항우는 장량의 말을 듣고 마음이 크게 흔들렸다. 왕위에 오른 지 얼마 되지 않았는데, 도둑의 무리들이 벌써부터 난동을 부리고 있다면, 백성들은 통치자의 무능을 매도할 것이 분명하기 때문이었다. 그렇다고 범증과의 철석 같은 약속을 경솔하게 파기해 버리기도 난처하여, 항우는 진평을 불러 물어 본다.

"범증 군사는 팽성으로 떠나갈 때, 자기가 돌아올 때까지는 어떤 일이 있어도 유방을 패상에 억류해 두어 달라고 신신 부탁을 하고 떠났소. 그런데 장량의 말에 의하면 지금 파촉에서는 적도들이 난동을 부리고 있어서, 유방이 그들을 소탕하도록 파촉으로 빨리 떠나게 해달라고 말하고 있으니, 이 일을 어찌했으면 좋겠소?"

진평은 장량과 이미 내통이 되어 있는지라, 모든 사정을 소상하게 알고 있었다. 그러나 아무것도 모르는 척 시치미를 떼고 반문한다.

"범증 군사가 무슨 이유로 자기가 돌아올 때까지 유방을 패상에 억류해 두라고 부탁한 것이옵니까. 그 이유를 모르는 저로서는 뭐라고 대답할 수가 없사옵니다."

항우가 다시 말한다.

"범증 군사는 이상하게도 유방에게 일종의 열등 의식 같은 것을 가지고 있어요. 그래서 유방이 반역을 못 하게 하려고, 패상에 언제까지나 억류해 두고 싶어하더란 말이오."

진평은 그제야 알았다는 듯 머리를 크게 끄덕이며,

"그런 문제 때문이라면 조금도 염려 마시고, 유방을 파촉으로 속히 보내 도둑의 무리를 소탕해 버리게 하시옵소서. 우리는 지금 유방의 부모를 볼모로 잡아 두고 있사오니, 유방이 제아무리 반역을 하고 싶어도, 부모에 대한 보복이 두려워서 배반은 절대로 못 할 것이옵니다."

항우는 그제야 고개를 크게 끄덕인다.

"장군의 말을 들어 보니 과연 그렇구려. 그러면 유방더러 파촉으로 속히 가서 적도들을 소탕하라고 할까요?"

"물론이옵니다. 파촉 지방의 치안 문제는 대왕 전하의 치적과 직결되는 긴급하고도 중대한 문제입니다. 만약 대왕께서 즉위하시고 나서 치안이 어지러워졌다는 소문이 돌아 보십시오. 그러면 백성들은 대왕 전하를 얼마나 원망할 것이옵니까?"

항우는 그 말을 듣고 적이 당황하는 빛을 보인다.

"알았소이다. 그러면 유방을 곧 파촉으로 떠나게 하겠소."

이리하여 장량은 항우의 쾌락快諾을 받아 패상으로 급히 돌아왔다.

그런데 집극랑 한신은 그 소식을 나중에 전해 듣고, 혼자서 항우를 이렇게 비웃고 있었다.

'우매한 항우는 장량의 교묘한 계략에 또다시 속아 넘어갔구나. 항우는 유방의 부모를 볼모로 잡아 두었다고 안심하고 있지만, 그것이 후일에 커다란 앙화殃禍의 씨가 될 줄은 왜 모르는 것일까.'

장량과의 이별

장량은 항우와 작별하고 패상으로 돌아와 유방에게 아뢴다.

"항우의 허락을 받아 돌아왔으니, 파촉으로 신속히 떠나도록 하시옵소서. 만약 범증이 이 사실을 알면, 또 무슨 불집을 일으킬지 모르옵니다."

유방은 부모를 내버려 두고 떠나기가 가슴이 아팠지만, 지금 형편으로는 그대로 떠나는 수밖에 없었다.

그런데 유방이 군사들과 함께 패상을 떠나려고 하자, 수십 명의 노인들이 몰려와 울면서 유방에게 호소한다.

"저희들은 그동안 패공 덕택에 마음놓고 살아갈 수가 있었사온데, 패공께서는 저희들을 버리고 어디로 가시려고 하시옵니까. 저희들을 버리고 떠나시려거든, 차라리 저희들을 죽이고 떠나시옵소서."

노인들의 태도로 보아, 그것은 입에 발린 소리가 아니라 진심에서 우러나오는 호소임이 분명하였다. 그러기에 유방도 눈물을 흘리며 그들을 달래는 수밖에 없었다.

"내, 이번만은 부득이한 사정으로 여러분과 작별을 고할 수밖에 없소이다. 그러나 이번 길은 아주 떠나는 길이 아니고 언젠가는 여러분들을 다시 찾아올 것이니, 여러분은 아무리 고생스럽더라도 그 때까지 기다려 주시기를 바라오."

그러나 노인들은 울면서, 유방의 옷깃을 움켜잡고 놓아주려 하지 않았다.

"대왕께서 무슨 사유로 이곳을 떠나시려는지 알 길이 없사오나 저희들은 이제 앞으로 누구를 믿고 살아가라는 말씀이시옵니까. 이곳을 기어코 떠나시려거든 저희들을 죽이고 떠나시거나, 그렇지 않으면 저희들 모두 패공을 따라가게 해주시옵소서."

사태가 그렇게 되고 보니, 길이 막혀 떠날 수가 없게 되었다. 그러자 소하가 노인들에게 숙연히 말한다.

"지금 우리들은 초패왕에게 쫓겨서 부득이 이곳을 떠나는 길이오. 그처럼 딱한 사정을 모르고 여러분이 끝까지 우리를 붙잡고 늘어지면, 우리들과 여러분은 초패왕의 손에 다 함께 죽게 될 것이오. 우리가 오늘은 부득이 여러분과 작별하고 떠나기는 하지만, 패공께서는 머지않아 여러분을 다시 찾아오실 것이니, 여러분은 후일을 기약하고 오늘은 속히 떠나게 해주시오. 그 길만이 우리도 살고, 여러분도 사는 길이오."

노인들은 그 말을 듣고 나서야 눈물을 억제하며, 제각기 작별인사를 고한다. 그리하여 출발이 겨우 가능하게 되자, 장량이 번쾌를 불러 명한다.

"갈 길이 바쁘니, 번쾌 장군은 군마를 신속히 전진하게 하오. 도중에 무슨 돌발지사突發之事가 발생할지도 모르니, 전후방 경계를 삼엄하게 하면서, 쉬지 말고 행군을 계속해야 하겠소."

파촉으로 가는 길은 출발부터 험난하기 짝이 없었다.

'내가 왜 이처럼 험난한 산속으로 쫓겨 들어가야만 하는가!'

군사들과 함께 험악한 협곡峽谷으로 말을 몰아 나가는 유방의 심정은 마냥 처량하기만 하였다.

유방의 군사는 산길이 아무리 험악해도 쉬지 않고 전진을 계속하였다. 패상을 떠난 지 90리 만에 안평현安平縣에 도달하였고, 거기서 40리를 더 행군하여 부풍현扶風縣에 도달하였고, 거기서 45리를 더 행군하여 봉상군鳳翔郡에 도달하였고, 거기서 60리를 더 가서 보계현寶鷄縣에 도달하였고, 거기서 50리를 더 가니 그제야 대산관大散關에 이르렀다.

그러나 대산관은 파촉으로 들어가는 초입初入에 불과하였다. 정작 길이 험악하기는 그때부터였던 것이다. 태산준령은 하늘에 높이 솟아 있는데, 사람이 걸어갈 수 있는 길은 천야만야千耶萬耶한 절벽 위에 있는 오솔길 하나뿐이어서, 발을 한 번만 잘못 밟아도 그대로 천리 벼랑 밑으로 떨어져 죽기가 예사였다.

그러나 절벽 위에 있는 오솔길은 그래도 좋은 편이었다. 산이 하도 높고 골짜기가 깊어서, 때로는 이쪽 절벽과 저쪽 절벽 사이에 통나무를 가로질러 놓은 잔교棧橋도 수없이 많은데, 그런 다리를 한 번 건너가려면 여러 백 명이 추락사를 면할 길이 없었다.

본디 유방의 군사들은 모두가 산동山東 출신이어서 산길에 익숙지 못했던 까닭에 희생자는 더욱 많았다.

'나는 죄 없는 젊은이들을 왜 이렇게까지 희생시켜야 하는가.'

유방은 사랑하는 부하들이 벼랑 아래로 떨어져 죽는 광경을 볼 때마다 가슴이 찢어지는 듯 아팠다. 처량한 심정은 장병들도 역시 마찬가지여서,

"목숨을 걸고 싸워서 진나라를 정벌한 우리가 무엇 때문에 새도 날아가지 못하는 산속으로 쫓겨 들어가야 한다는 말인가. 이처럼 험악한 산속으로 깊이 들어가 버리면, 고향에는 영영 못 돌아가게 될 것이 아닌가. 차라리 그럴 바에는 이제라도 되돌아가, 항우의

초군楚軍과 싸움으로 결판을 내는 것이 상책이 아니겠는가."

하고 저마다 입을 모아 불평했다.

대장 번쾌도 그 말을 옳게 여겨 큰소리로 외친다.

"자, 그러면 장병 여러분들의 뜻대로 우리들은 이제부터 말머리를 돌려, 초군을 쳐 버리기로 합시다."

유방도 울분을 참을 길이 없었던지 칼을 뽑아 들며 장병들에게 말한다.

"회왕과의 약속에 따라 함양에 먼저 입성한 내가 관중왕이 되어야 옳았을 일이오. 그러나 항우는 회왕과의 언약을 무시하고 내게서 관중왕의 자리를 빼앗고, 나를 파촉으로 쫓아 보내고 있는 중이오. 파촉으로 들어가 버리면 함양에는 다시 나올 수가 없을 것이니, 나는 여러분의 뜻대로 함양으로 회군回軍하여 항우와 사생 결판을 내기로 하겠소."

유방으로서는 너무도 당연한 울분이었다. 그러자 군사들은 말머리를 돌리려고 갑작스럽게 소란스러워진다. 유방이 별안간 회군령回軍令을 내리자, 장량은 크게 당황하여 소하 · 여이기 등과 함께 유방에게 간한다.

"대왕께서는 장병들의 무분별한 불평에 현혹되시어 큰일을 그르쳐서는 아니 되옵니다. 파촉은 험난한 곳이기는 하오나, 대왕께서 대사를 도모하시는 데는 그 이상의 좋은 곳이 없을 것이옵니다. 그곳에서는 양병養兵을 아무리 많이 해도 항우는 그 사실을 알 길이 없으니, 우리에게는 그보다도 더 유리한 곳이 어디 있겠습니까. 우리는 힘을 길러 재기해야 합니다. 지금 당장 항우와 싸우는 것은 달걀로 바위를 치는 것과 다름이 없사옵니다. 바라옵건대, 대왕께서는 회군령을 신속히 거두어 주시옵소서."

유방은 분노를 삭이느라고 한동안 말이 없었다. 그러다가 자신의 행동이 경솔했음을 깨닫고 장량에게 조용히 말한다.

"회군령을 철회할 것이니, 파촉으로 행군을 계속하게 하오."

길은 갈수록 험악하였다. 일행이 금우령金牛嶺을 넘어갈 때, 여이기 노인이 유방과 장량에게 말한다.

"이 험악한 고개를 '금우령'이라고 부르옵는데, 그런 이름으로 불리게 된 데는 깊은 유래가 있사옵니다."

장량이 반문한다.

"어떤 유래인지, 그 유래담을 들어 보고 싶소이다."

"선생께서 알고 싶으시다니 여쭙겠습니다."

그리고 여이기 노인은 다음과 같은 이야기를 들려주었다.

그 옛날, 진나라의 혜왕惠王은 촉국蜀國을 정벌하려고 했으나, 촉나라에는 다섯 명의 신력神力을 가진 역사力士가 있어서, 그들을 당해 낼 수가 없었다. 그러므로 진혜왕은 그들을 제거해 버릴 생각에서, 무쇠로 다섯 마리의 소[牛]를 만들어 놓고, '다섯 마리의 철우鐵牛는 날마다 다섯 말[斗]의 황금 똥[黃金糞]을 싼다. 진나라가 오늘날처럼 부유해진 것은 오로지 다섯 마리의 철우들의 덕택인 것이다' 하고 거짓 소문을 퍼뜨려 놓았다. 촉왕은 그 소문을 믿고, 진나라의 철우가 탐이 나 견딜 수 없었다. 그리하여 철우를 훔쳐 오기 위해, 길을 새로 만들고 다섯 명의 역사로 하여금 진나라에 잠입하여 철우를 훔쳐 오게 하였다. 진혜왕은 그 기회를 이용해 다섯 명의 역사들을 모조리 잡아 죽이고, 그들이 새로 만들어 놓은 길로 촉나라에 쳐들어가, 마침내 촉국을 멸망시킬 수가 있었다.

여이기 노인은 이상과 같은 이야기를 들려주고 나서,

"이 고개의 이름을 '금우령'이라고 부르게 된 것은 그때부터의 일이었습니다. 우리가 지금 건너오고 있는 이 잔도棧道가 바로 그때 만들어 놓은 다리입니다."

하고 말끝을 맺었다.

장량은 그 이야기를 듣고, 무엇을 생각하는지 심각한 얼굴로 잔도를 건넌다. 장량은 금우령 고개를 무사히 넘어서자, 말에서 내려 유방에게 큰절을 올리며 말한다.

"신은 대왕을 여기까지 모시고 왔으니, 이제는 작별을 고하고 고국으로 돌아가기로 하겠습니다."

한왕 유방은 너무도 뜻밖의 말에 소스라칠 듯 놀란다.

"선생은 고국을 떠나신 이후로 일시도 내 곁을 떠나지 않고 나를 줄곧 도와주셨습니다. 그런데 갑자기 나를 버리고 떠나시겠다니, 나는 어떡하라는 말씀입니까?"

장량은 머리를 조아리며 대답한다.

"신은 대왕을 도와 드리기 위해 고국으로 돌아가려는 것이오니, 그 점은 오해가 없으시길 바라옵니다."

"나를 도와주기 위해 고국으로 돌아가신다뇨? 고국에 돌아가셔서 나를 어떻게 도와주시겠다는 말씀입니까. 나로서는 이해를 할 수가 없군요."

"제가 고국에 돌아가서 대왕을 위해 꼭 해야 할 중대한 일이 세 가지가 있사옵니다."

"그 세 가지가 어떤 일들인지, 선생은 자세한 설명을 들려주소서."

장량이 다시 대답한다.

"첫째는 항우를 팽성에 도읍하게 해놓고, 장차 대왕께서 도읍하실 함양은 그대로 비워 두게 하는 일이옵고, 둘째는 천하의 제후들을 설득하여 항우를 배반하고 대왕에게 귀의歸依하도록 만들어 놓는 일이옵고, 셋째는 대왕께서 한漢나라를 일으켜 초나라를 멸망시키는 데 꼭 필요한 대원수大元帥가 될 만한 인재를 널리 구해 보내는 일이옵니다."

유방은 그 말에 크게 감동하여 장량의 손을 움켜잡으며 떨리는 목소리로 말한다.

"오오, 선생께서 나를 위해 그처럼 원대한 계략을 세우고 계신 줄은 미처 몰랐소이다. 선생의 계략이 그러시다면 이별이 아무리 아쉽기로, 어찌 선생을 붙잡을 수 있으오리까."

"신은 어떤 일이 있어도 그 세 가지 큰일을 반드시 이루어 놓고, 대왕께서 함양으로 들어오실 날만 고대하고 있겠습니다. 바라옵건대, 대왕께서는 어떤 고난이 있어도 참고 견디시옵소서. 파촉에 아무리 오래 계셔도 3년을 넘기지 않으실 것이옵니다. 빠르면 이태 안에 함양으로 회군하실 수도 있을 것입니다."

유방은 그 말을 듣고 감격의 눈물을 흘린다.

"선생의 말씀대로 되기만 한다면 무슨 일인들 못 참겠소이까. 그런데 선생께서 대원수가 될 만한 인물을 천거해 보내 주시더라도, 나는 무엇을 증거로 그 사람을 믿으오리까?"

그러자 장량이 대답한다.

"이제부터 소하 승상과 한 통의 증문證文을 작성하여 두 조각으로 나눠 가지고 있다가, 대원수가 될 만한 인재를 발견하거든 그 증표를 주어 보내도록 하겠습니다. 소하 승상이 만약 그 인물을 소개하거든, 대왕께서는 저를 믿으시고 그 사람과 천하 대사를 숨김없이 상의해 주시옵소서."

그리고 장량은 길을 떠나려고 하였다. 유방은 작별이 아쉬워 장량에게 다시 말한다.

"마지막으로 선생에게 부탁이 하나 있으니, 꼭 들어주시면 고맙겠소이다."

"무슨 분부이신지, 어서 말씀해 주시옵소서. 신은 신명을 기울여 대왕의 분부대로 거행하겠나이다."

그러자 유방은 새삼스레 눈물을 흘리며 말한다.

"선생께서도 아시다시피, 나의 부모님은 지금 항우의 손에 볼모로 잡혀 계시오. 선생께서 혹시 나의 부모님을 만나 뵈올 기회가 계시거든, '나는 부모님을 버리고 떠난 것이 아니고, 항우의 강압에 못 이겨 부득이 쫓겨 오기는 했지만, 언젠가는 반드시 가까이 모셔다가 효성을 다하겠다'고 하더라고 전해 주소서."

그렇게 말하는 유방의 눈에서는 두 줄기의 눈물이 뜨겁게 흘러내리고 있었다.

"삼가 분부대로 거행하겠사옵나이다. 매우 죄송스러운 말씀이오나, 신은 갈 길이 바쁘오니 이만 작별을 고하게 해주시옵소서."

그러나 유방은 전별연餞別宴과 전송餞送도 없이 조촐하게 보내기가 너무도 섭섭하여,

"여러 대장들과 함께 술이나 한잔씩 나누고 떠나시도록 하소서." 하고 말했다.

그러나 장량은 손을 힘차게 내저으며 이렇게 말하는 것이었다.

"신이 고국으로 돌아간다는 사실이 여러 사람에게 알려지면 좋지 않은 소문이 파다해질 것이니, 아무도 모르게 떠나기로 하겠습니다. 이제 소하 승상만 잠깐 만나 보고 그대로 떠나겠으니, 대왕께서는 하량해 주시옵소서."

"선생과 술 한 잔도 나누지 못하고 헤어지기가 너무도 섭섭하지만, 선생 생각이 그러시다면 굳이 붙잡지는 아니하겠습니다."

"홍은이 망극하옵니다. 그러나 오늘의 작별은 후일에 반드시 커다란 기쁨을 가져올 것이오니, 과히 섭섭하게 생각하지 마시옵소서."

"그러면 이 이상 붙잡지 않을 테니, 부디 몸 편히 떠나시옵소서."

유방은 목이 메어 작별 인사조차 제대로 못 할 지경이었다. 장량은 세 번 큰절을 올리고, 곧 말을 달려 소하를 찾아왔다. 그리하여

유방과 주고받은 이야기를 자세히 들려주고 나서,

"내가 없는 동안 승상은 대왕에게 내 몫까지 충성을 다해 주소서. 우리 두 사람이 뜻을 모으고 힘을 합하면 무슨 일인들 못 해내리까. 후일에 내가 천거한 사람이 증표를 가지고 오거든, 대왕에게 품하여 그 사람을 꼭 대원수로 기용해 주소서."

하고 간곡히 부탁한다.

"제가 선생의 몫까지 충성을 다할 것이오니, 선생은 안심하고 떠나소서. 우리가 오늘 작별하기로 어디 영원한 작별이겠나이까."

두 사람은 굳은 언약을 나누고 드디어 작별하였다. 그리하여 장량은 누구의 전송도 받지 않은 채, 다만 종자從者 두 명만을 데리고 조금 전에 그처럼 힘겹게 넘어온 금우령 고개를 다시 넘어갔다.

잔도棧道의 소각

유방은 장량을 보내고 나서, 다시 행군을 시작하였다. 목적지인 포중襃中까지는 아직도 여러 백 리가 남아 있었던 것이다.

그런데 일행이 5리쯤 왔을 무렵에 후미後尾에서 별안간 난데없는 소동이 일어나고 있었다.

"후방에서 무슨 일로 저렇게들 떠들어대고 있느냐?"

유방은 측근에게 물었다. 바로 그때, 병사 하나가 헐레벌떡 달려와 유방에게 알린다.

"대왕 전하! 조금 전에 우리가 건너온 금우령 고개에 굉장한 산불이 났사옵니다."

"금우령 고개에 산불이 났다고? 누가 그런 짓을 했느냐?"

그때 병사 하나가 또 헐레벌떡 달려오더니,

"대왕 전하! 장량이라는 자가 도망을 가면서, 잡으러 가지 못하게 모든 잔도를 모조리 불태워 버리고 있다고 합니다."

하고 보고하는 것이 아닌가.

"뭐야? 장량이 도망을 가면서 추격을 못 하게 모든 잔도에 불을 놓고 있다고?"

그제야 뒤를 돌아다보니, 금우령 고개 일대에서는 불길이 맹렬하게 솟아오르고 있지 않은가.

'장량은 고국으로 돌아가면서, 무슨 이유로 모든 잔도를 불태워 버리는 것일까?'

유방은 그 이유를 몰라 몹시 불안해하고 있는데, 군사들은 저마다 아우성을 치면서 말한다.

"장량이라는 놈이 모든 잔도를 불태워 버리고 있으니, 우리는 장차 어느 길로 고향에 돌아간단 말인가."

"누가 아니래! 고향에 돌아갈 길이 끊겨 버렸으니, 우리는 고향에는 영영 못 돌아가게 되었다."

"장량이라는 놈이 그처럼 배은망덕할 줄 알았으면, 차라리 그놈을 우리 손으로 죽여 버릴 걸 그랬어."

장량에 대한 군사들의 원성은 이만저만이 아니었다. 그도 그럴 것이, 잔도가 불타 없어지면 군사들은 고향에 돌아갈 길이 완전히 끊겨 버리기 때문이었다. 유방도 그 점이 걱정스러워 눈앞이 캄캄해 왔다.

"장량 선생이 그럴 수가……? 장량 선생조차도 나를 배신하고 떠났단 말인가."

유방이 소리 내어 원망스럽게 중얼거리고 있는데, 소하가 급히 달려와 이렇게 아뢴다.

"대왕 전하! 산불이 일어나 다리가 타 버렸다고 조금도 염려하지 마시옵소서. 장량 선생은 조금 아까 저와 작별하고 떠나실 때 잔도를 모조리 불태워 버리고 가시겠다고 미리 말씀해 주셨습니다."

유방은 그 말을 듣고 더욱 놀랐다.

"우리가 언젠가는 그 다리를 거쳐서 함양으로 돌아가야 할 판인데, 어째서 장량 선생이 그 다리들을 모조리 끊어 버렸단 말이오?"

"장량 선생의 말씀에 의하면, 잔도를 끊어 버림으로써 우리에게
는 네 가지의 이득이 있다고 하셨습니다."

유방은 소하의 말을 듣고도, 장량의 의도를 이해할 길이 없었다.

"다리를 끊어 버리면 우리에게 이로운 점이 뭐가 있다는 말이오?"

소하가 다시 아뢴다.

"장량 선생은 다리를 끊어 버리는 데서 오는 네 가지의 이로운 점
을 다음과 같이 말씀하셨습니다. 첫째 우리가 우리 손으로 다리를
끊어 버렸다는 소문이 퍼지면 항우는 우리에게 회군의 의사가 전연
없는 줄로 알고 우리를 경계하지 않게 될 것이니, 그것이 이로운 점
의 첫째이옵고, 둘째 항우는 장한章邯과 사마흔司馬欣과 동예董翳
등을 삼진왕三秦王으로 임명하여 우리가 함양으로 진출하지 못하도
록 길목을 지키게 하고 있는데, 항우가 우리를 경계하지 않으면 삼
진왕들의 경계 태세도 절로 소홀해질 것이니, 그것이 이로운 점의
둘째이옵고, 셋째 우리 군사들은 돌아갈 수 있는 길이 끊겼기 때문
에 도망가기를 단념하고 상하가 일치단결하여 대왕에게 충성을 다
할 것이니, 그것이 이로운 점의 셋째이옵고, 넷째 항우의 제후諸侯
들은 우리에게 대한 경계심이 없어지면 저희들끼리 세력 다툼이 일
어날 것이니, 그것이 이로운 점의 넷째라고 말씀하셨습니다. 장량
선생은 그와 같이 이로운 점이 많은 것을 내다보시고, 잔도를 계획
적으로 불태워 버린 것이옵니다."

유방은 그 말을 듣고 나서, 혀를 차며 감탄한다.

"장량 선생이 그처럼 깊은 계략이 계신 줄은 모르고, 나는 일시나
마 선생을 의심했으니 실로 부끄럽기 짝 없는 일이오. 그러면 우리
는 안심하고 포중으로 행군을 계속합시다."

그로부터 며칠 후 일행은 포중에 도착하자, 유방은 길일吉日을 택
하여 즉위식을 거행하고 정식으로 한왕漢王에 취임하였다.

그리하여 소하를 재상宰相으로 삼고 조참曹參 · 번쾌樊噲 · 주발周勃 · 관영灌嬰 등을 원로 공신에 봉하는 동시에, 모든 장병들에게 논공행상을 후하게 베풀어 주었다. 그러고 나서 군軍 · 관官 · 민民에게 다음과 같이 우악優渥한 훈시를 내렸다.

"군과 관과 민은 비록 신분은 다를지라도, 서로의 생존을 존중해야 하는 점에 있어서는 추호의 구별도 있을 수가 없다. 군과 관의 기본 사명은 백성들을 안락하게 살아가도록 도와주는 데 있으므로, 금후에는 모든 시책을 백성 위주로 펴나가도록 하리라."

그와 같은 훈시가 널리 알려 퍼지자, 백성들은 한왕을 친부모처럼 높이 받들어 모시게 되었다. 그리하여 반년이 경과했을 때에는, 백성들은 길에 떨어진 물건을 줍는 일이 없게 되었고, 밤에도 대문을 잠그는 일이 없었다. 집집마다 격양가擊壤歌를 높이 부르는 태평성대가 되었던 것이다.

한편, 장량은 유방에게 작별을 고한 뒤에 파촉으로 통하는 잔도를 모조리 불살라 버리며, 고국으로 가는 길을 서두르고 있었다. 그런데 봉주鳳州를 지나 보계산寶鷄山을 넘어오고 있노라니까, 별안간 전방으로부터 한 무리의 군사들이 이리로 달려오고 있지 않은가. 그들은 장량과 마주치자, 정중하게 인사를 올리며 장량에게 묻는다.

"혹시, 선생은 장량 선생이 아니시옵니까?"

"나는 장량이오. 당신네들은 누구시오?"

장량은 그렇게 반문할 수밖에 없었다. 그러자 군사들은 새삼스레 머리를 수그려 보이며 이렇게 대답한다.

"저희들은 항백項伯 장군의 명에 의하여, 선생을 도와 드리기 위해 오는 중이옵니다."

장량은 그 말을 듣고 깜짝 놀랐다.

"나를 도와주러 오다뇨? 나를 어떻게 도와주려고 온다는 말이오?"

"항백 장군께서 말씀하시기를, 파촉으로 가는 길이 워낙 험하여 패공과 장량 선생은 고생이 막심하실 테니 저희들더러 길을 인도해 드리라는 명령이셨습니다."

장량은 그 말을 듣고 항백의 우정이 눈물겹도록 고마웠다.

"항백 장군의 우정이 고맙기 그지없구려. 패공께서는 이미 파촉으로 들어가셨고, 나는 사정이 있어서 고국으로 돌아가는 길이오. 여러분이 나를 위해 모처럼 여기까지 와 주셨으니, 나도 여러분과 함께 돌아가 항백 장군을 한번 만나 뵙기로 하겠소."

장량은 발길을 돌려, 항백을 먼저 만나 보고 나서 고국으로 돌아가기로 여정旅程을 바꿔 버렸다.

그 길로 항백을 찾아가니, 항백은 맨발로 달려나와 반갑게 맞아 주며 말한다.

"선생께서 이렇게 직접 찾아오실 줄은 꿈에도 몰랐습니다. 선생은 파촉으로 가시지 않고, 어인 일로 혼자 떨어지셨습니까?"

장량은 그동안의 경과를 솔직히 말해 주고 나서 말을 잇는다.

"고국을 떠난 지가 오래 되어 고국 사정이 궁금하길래 일단 고국으로 돌아가는 길이오."

그러자 항백은 별안간 얼굴에 수심이 가득해지면서,

"장량 선생이 떠나신 뒤에 이곳에서는 엄청난 비극이 있었습니다."

하고 말하는 것이 아닌가. 장량도 크게 놀라며,

"엄청난 비극이라뇨? 어떤 일이 있었기에 '엄청난 비극'이라고까지 말씀하시오?"

하고 되받아 물어 보았다.

항백은 얼른 대답을 못 하고, 자신의 감정을 진정시키려는 듯 한 동안 말이 없다가 간신히 입을 열어 대답한다.

"그렇습니다. 선생을 위해서는 그야말로 엄청난 비극이었습니다.

선생께서 너무도 비통해 하실 것 같아, 저는 그 얘기를 입에 담기조차 두렵습니다."

장량은 그럴수록 초조한 감정을 금할 길이 없었다.

"어떤 일이라도 상관없으니, 무슨 비극이 있었는지 빨리 말해 주시오."

장량이 재우쳐 묻자, 항백은 마지못해 사실대로 대답한다.

"너무 놀라지 마시옵소서. 바로 어제 한왕韓王께서 항왕의 손에 살해되는 비극이 있었습니다."

장량은 그 말을 듣고 소스라치게 놀랐다.

"한왕께서 항우의 손에 살해되시다니, 그게 무슨 소리요? 한나라 서울에 계신 한왕이 어떻게 해서 항우의 손에 살해되셨다는 말씀이오?"

그러자 항백은 한왕이 살해된 경위를 자세히 말해 주는데, 그 경위는 다음과 같았다.

항우는 장량이 자기를 버리고 유방과 함께 파촉으로 들어갔다는 소식을 듣고 크게 분노하여, 곧 한왕을 자기한테로 호출하였다. 그리하여 한왕이 달려오기가 무섭게 다짜고짜로,

"유방과 짜고 나를 배반하려고 장량을 파촉으로 보내 버렸으니, 너는 나의 원수다!"

하고 호통을 치며, 한왕을 그 자리에서 죽여 버렸다는 것이었다.

"그렇다면 한왕께서는 나 때문에 돌아가신 셈이구려."

장량은 목을 놓아 통곡하다가 항백에게 다시 묻는다.

"그러면 대왕의 시신屍身은 어찌 되었소?"

"한왕의 시신은 본국에서 국장國葬을 지내게 하려고 제가 어제 고국으로 돌려보내 드렸습니다."

장량은 그 말을 듣자 자리를 박차고 일어선다.

"나는 고국으로 급히 돌아가야 하겠소이다."

"오늘은 날이 저물었으니, 내일 아침에 떠나시면 어떠하겠습니까?"

"한韓나라의 재상까지 지낸 내가 대왕을 위해 순절殉節은 못 하나마, 어찌 한가롭게 귀국을 지체할 수 있으리오. 그러나 한 달 안으로 장군을 다시 한 번 찾아오기로 할 테니, 그때까지 어디 가지 마시고 기다려 주기 바라오."

"그러면 그때를 기다리고 있겠습니다."

장량은 항백과 작별하고 나자, 고국으로 발길을 재촉하였다. 그리하여 고국에 돌아와 보니, 한나라의 조정은 온통 비통에 잠겨 있었다. 장량은 대왕의 영전에 엎드려 흐느껴 울며, 떨리는 목소리로 맹세하듯 말한다.

"대왕께서는 신이 불민不敏한 탓으로 폭군 항우의 손에 시해弑害되셨으니, 항우는 이제 신에게는 불구대천不俱戴天의 원수입니다. 신은 대왕의 혼령에 조금이나마 위안을 드리고자, 천지 신명에 맹세코 이 원수를 갚고야 말겠습니다."

장량의 맹세가 얼마나 처절했던지, 동석했던 만조 백관들도 모두 다 목을 놓아 울었다.

지금까지는 항우와 유방과의 대결이었다. 그러나 한왕에 대한 '시해 사건'이 있고 난 지금에 와서는, 항우는 장량의 정면의 적이 되어 버리고 말았던 것이다.

민요 조작

장량은 한왕의 국장國葬을 치르고 나서 한 달쯤 지난 뒤에, 항백을 다시 찾아왔다. 항백은 장량을 반갑게 맞아들이며 묻는다.

"선생은 이제 앞으로 거취를 어떻게 하실 생각입니까?"

장량은 슬픈 얼굴로 대답한다.

"나는 국왕을 살해하게 만든 죄인이니, 내가 이제 어디 가서 무엇을 할 수 있겠소. 다만 기산箕山의 소허巢許나 수양산首陽山의 백이숙제伯夷叔齋처럼 명산 승지名山勝地로 떠돌아다니며, 여생을 방랑객으로 마칠 생각이오."

과연 그 말은 참된 대답이었을까. 결코 그런 것은 아니었다.

장량은 항우에게 원수를 갚으려는 결심에는 추호도 변함이 없었다. 그럼에도 불구하고, 엉뚱한 대답을 한 것은 친구인 항백에게조차 자신의 결심을 알려 주고 싶지 않았기 때문이었다. 항백이 비록 가까운 친구이기는 하지만, 그는 지금 항우의 밑에서 상서령(尙書令:지금의 비서실장) 벼슬을 지내고 있었기 때문에, 마음속의 비밀을 송두리째 털어놓을 수는 없었던 것이다. 항백은 장량이 벼슬길로 나갈 뜻이 없음을 알고 은근히 안심하면서,

"그렇다면 당분간 우리 집에서 휴양을 하시도록 하시지요."
하고 말했다.

다행히 항백의 서재에는 만여 권의 서적이 쌓여 있었다. 장량은 그 중에서 《상소문집上訴文集》이라는 책을 읽어 내려오다가, 어느 날 놀라운 명문 한 편을 발견하였다. 그 문장은 어떤 사람이 항우에게 올린 상소문이었는데, 그 내용은 다음과 같았다.

천하지도天下之道에 대해 한 말씀 여쭙겠습니다. 무릇 올바른 치도治道란, 세력을 존중하는 데 있지 아니하옵고 천하의 기미機微를 명찰하는 데 있다고 생각되옵니다. 천하의 기미란, 강약强弱과 허실虛實에 도통하고 이해利害와 득실得失의 실체를 터득함을 말하는 것이옵니다. 만약 천하의 기미에도 통하지 못하면, 그 세력이 제아무리 막강하여도 그것은 일시적인 승리에 불과하여, 언젠가는 반드시 패망하게 되는 법이옵니다. 그러므로 대왕께서는 군세軍勢를 너무 과신하지 마시고, 천하의 기미를 명철하게 살리도록 하시옵소서. 거듭 말씀드리거니와, 일시적인 득세만으로 천하를 얻으시기는 매우 어려운 법이옵니다…….

장량은 그 상소문을 읽어 보고 무릎을 치며 감탄하였다. 그 상소문이야말로 천하天下의 치도治道에 도통한 현사賢士의 문장임이 틀림없었기 때문이었다.

'항우에게 이런 상소문을 올린 인물이 과연 누구일까?'

그가 누구인지는 알 길이 없으나, 그 사람이야말로 대원수大元師가 되고도 남을 인물인 것 같았다.

그날 밤 장량은 항백에게 넌지시 이렇게 물어 보았다.

"이 상소문은 천하의 명문인데, 이것은 누구의 상소문이오?"

항백은 장량에게 대답한다.

"이 상소문은 한신韓信이라는 장수가 항왕項王에게 올린 상소문입니다. 지금까지 수많은 사람들이 항왕에게 상소문을 올려 왔지만, 이처럼 경륜經綸이 투철한 상소문은 처음 보았습니다."

장량은 머리를 거듭 끄덕이며,

"그 점은 나 역시 동감입니다. 도대체 한신이라는 사람은 어떤 사람입니까?"

"한신은 본시 회음淮陰 출신으로 집도 가난하려니와, 지체가 무척 비천卑賤한 사람입니다. 그러나 범증 군사는 그의 재능을 유난히 귀하게 여겨, 한신을 대장으로 등용하도록 항왕에게 여러 차례 품고稟告한 일도 있었습니다. 그러나 항왕은 그 말을 듣지 않으시고 아직도 '집극랑'이라는 하급 벼슬자리에 그냥 내버려 두고 있는 중이옵니다."

"항왕은 이 상소문을 읽어 보고도 한신을 등용하지 않고 있다는 말씀인가요?"

"항왕은 이 상소문을 읽어 보고 한신을 등용하기는커녕 오히려 '젊은 놈이 방자하기 짝이 없다'고 대로하시면서 '엄중 처단하겠다'는 것을, 제가 중간에 들어 가까스로 무마해 놓았습니다."

"음! 그런 일이 있었던가요? 도대체 한신이라는 사람은 나이가 몇 살이나 된 사람이오?"

"이제 겨우 30을 넘어선 지사형志士型의 출중한 무장입니다."

그 말을 듣는 순간, 장량은 언젠가 홍문연 잔치가 있던 날 밤, 어둠 속에서 노래를 불렀던 젊은 청년을 불현듯 연상하였다.

그날 밤 그 청년은,

늙은 범증이 큰일을 꾸몄건만
장량이 먼저 알아채고

술자리에서 위기를 막아냈으니

후일에 천하를 얻을 사람은

오직 패공뿐이로세.

하고 노래하지 않았던가.

'그렇다! 그날 밤 그 청년의 이름을 확인해 보지는 못했지만, 이 상소문을 올린 한신이라는 청년은 그날 밤 노래를 불렀던 청년과 동일인임이 분명하다. 한신이 그토록 비범한 인물이라면, 그를 내가 유인해다가 대원수로 등용해서 항우에게 원수를 갚기로 하리라.'

장량은 마음 속으로 그렇게 결심하고, 한신이라는 청년을 비밀리에 찾아보기 위해, 다음날 아침 여장을 꾸리고 항백에게 이렇게 말했다.

"이곳에 너무 오래 머물러 있었으니, 나도 이제는 길을 떠나야겠소이다."

항백은 장량을 만류하며 말한다.

"선생은 저의 집에 계시지 않고, 어디로 가신다고 길을 떠나시렵니까?"

"내가 이 댁에 오래 머물러 있다가 남의 눈에 띄면 피차간에 이롭지 못할 것 같아서, 숫제 깊은 산속에 숨어 버리려는 것이오."

장량은 거짓말을 꾸며 항백과 작별하고 거리로 나온 후, 곧 도사로 변장을 하고 미친 사람 행세를 하기 시작하였다. 장량은 미친 도사道士 행세를 하기 위해 몸에는 해어진 도포를 입고, 머리에는 땟국이 꾀죄죄 흐르는 방갓〔方쏫〕을 쓰고, 어깨에는 밤〔栗〕이 듬뿍 들어 있는 밤자루를 둘러메고, 골목골목을 누비고 다니며 미친 사람처럼 헛소리를 수군거리었다.

장량은 그러한 꼴로 골목골목을 누비고 돌아다니며 횡설수설 중얼거리다가, 아이들을 만나기만 하면 자루 속에 들어 있는 밤을 여남은 톨씩 뿌려 주곤 하였다. 아이들은 밤을 얻어먹는 재미에서 장량이 나타나기만 하면 사방에서 구름처럼 모여들었다.

장량은 그들 중에서 가장 똑똑해 보이는 아이 하나를 지목해 두었다가, 어느 날 그 아이와 단둘이 만나 밤을 듬뿍 안겨 주면서 다음과 같이 부탁을 하였다.

"내가 너한테 노래를 하나 가르쳐 주고 싶은데, 너는 그 노래를 배울 생각이 있느냐? 만약 네가 노래를 배우겠다면 너한테 밤을 얼마든지 주겠다."

"밤을 얼마든지 주신다면 노래를 배울게요."

"그러면 내가 노래를 가르쳐 줄 테니, 잘 들어 보아라."

그리고 장량은 다음과 같은 노래를 가르쳐 주기 시작하였다.

담장 저편에서 방울을 울리니
소리는 들려도 사람은 보이지 않네.
몸이 귀하게 되고도 고향에 돌아가지 않음은
비단옷을 입고 밤길을 걷는 것과 같이 어리석은 일이다.

소년이 그 노래를 제대로 부르게 되자, 장량은 그 소년에게 다시 이런 부탁을 하였다.

"너는 이 노래를 동무들에게 가르쳐 주어서, 모든 아이들이 널리 부르게 하여라. 그리고 이런 노래를 누구한테서 배웠느냐고 묻거든, 꿈에 백발 노인이 나타나 가르쳐 주더라고 대답하여라. 그러면 너는 어떤 병에도 걸리지 않고, 죽을 때까지 부귀와 영화를 마음껏 누릴 수 있을 것이다. 알겠느냐?"

소년이 의아하게 여기며 반문한다.

"아저씨가 가르쳐 주더라고 사실대로 대답하면 안 돼요?"

"그렇게 대답했다가는, 너는 하느님에게 무서운 벌을 받아 죽게 된다는 사실을 알아야 한다."

"알겠어요. 그러면 꼭 아저씨가 시키는 대로 할게요."

그로부터 며칠이 지난 뒤였다. 장량이 농사꾼으로 변장을 하고 거리에 나와 보니, 아이들은 골목골목을 누비고 돌아다니며 장량이 가르쳐 준 노래를 신바람 나게 불러 대고 있는 것이 아닌가.

장량은 회심의 미소를 지었다. 그런데 때마침 항우가 민정을 살펴려고 미복잠행微服潛行을 나왔다가, 아이들이 불러 대는 노래를 듣고 적이 놀랐다. 왜냐하면 그 노래는 초나라에 돌아가지 않고 있는 자기를 야유하는 노래라고 생각되었기 때문이었다.

'어떤 놈이 나를 야유하려고 저런 노래를 퍼뜨리고 있단 말인가.'

항우는 괘씸한 생각이 들어 노래 부르는 아이들을 모조리 붙잡아다가 물어 본다.

"이놈들아! 누가 너희들에게 그런 노래를 가르쳐 주더냐?"

그러자 한 아이가 항우 앞으로 걸어 나와 대답한다.

"이 노래는 사람한테서 배운 노래가 아니에요. 꿈에 백발 노인이 나타나서 가르쳐 주신 노랜걸요."

"뭐야? 꿈에 백발 노인한테서 배운 노래라고?"

항우는 크게 놀라며, 불현듯 다음과 같은 생각이 들었다.

'꿈에 백발 노인이 어린 아이들에게 그런 노래를 가르쳐 주었다면, 그것은 나더러 도읍을 팽성으로 옮겨 가라는 하느님의 계시啓示가 아니겠는가. 그렇다면 나는 팽성으로 도읍을 빨리 옮겨 가는 게 좋겠다.'

항우는 그런 생각을 하며 대궐로 돌아온 후, 문무 백관들을 한자리에 소집하여 말한다.

"이즈음 거리에는 나에 대한 괴상한 노래가 퍼져 돌아가고 있는데, 경들은 어찌하여 나에게는 그러한 사실을 알리지 않았소?"

문무 백관들은 어리둥절한 표정으로 답한다.

"지금 거리에 무슨 노래가 퍼져 돌아가고 있는지, 저희들은 잘 모르옵니다."

"모른다뇨? 그 노래는 하늘이 나에게 내려 보내신 계시의 노래인데, 그 노래를 모른다는 것이 말이 되오?"

"그 노래가 어떤 노래이옵니까?"

어시호 항우는 아이들에게서 들은 노래의 가사歌詞를 만조 백관들에게 자세하게 말해 주고 나서,

"'몸이 귀하게 되고도 고향에 돌아가지 않음은, 비단옷을 입고 밤길을 걸어가는 것과 같이 어리석은 일이다'라고 아이들은 노래하고 있었는데, 그것은 관중왕이 되어서도 아직도 고향에 돌아가지 않고 있는 나를 나무라는 노래가 아니고 무엇이겠소. 팽성은 나의 출생지일 뿐만 아니라 지금도 초나라의 서울이오. 그러므로 나는 길일을 택하여 서울을 팽성으로 옮겨 가기로 하겠소."

하고 말했다.

간의대부諫議大夫 한생韓生이 출반주하여 아뢴다.

"대왕 전하! 아이들이 부르는 노래는 하늘의 계시가 아니옵고, 어떤 사람이 조작한 노래일 것이옵니다. 이왕 천도遷都를 하시려거든 팽성으로 가실 것이 아니라 함양으로 옮기도록 하시옵소서. 함양으로 말하면, 동쪽에는 황하黃河와 함곡관函谷關이 있고, 서쪽에는 대롱관大隴關과 산란관山蘭關이 있고, 남쪽에는 종남산終南山과 무관武關이 있고, 북쪽에는 경위수涇渭水와 동관潼關이 있어서, 군사적으로도 난공 불락의 요새이옵니다. 게다가 삼산팔수三山八水의 어간에는 옥야沃野가 천리로 전개되어 있어서, 함양이야말로 천부

天府의 도읍지이옵니다. 그런데 대왕께서는 어찌하여 함양을 버리고, 하필이면 팽성으로 천도하려고 하시옵니까."

간의대부 한생의 진언進言은 지극히 정당하였다. 함양이야말로 도읍지로서의 모든 조건을 골고루 갖추고 있었던 것이다. 그러나 항우는 코웃음을 치면서 한생에게 반박한다.

"함양으로 말하면, 시황제가 도읍했다가 나라를 망친 곳이오. 남이 망한 곳에 내가 왜 도읍을 하겠소. 내가 팽성으로 천도하려는 데는 세 가지의 이유가 있소."

"그것은 어떤 이유이옵니까?"

"첫째, 나는 정도征途에 오른 지 3년이 넘도록 아직 고향에 한 번도 돌아가 보지 못했으니 그것이 첫째 이유요. 둘째, 함양에는 산이 많아 자연 전망이 나쁘니 그것이 둘째 이유요. 셋째, 하늘은 나에게 초나라로 돌아가라는 계시의 노래를 내려 주셨으니, 그것이 팽성으로 천도하려는 셋째 이유요."

간의대부 한생은 그 말을 듣고 다시 간한다.

"태양은 중천에 높이 솟아 있어야만 따뜻함을 골고루 베풀어 줄 수 있듯이, 제왕은 중앙에 군림해야만 만인의 추앙을 받게 되는 것이옵니다. 그런데 대왕께서는 어찌하여 고향으로 돌아가시는 것만을 영화로 생각하시옵니까. 일찍이 공자孔子라는 현인이 말하기를, '제왕에게는 척지도 왕의 소유가 아님이 없고〔尺地莫非王有〕, 어느 한 사람도 왕의 신하가 아님이 없다〔一民莫非王臣〕'고 말한 일이 있사옵니다. 대왕께서는 그 점을 다시 한 번 고려해 보시옵소서."

그러나 항우는 조소를 지으며 다시 반박한다.

"천하 만민은 모두가 내 것이니, 내가 어느 곳에 도읍을 하거나 그것은 마찬가지가 아니오? 그러니까 내가 가고 싶은 팽성으로 천도하려는 것이오."

한생은 또다시 머리를 조아리며 아뢴다.

"지난번에 범증 군사께서 팽성으로 떠나실 때, 자기가 돌아올 때까지는 아무데로도 이동하지 말아 달라는 부탁이 있었던 줄로 알고 있사옵니다. 대왕께서는 범증 군사와의 언약을 벌써 잊어버리셨사옵니까?"

그러자 항우는 별안간 노기가 등등하여 한생에게 호통을 지른다.

"천하의 대왕인 내가 범증과의 약속을 꼭 지켜야 할 이유가 어디 있단 말이오. 나의 행동을 구속할 자는 아무도 없으니, 경은 잔말 말고 썩 물러가시오!"

간의대부 한생은 마지못해 어전을 물러나오며, 홧김에 다음과 같은 말을 중얼거렸다.

"세상 사람들이 말하기를 '초나라 놈들은 관(冠)을 쓴 원숭이 같은 놈들'이라고 일러 오더니, 과연 그 말이 옳았구나!"

항우는 그 말을 어렴풋이 듣고 대로하며, 옆에 있는 진평에게 묻는다.

"한생이 지금 밖으로 나가면서 내게 욕을 한 것 같은데, 그게 무슨 소리였소?"

진평은 항우의 질문을 받고 사실대로 고한다.

"간의대부는 지금 밖으로 나가면서, 대왕 전하를 '관을 쓰고 있는 원숭이 같은 놈'이라고 욕을 퍼붓고 있었사옵니다."

항우는 그 말을 듣고 옥좌에서 벌떡 일어서며 벼락 같은 호통을 지른다.

"한생이란 놈이 대왕인 나를 그처럼 모욕할 수가 있느냐. ……여봐라! 집극랑 한신은 어디 갔느냐. 한생이란 놈을 거리에 끌어다 놓고 펄펄 끓는 기름솥에 삶아 죽이도록 하라!"

한신이 한생을 죽이려고 네거리로 끌고 나오니, 구경꾼들이 사방에서 구름떼처럼 모여들었다. 그 구경꾼들 속에는 장량도 농사꾼으로 변장을 하고 숨어 있었다.

네거리 한복판에 커다란 가마솥을 걸어 놓고, 장작불을 지펴 기름을 지글지글 끓이고 있노라니까, 한생은 악에 받쳐서 군중들을 둘러보며 일장 연설을 퍼붓는다.

"만천하의 백성들은 내 말 좀 들어 보소. 나는 간신배들처럼 나라를 망치려다가 죽게 된 것도 아니고, 국법을 어긴 죄로 죽게 된 것도 아니요. 어리석은 항우가 아이들의 노래에 속아서 도읍을 팽성으로 옮기려 하기에, 함양으로 천도하자는 간언을 올렸다가 죽게 되는 것이오. 나는 오늘로서 죽어 없어지겠지만, 여러분은 두고 보시오. 나는 분명히 말해 두거니와 우매한 항우는 이제 앞으로 석 달이 채 못 가 유방의 손에 망하고 말 것이오."

한생이 예언 같은 말을 외쳐대자, 한신은 꾸짖듯이 나무란다.

"간의대부는 아무리 억울하기로 말씀을 조심해 주시오. 만약 그런 악담이 항왕의 귀에 들어가면 나까지 화를 입게 되겠소."

그러나 한생은 계속해 외친다.

"나는 나라를 올바르게 인도하려다가 죽기는 하지만, 황천후토皇天后土만은 나의 충성을 알아주실 것이다."

한신은 아니꼬운 생각이 들어서 말한다.

"대부는 간언을 올리다가 죽게 되었다고 주장하지만, 나는 당연한 처벌이라고 생각하오."

그러자 한생은 길길이 날뛰며, 이번에는 한신에게 대든다.

"그대는 내게 무슨 원한이 있다고 나를 모욕하는가. 나의 충성에 잘못이 있다면 그 증거를 말해 보라!"

한신은 위연한 어조로 대답한다.

"대부는 자신의 충성을 너무도 자긍스럽게 여기시니, 감히 한 말씀 올리겠소이다. 대부가 간의諫議의 중책을 맡고 계시는 동인, 죽음으로써 간언을 올려야 했을 불미스러운 사건들이 너무도 많았습니다. 그런데 여태까지는 줄곧 입을 다물고 계시다가, 죽게 된 이 마당에 와서 충성을 내세우는 것은 가소로운 일이 아니고 무엇입니까?"

한생은 그 말을 듣고 더욱 분격하여 말한다.

"지난날에 나에게 무슨 잘못이 있었단 말인가. 만약 그런 일이 있었다면 기탄없이 말해 보라!"

한신은 죽게 된 사람과 시비를 가리고 싶지 않아 입을 굳게 다물고 있었다. 할 말이 없어 잠자코 있는 것이 아니라, 아무 말도 안 하는 것이 죽어 가는 사람에 대한 예의라고 생각했던 것이다. 그러나 한생은 그 침묵을 잘못 해석하고, 자신의 충성을 더욱 과시하려고 덤빈다.

"내 충성에 잘못이 있었다면 지적을 하라고 했는데, 왜 말을 못 하는가. 그러면서 어째서 나의 죽음을 정당하다고 생각한다는 말인가?"

사태가 그 지경에 이르고 보니, 한신도 언제까지나 침묵만 지키고 있을 수는 없었다. 그리하여 그는 입을 열어 이렇게 말하기 시작하였다.

"대부께서 그렇게까지 자신의 충성을 고집하신다면, 제가 평소에 생각해 오던 바를 솔직히 말씀을 드리겠습니다. 항우는 젊었을 때 경자관군卿子冠軍의 수령이었던 송의宋義 장군을 죽인 일이 있었는데, 그 당시로서는 그것은 분명히 하극상下剋上이었습니다. 그런데 대부는 그 일에 대해 어찌하여 일언 반구의 간언도 올리지 않았었습니까? 그나 그뿐입니까. 얼마 전에 항우가 삼세 진황三世秦皇이었던 자영子嬰을 죽였을 때와 진시황의 무덤을 파헤쳤을 때에도, 대부는 한 말씀의 간언도 올린 일이 없었습니다. 그리고 또 항우가 진 나라의 군사들을 20만 명씩이나 생매장을 했을 때에도 아무 말이 없다가, 이제 와서 천도 문제로 간언을 올린 것은 무슨 까닭이었습니까? 항우가 범증 군사의 간언도 들으려고 하지 않는데, 그러한 항우에게 간언을 올린 것은 죽음을 자초한 것이나 다름없는 일이었다는 것을 아셔야 합니다."

한신의 논변은 장강 유수처럼 도도하여, 천하의 충신으로 자처해 오던 한생은 부끄러움에 얼굴을 들 수가 없었다. 한신은 다시 입을 열어 말한다.

"대부는 항왕을 원망하기보다는, 차라리 어린아이들에게 노래를 불러 퍼뜨린 그 사람을 원망하소서. 모르면 모르되, 그런 노래를 지어 퍼뜨린 사람은 지금 구경꾼들 속에 반드시 숨어 있을 것입니다."

아까부터 군중 속에 숨어서 그 광경을 지켜보고 있던 장량은, 한신의 말에 소스라치게 놀라며 황급히 남의 등 뒤로 몸을 감췄다. 그러면서도 속으로는,

'한신이란 사람은 과연 무서운 인물이로구나! 저 사람을 대원수로 모셔 가면 어떤 일이라도 해낼 수 있을 것이 아니겠는가.'
하고 혼자 생각하였다.

이윽고 한생을 살해하고 나자, 항우는 계포季布 장군을 팽성으로 보내면서,

"시급히 천도할 테니, 범증 군사와 상의하여 팽성에 대궐을 빨리 짓도록 하라."
하고 명했다.

그러나 이제는 천도를 반대하는 사람이 아무도 없었다. 따라서 한신은, 항우는 오래 모실 사람이 못 된다는 것을 깨닫고 어디론가 떠나갈 생각을 품게 되었다.

보검寶劍의 주인

장량은 한신을 먼빛으로 바라본 그날부터, 유방을 돕기 위해서는 어떤 일이 있어도 한신이라는 인물을 데려가야 하겠다고 생각하였다. 언젠가 홍문연 잔치가 있었던 날 밤 어둠 속에서,

늙은 범증이 큰일을 꾸몄건만
장량이 먼저 알아채고
술자리에서 위기를 막아냈으니
후일에 천하를 얻을 사람은
오직 패공뿐이로세.

하고 노래를 불렀던 그 청년이 바로 다른 사람 아닌 한신이었음을 알게 되어, 장량은 한신에 대한 신뢰감이 더욱 절실해졌던 것이다.

'한신은 천하 대세의 기미機微를 알고 있는 비범한 인물이다. 그런 인물을 놔두고 누구와 더불어 천하를 도모할 수 있을 것인가.'

장량은 한신을 만나 보기 위해 그의 숙소를 비밀리에 탐지해 두었다. 그러나 그를 찾아가려면 무슨 구실이 있어야 할 터인데, 적당

한 구실이 얼른 생각나지 않았다.

그리하여 며칠 동안 아무 볼일도 없이 거리를 싸돌아다니고 있노라니까, 어떤 사람이 길가에 검劍 한 자루를 내놓고 팔려고 하고 있었다. 장량은 그것을 무심코 집어보다가 깜짝 놀랐다. '청학보검靑鶴寶劍'이라는 명銘이 들어 있는 그 검은 그 옛날 진시황이 차고 다니던 명검名劍이었기 때문이었다.

"이 검은 팔 것이오?"

"그렇소. 이것은 진시황이 차고 다니던 천하의 명검이오. 싸게 드릴 테니 사 가시오."

장량은 한신을 찾아갈 좋은 구실이 생겼다 싶어서, 즉석에서 그 검을 사 버렸다. 그리하여 그 검을 가슴에 품고, 그날 밤으로 한신을 찾아갔다.

한신의 숙소는 부대 안에 있었다. 장량은 진문陣門을 지키고 있는 파수병에게 이렇게 말했다.

"나는 한 장군의 고향인 회음淮陰에서 온 사람이오. 한 장군에게 고향 친구가 찾아왔다고 전해 주시오."

한신은 파수병으로부터 그 말을 전해 듣고, 의아스럽게 고개를 기울였다.

'고향에서 나는 집이 가난해 친구가 한 사람도 없었는데, 웬 고향 친구가 찾아왔단 말인가.'

한신은 만나기를 주저하고 있었는데, 어느 새 장량은 섬돌 아래까지 다가와 한신에게 고개를 수그려 보이는 것이 아닌가. 한신은 적이 놀라며 달빛에 바라보니, '고향 친구'라는 사람은 첫눈에 보아도 인품이 매우 고상해 보였다. 그러므로 한신은 자기도 모르게 자리에서 일어서며,

"어서 올라오시지요. 어디서 오신 누구시라고 하셨죠?"

하고 방으로 모셔 올리며 정중하게 물었다. 장량은 방으로 들어와 예의를 갖춘 뒤에 조용히 말한다.

"나는 장군과 고향이 같지만 어려서 고향을 떠났기 때문에, 장군은 나를 모르실 것이오."

"그런데 무슨 일로 이 밤중에 나를 찾아오셨습니까?"

장량은 가슴에 품고 온 보검을 한신에게 꺼내 보이며 말한다.

"실상인즉, 나는 이 검을 장군에게 팔고 싶어서 오늘 아침에도 찾아왔었지요. 그러나 그때에는 장군이 외출중이어서, 이렇게 밤중에 다시 찾아온 것이오."

한신은 그 말을 듣고 적이 의아스럽게 여기며 묻는다.

"그 검이 어떤 검인지는 모르나, 꼭 나한테 팔아야 할 무슨 이유라도 있으신가요?"

"있지요. 있고말고요."

"그 이유가 무엇입니까?"

"내가 장군을 찾아온 이유를 말씀드리지요. 우리 집안에는 조상 때부터 전해 내려오는 세 자루의 보검이 있었지요. 그 검은 값의 고하를 막론하고 꼭 영웅 호걸한테만 팔라는 조상의 유언이 계셨는데, 두 자루는 이미 팔아 버렸고 한 자루만이 남아 있기에, 나는 고향이 같은 장군에게 팔려고 찾아온 것이오. 이 검을 입수하면 장군은 위령威令을 천하에 떨칠 수 있을 것이니, 이 검을 꼭 사주기 바라오."

한신은 본시부터 검을 사랑할 뿐 아니라, 검에 대한 감상안鑑賞眼도 매우 높았다. 그러기에 등불을 밝혀 놓고, 문제의 검을 이모저모로 신중히 감정해 보았다. 그러다가 마침내 자기도 모르게,

"아아, 이것이야말로 천하에 둘이 있을 수 없는 오직 하나뿐인 명검이로구나!"

하고 감탄해 마지않았다.

그도 그럴 것이 검신劍身에서 발산되는 예리한 보기寶氣는 선善을 추앙하듯 따뜻해 보이기도 하고, 악惡을 응징하듯 서릿발같이 싸늘해 보이기도 했기 때문이었다. 한신은 그 검을 갖고 싶은 욕심이 불길같이 솟아올랐다. 그러나 그만한 명검이면 값이 엄청날 것 같은데 한신에게는 그만한 돈이 없어서,

"두 자루의 검은 이미 파셨다고 했는데, 값을 얼마나 받으셨소이까?"

하고 값을 간접적으로 알아보았다. 장량이 대답한다.

"이미 말씀드린 바와 같이 이 검은 사람을 보아서 팔려는 것이지, 값을 많이 준다고 아무한테나 팔려는 것은 아니오. 참다운 주인이 나타났다고만 생각되면 한 푼도 받지 않고 그냥 선사할 수도 있는 일이오."

"그렇다면 나 같은 사람은 이 검을 가질 자격조차 없는 사람인 것 같소이다."

"천만의 말씀! 장군이 천하의 영웅이라는 사실을 알고 일부러 찾아온 것이오. 장군을 직접 만나 보니, 과연 장군이야말로 이 검의 주인이 될 분이오."

한신은 그 말을 듣고 크게 기뻐하며 다시 묻는다.

"이만한 명검이라면 반드시 이름이 있을 터인데, 이름을 뭐라고 하오?"

장량이 대답한다.

"이름이 있고말고요. 세 자루가 모두 이름이 있지요. 한 자루는 '천자검天子劍'이라 하고, 한 자루는 '재상검宰相劍'이라 하고, 이 검의 이름은 '원술검元戌劍'이라고 하지요."

한신은 장량에게 다시 묻는다.

"검의 이름이 다르다면, 검의 질질質도 다를 것이 아니오. 세 자루의 검이 어떻게 다르오?"

"그야 물론 다르지요. '천자검'은 검신이 하얀 데다가 자색 광채紫色光彩가 감돌아서, 그것은 천자의 팔덕八德을 갖춘 사람이 아니면 못 가지게 되는 검이오."

"천자의 팔덕이란 어떤 것을 말하오?"

"인품이 인효총명仁孝聰明하고 경강검학敬剛儉學한 것을 말하는 것이오."

"'재상검'에도 그 나름대로 덕은 있어야 할 게 아니오?"

"물론이지요. 그러나 재상의 덕은 충직명변忠直明辯하고 서용관후恕容寬厚하면 되는 것이오."

그러자 한신은 눈앞의 검을 가리키면서,

"이 검의 덕은 어떤 것이오?"

하고 물었다. 장량이 대답한다.

"원술검의 덕은 염과廉果 · 지신智信 · 인용仁勇 · 엄명嚴命이라고 말할 수 있지요."

한신은 그 말을 듣고 '원술검'에 더욱 애착을 느꼈다.

"'천자검'과 '재상검'은 이미 팔아 버리셨다고 그랬는데, 그 검들은 어떤 분에게 파셨소?"

"천자검은 지금 파촉에 가 계신 한왕 유패공에게 팔았고, 재상검은 한왕을 보필하고 계신 소하蕭何 대인에게 팔았지요."

"천자검을 한왕에게 파셨다면, 유패공이라는 분은 그렇게도 덕이 높으신 분이오?"

장량이 대답한다.

"한왕은 성품도 관인대도寬仁大度하려니와, 관상학상으로도 천자의 기상을 타고나신 어른이시오. 그러니 내 어찌 '천자검'을 그분에게 팔지 않을 수 있었겠소."

"재상검을 샀다는 소하 대인이라는 분은 어떤 분이오?"

"소하 대인으로 말하면, 무력을 사용하지 않고 인의仁義만으로도 세상을 다스릴 능력을 갖추고 계신 분이오. 유방 장군으로 하여금 '약법삼장'으로 세상을 평화롭게 다스려 나가게 한 것도 그분의 발상發想이었으니, 어찌 재상의 대재大才라고 아니 할 수 있겠소."

한신은 장량의 말을 듣고 나서 웃으면서 말한다.

"선생은 천자검과 재상검만은 주인을 옳게 골라 파셨소이다. 그러나 '원술검'을 나한테 팔려고 하시는 것은 크게 잘못된 일이오이다. 왜냐하면 나는 이름 없는 무사武士일 뿐이지, 대장의 덕을 갖추지 못한 사람이기 때문이오. 그러한 내가 어찌 이런 보검을 지닐 수 있겠소."

한신으로서는 솔직한 고백이었다. 일개의 집극랑에 불과한 자기가 어찌 감히 '원술검' 같은 보검을 지닐 수 있을까 하는 것은 솔직한 겸손이었던 것이다. 그러나 장량은 웃음을 지으며 고개를 좌우로 흔든다.

한신은 장량에게 다시 말한다.

"나는 항왕에게 신세를 지고 있는 지 5년이 넘도록 아직도 말장末將에 불과하오. 그러한 내가 어찌 이러한 보검의 주인이 될 수 있겠느냐 말이오?"

그러자 장량은 정색을 하고 말한다.

"내가 본 바로는 장군은 손자孫子나 오자吳子보다도 더 원대한 포부를 가슴속에 품고 있으면서도 다만 주인을 잘못 만났기 때문에 헛되이 썩어나고 있는 중이오. 천리마千里馬도 백락(伯樂:말 감정의 명인)을 만나지 못하면 노마駑馬와 다름없는 취급을 받게 되는 법인데, 지금의 장군이 바로 그런 처지에 있는 중이오. 내가 보기에 장군은 주인을 잘만 만나면, 풍운 조화를 일으키고 명성이 천하에 떨쳐서, 인신人臣으로서 영화를 마음껏 누릴 수 있는 분이오. 그런데 어찌하여 지금처럼 무명 말장無名末將으로 허송 세월을 하고 계시느냐 말이오!"

한신은 장량의 말에 커다란 충격을 받은 듯, 장탄식을 하면서 자신의 울분을 이렇게 털어놓는다.

"선생의 말씀을 듣고 나니, 나는 답답하던 가슴이 별안간 탁 트이는 것만 같소이다. 솔직히 말씀드리면 나는 항우 장군을 섬기기 때문에 아무 쓸모없는 인간이 되어 버렸소. 도읍을 옮기는 문제만 하더라도, 나는 함양으로 옮겨 가야 한다고 여러 차례 간했건만, 항왕은 기어코 팽성으로 옮겨 가기로 결정을 내렸소. 그 한 가지만 보아도 항왕은 장래의 운명이 뻔하기에, 나는 차라리 고향으로 돌아가 농사나 지어먹을 생각을 하고 있는 중이오."

장량은 "그게 무슨 소리냐!"는 듯 손을 힘차게 내저으며 한신을 다시 설득시킨다.

"장군 같은 대기大器가 무슨 그런 말씀을 하고 계시오. 옛날부터 '좋은 새는 나무를 가려 깃들이고〔良禽相木而棲〕, 어진 신하는 주인을 택해 섬긴다〔賢臣擇主而佐〕'고 하였소. 장군 같은 대재大才가 고향에 돌아가 일생을 농사꾼으로 종신한다는 것은 말도 안 되는 말씀이오."

그러나 한신은 다시금 한숨을 내쉬며 장량에게 이렇게 묻는다.

"선생의 말씀은 모두가 명담이시오. 내 오늘날 선생과 더불어 담화를 나누다 보니 10년 묵은 체증이 한꺼번에 뚫리는 것만 같구려. 선생은 검을 팔기 위해 나를 찾아오셨노라고 하지만, 혹시 다른 뜻이 있어서 나를 찾아오신 것은 아니오?"

"……."

장량은 아무 대답도 아니 하고 웃기만 하였다. 그러자 한신은 장량의 얼굴을 유심히 바라보다가, 불현듯 얼굴에 환희의 빛을 띠며 단도 직입적으로 이렇게 묻는다.

"나는 아까부터 선생을 보통 분이 아니라고 생각하고 있었는데 혹시 선생은 한韓나라의 재상으로 계시던 장자방張子房 선생이 아니십니까?"

장량은 자신의 정체를 굳이 숨기고 싶지는 않았다. 그리하여 웃으면서 대답한다.

"장군께서 나의 이름을 물으시니 솔직히 말씀하지요. 나는 한나라의 장자방이 분명하오."

한신은 그 소리를 듣기가 무섭게 자리에서 벌떡 일어서더니, 장량에게 큰절을 올린다.

"선생은 손자나 오자보다도 훌륭하신 병학가兵學家라고 들었사옵는데, 미처 알아뵙지 못한 것을 용서하소서."

장량은 한신의 손을 끌어당겨 자리에 일으켜 앉히며,

"무슨 말씀을……. 나 역시 장군의 고명高名을 진작부터 사모해 오고 있었는데, 이렇게 직접 만나 뵈니 기쁘기 한량없소이다."

"선생께서는 무슨 과분하신 말씀을……. 선생 같으신 어른이 무슨 일로 보잘것 없는 저를 직접 찾아주셨습니까?"

"내 이제 장군에게 무엇을 숨기겠소. 장군은 여기서 보람 없는 세월을 보내고 있을 게 아니라, 나와 함께 한왕에게 귀의하여 새로운 천하를 도모해 보는 것이 어떠하겠소. 실상인즉, 내가 장군을 찾아온 것은 그 때문이오."

"선생께서 쓸모없는 저를 거두어 주신다면, 제가 어찌 사양을 하오리까. 그러잖아도 저는 진작부터 마음속으로는 유패공을 사모해 오고 있었습니다. 선생께서 소개해 주시기만 한다면, 저는 오늘이라도 파촉으로 한왕을 찾아가기로 하겠습니다."

한신은 항우를 버리고 유방을 섬길 결심을 즉석에서 표명하였다. 장량은 그 말을 듣고 크게 기뻐하면서,

"장군이 나와 뜻을 같이해 주시겠다니, 나는 백만 대군을 얻음과 같이 기쁘오이다. 우선 이 '원술검'을 정표로 드릴 테니 신물信物로 받아 주시오."

하고 문제의 검을 한신에게 건네주었다.

한신은 감격해 마지않으며,

"이 보검을, 한왕을 위해 충성을 다하라는 뜻으로 알고 경건한 마음으로 받겠습니다. 이제부터 저는 선생의 뜻을 받들어 한왕에게 신명을 다해 충성하겠습니다. 그런데 제가 무턱대고 한왕을 찾아가면, 한왕께서는 저를 쉽게 받아 주실 것 같지 않은데, 그 문제를 어떻게 하는 것이 좋겠습니까?"

하고 묻는다. 한신은 본시 두뇌가 비상한 사람인지라, 이미 거기까지 생각하고 있었던 것이다.

장량은 호주머니에서 '증표'를 내주며 대답한다.

"이 증표를 가지고 포중으로 가서 소하 재상을 만나 보시오. 이 증표만 내보이면 소하 재상은 장군을 한왕에게 소개할 것이고, 그러면 한왕께서는 장군을 중용하실 것이오."

"고맙습니다. 그러면 선생은 이제 앞으로 어떡하실 생각이시옵니까?"

"나는 다른 볼일이 남아 있어서 파촉까지 가지는 못하겠소이다."

장량은 한신과 굳은 언약을 나누고 자리에서 일어서다가,

"장군은 언제쯤 파촉으로 떠나시려오?"

하고 물었다. 한신은 결연히 대답한다.

"이미 저의 태도를 결정한 이상, 아무도 모르게 내일 새벽에라도

파촉으로 떠나기로 하겠습니다."

"잘 생각하셨소이다. 그러면 후일에 다시 만나기로 합시다."

장량은 거기까지 말하다가 문득 생각나는 일이 있어서 말한다.

"참, 내가 파촉에서 돌아 나올 때에 모든 잔도를 불태워 버렸기 때문에 그냥 가셔서는 안 될 것이오."

한신은 그 말을 듣고 깜짝 놀란다.

"잔도를 모두 불태워 버리셨다면, 포중으로는 들어가지 못할 것이 아니옵니까?"

그러자 장량은 품속에서 커다란 지도地圖 한 장을 꺼내어, 한신에게 보여 주면서 설명한다.

"이 지도를 참고하면서 계두산鷄頭山을 거쳐 양각산兩脚山으로 들어가도록 하시오. 거기서 산을 또 하나 넘어가면 진창陳倉이라는 곳이 나오지요. 진창에서부터는 포중을 어렵지 않게 찾아갈 수 있을 것이오."

"이 길 말고, 좀더 편한 길은 없겠습니까?"

"이 길은 나 이외에는 아무도 모르는 길이오. 이 길로 가면 고생스럽기는 해도, 거리가 2백여 리나 가까울 것이오. 장군께서 후일에 군사를 몰고 나올 때에도 이 길을 택해야 하오."

한신은 장량의 풍부한 지식에 새삼 놀라워하며,

"선생께서는 언제 파촉으로 들어가실 생각이십니까?"

하고 물어 보았다. 장량이 대답한다.

"나는 여기서 할 일이 많아 파촉에는 못 들어가겠소이다. 그러나 연락만은 끊임없이 취하겠소이다."

"여기서 무슨 일이 그렇게도 많으십니까?"

그러자 장량은 웃으면서 설명한다.

"내 이제 장군에게야 무엇을 숨기겠소. 나는 이제부터 제후諸侯

들을 찾아다니며, 항우에게 등을 돌리고 한왕에게 귀의하도록 유세공작遊說工作도 펴야 하겠고, 항우가 팽성으로 빨리 천도하도록 유도작전誘導作戰도 써야 하오. 나는 여기서 그런 공작을 꾸준히 해나가고 있을 테니, 장군은 파촉으로 들어가거든 군사들을 열심히 키워 천하를 도모할 태세를 견고하게 갖추고 계시오. 밖에서는 내가 활약하고 안에서는 장군이 군사를 키워 놓기만 하면, 우리들은 한왕을 중심으로 머지않아 천하를 통일할 수가 있을 것이오."

한신은 말만 들어도 신바람이 나도록 기뻤다. 대장부의 웅지雄志를 이제야 마음껏 펴보게 되었다고 생각되었기 때문이었다.

다음날 아침, 한신은 고향에 다녀온다는 핑계로 항우의 그늘을 떠나 멀고먼 파촉으로 유방을 찾아 나섰다.

의제義帝 시해

항우는 도읍을 팽성으로 빨리 옮겨 가고 싶었다. 때마침 범증이 팽성에 가 있었으므로 항우는 범증에게 계포季布를 보내, '의제義帝를 빨리 다른 곳으로 쫓아 보내도록 하라!' 는 엄명을 내렸다.

범증이 항우의 뜻을 의제에게 전하니, 의제가 개탄하면서 말한다.

"나는 이 나라의 제왕이오. 제왕이 명령을 내리면 신하는 그 명령을 아랫사람들에게 전달할 의무만이 있을 뿐이오. 항우는 그 옛날 나를 임금으로 내세운 덕택에, 제후들도 항우와 호흡하여 진나라를 정벌할 수가 있었던 것이오. 나는 항우와 유방이 출진出陣할 때, 함양을 먼저 함락시키는 사람을 관중왕에 임명하겠노라고 철석같이 언약을 했던 일이 있었소. 그런데 항우는 그 언약을 배반하고 유방에게서 관중왕의 자리를 빼앗더니, 이제는 나까지 산속으로 정배를 보내 버릴 생각이니, 세상에 이런 불충스러운 행패가 어디 있단 말이오?"

"……"

범증은 얼굴이 화끈거려 아무 대답도 못 했다. 의제가 다시 말을 계속한다.

"나의 신하인 항우가 이제 와서는 나의 위에 올라서려고 행패를 부리니, 그것을 어찌 인신人臣의 도리라고 할 수 있겠소. 그대는 항우의 아부亞父가 아니오? 항우에게 잘못이 있으면 죽음으로써 간언을 올려야 마땅하거늘, 오히려 나만을 괴롭히고 있으니 그대는 양심도 없는 사람이란 말이오?"

의제의 공박이 추상열일秋霜烈日같이 준엄하여, 범증은 땅에 엎드려 아뢴다.

"신도 패왕에게 여러 차례 간언을 올렸던 것이옵니다. 그러나 패왕은 끝끝내 듣지 않으실 뿐만 아니라, 지금은 계포 장군까지 보내 '불일간에 도읍을 팽성으로 옮겨 올 테니, 폐하를 빨리 다른 곳으로 가시게 하라'는 분부가 있었습니다. 신으로서는 이럴 수도 없고 저럴 수도 없어, 다만 폐하의 처분만 바랄 뿐이옵니다."

"그것은 말도 안 되는 소리요. 무릇 대신이라는 자는 마땅히 신도臣道에 따라서 임금을 섬겨야 하는 법이오. 그대가 항우에게 아부하는 소인이 아니라면, 어찌 감히 나에게 그런 말을 할 수가 있단 말이오?"

범증은 등골에 식은땀이 흘러내려 아무 말도 못 하고 그 자리를 물러나왔다. 그리하여 계포를 항우에게 돌려보내 그간의 경과를 사실대로 알려 주었다.

항우는 계포로부터 상세한 보고를 받고, 주먹을 치며 대로한다.

"의제라는 자는 본시 무명 수자無名豎子이던 것을 우리 가문에서 내세워 주었던 것인데, 그자가 이제 와서는 은혜를 원수로 갚으려고 덤비니 그냥 내버려 둘 수는 없는 일이다. 더구나 그자는 유방과 짜고 나를 해치려고 하고 있으니, 계포 장군! 그자를 어찌했으면 좋겠소?"

계포는 항우에게 맹목적으로 충성을 다하는 극렬 분자인지라, 그는 즉석에서 이렇게 대답한다.

"의제가 유방과 짜고 대왕을 해치려고 한다면, 그 일이 표면화되기 전에 의제를 제거해 버리도록 하시옵소서. 지금 당장 제거해 버리지 않으면, 후일에는 큰일을 치르게 되시옵니다."

항우는 계포의 말을 옳게 여겨 고개를 크게 끄덕이며 말한다.

"장군의 의견에는 나도 동감이오. 그러나 거기에는 문제가 있소."

"의제를 없애 버리기는 식은 죽 먹기보다 쉬운 일인데, 무슨 문제가 있다는 말씀입니까?"

"의제는 명색만은 당당한 '제왕帝王'이오. 따라서 '제왕'을 죽여 버리면 나는 역신逆臣으로 몰려 천하의 비난을 사게 될 것이니, 그 점이 두렵다는 말이오."

계포는 그 말을 듣고 소리 내어 웃으면서 말한다.

"대왕 전하! 그런 점은 조금도 염려 마시옵소서. 다만 대왕께서는 의제에게 '침주郴州로 천도하시라'고 정중한 표문表文 한 장만 올리시면, 만사를 감쪽같이 해결할 방도가 있사옵니다."

"표문을 올리기는 어려운 일이 아니지만, 그것만으로 어떻게 해결할 수가 있다는 말이오?"

"제가 구체적인 방도를 말씀 올리겠습니다. 구강왕九江王 영포英布, 형산왕衡山王 오예吳芮, 임강왕臨江王 공오共敖 등을 침주로 오는 산중에 잠복시켜 두었다가 그들로 하여금 의제를 죽여 없애게 하면, 대왕께서는 아무런 비난도 받지 않고 목적을 달성할 수가 있을 것이옵니다."

항우는 그 계략을 듣고 무릎을 치며 감탄한다.

"장군의 계략은 참으로 명안이오. 그러면 그 수법을 쓰기로 합시다."

항우는 그날로 영포·오예·공오에게 연락하여 팽성에서 침주로 통하는 산간에 군사를 매복시켜 놓게 하였다. 그러고 나서 의제에게는 다음과 같이 지극히 정중한 표문을 올렸다.

초패왕 신 항우는 삼가 의제 폐하에게 글월을 올리옵니다. 신 항우는 어명을 받들고 진나라를 정벌한 뒤에, 국법에 의하여 자영을 죽이고 천하를 정복했으니, 이제 의제께서는 사실상 천하의 제왕이 되셨습니다. 그런데 팽성은 군사상의 요충이기만 할 뿐이지, 폐하께서 거처하실 안락한 곳은 못 되옵니다. 그러므로 폐하께서는 침주로 옮겨 오시고, 그 대신 신이 팽성으로 이동함이 좋을 줄로 아뢰옵니다. 침주는 호남의 명군名郡으로서 산수가 수려할 뿐만 아니라 유명한 동정호洞庭湖도 멀지 않은 곳에 있어서, 그 이상 좋은 곳이 없사옵니다. 엎드려 바라옵건대, 폐하께서는 침주로 속히 옮겨 오시도록 하시옵소서.

표문에 담겨 있는 문사文辭만은 정중하기 이를 데 없었다. 의제는 항우의 표문을 받아 보고, 좌우의 중신들을 서글픈 시선으로 둘러보며 말한다.

"항왕이 일부러 사람을 보내 침주로 빨리 옮겨 오라고 성화같이 재촉하고 있으니, 이는 신하로서의 도리에 벗어나는 짓이오. 그러나 항우의 말을 듣지 않았다가는 필경 무슨 변을 당할 것만 같으니, 나는 침주로 떠나야 하겠소."

"……."

좌우의 중신들은 함부로 입을 열었다가는 무슨 화를 당하게 될지 몰라 모두들 허리만 굽실거릴 뿐 말이 없었다.

그로부터 며칠 후 의제가 팽성을 떠나려 하자, 백성들이 길가에 엎드려 울면서 호소한다.

"저희들은 폐하의 성덕으로 그동안 마음놓고 살 수가 있었사옵니다. 그런데 폐하께서 침주로 떠나가시면 언제 또다시 돌아오시게 되실 것이옵니까?"

의제는 목이 메어 대답을 못 하고 눈물만 흘렸다. 백성들과의 이별이 피차간에 그렇게도 슬펐던 것이다. 이윽고 대강大江에 이르러 배에 올라타니, 파도는 거칠고 바람은 사나워 돛대가 부러질 지경이었다. 어쩔 수 없어 배를 강가에 매어 놓고 그날 밤은 민가에서 자게 되었는데, 의제는 그날 밤 이상한 꿈을 꾸었다. 꿈에 용주龍舟를 타고 강을 건너고 있노라니까, 어디선가 문득 선악仙樂이 은은하게 울려 오더니, 홀연 두 명의 금동金童과 한 명의 옥녀玉女가 나타나 의제에게 큰절을 올리며 아뢴다.

"폐하! 저희들은 천제天帝의 명을 받들고 폐하를 모시러 왔사옵니다. 지금 용궁에서는 천제께서 만조 백관들과 함께 폐하를 기다리고 계시오니, 폐하는 저희들과 함께 용궁으로 임어臨御해 주시옵소서."

의제는 의아스러워서 묻는다.

"용궁은 사람이 사는 곳이 아닌데, 어찌하여 나를 용궁으로 가자고 하느냐?"

그러자 금동이 대답한다.

"폐하는 제왕의 덕을 갖추고 계신 훌륭하신 어른이오나, 지금은 적제赤帝가 득세하여 날뛰고 있으므로, 제위를 그자에게 물려주시고 용궁으로 들어오시라는 천제의 분부이셨습니다."

"뭐야? 제위를 적제에게 물려주고 용궁으로 들어오라고……?"

의제는 깜짝 놀라 배에서 뛰어나오려고 하다가, 문득 깨어 보니 한마당 꿈이었다. 의제는 꿈이 하도 수상하여 측근들에게 꿈 이야기를 하니,

"폐하! 그것은 매우 불길한 꿈이옵니다. 이대로 행차하시다가는

무슨 변을 당할지 모르오니, 팽성으로 환어還御하심이 어떠하겠습니까?"

하고 팽성으로 되돌아가기를 권한다. 그러나 의제는 고개를 가로저었다.

"일단 떠난 이상, 팽성으로 돌아갈 수는 없는 일이다. 천수天壽라면 인력人力으로는 어찌할 수 없는 일이니, 나는 어떤 변을 당하더라도 침주로 가기로 하겠다."

다음날 의제는 일찌감치 배를 타고 침주를 향하여 떠났다. 그리하여 대강을 절반쯤 건너왔을 때의 일이었다. 산 속에 숨어 있던 영포·오예·공오 등이 세 척의 배에 군사들을 가득 싣고 다가오더니,

"저희들은 항왕의 명에 의하여, 폐하를 마중 나온 군사들이옵니다. 폐하가 의제임이 틀림없으시다면, 옥부玉符와 금책金冊을 증표證標로 보여 주시옵소서."

하고 큰소리로 외치는 것이 아닌가.

의제는 배를 멈추고 그들을 바라보았다. 말인즉 "마중을 나왔다"고 하지만, 그들의 태도에는 살기가 등등하였다. 의제는 위험을 직감하였다. 그러나 제왕의 위엄을 지키려고 의연한 자세로 그들을 꾸짖는다.

"너희들이 나를 마중 나온 것이 사실이라면, 제왕인 나에게 증표를 보여 달라는 것이 무슨 무례스러운 짓이냐. 세 명의 장수가 강한복판에까지 많은 군사를 몰고 온 것을 보면, 너희들은 나를 죽이려고 온 것이 아니냐?"

의제의 입에서 그 말이 떨어지기가 무섭게 영포·오예·공오 등은 군사를 몰고 배 위로 달려 올라오더니, 의제에게 달려들어 이리떼처럼 난도질을 하기 시작하는 것이었다. 의제는 몸에 수많은 상

처를 입고 물 속으로 뛰어들며 서쪽 하늘을 향하여 비통하게 울부
짖었다.

"천하의 역적 항우란 놈 듣거라. 나는 죽어 원혼이 되어서라도 네
놈에게 반드시 원수를 갚으리라."

의제는 그 한마디를 남기고 처참하게도 수중고혼水中孤魂이 되
었다.

한편, 의제를 환영하기 위해 강가로 몰려나와 있던 백성들은 의
제가 영포 등의 손에 살해되는 끔찍스러운 광경을 목격하고 저마다
절치 부심하였다. 더구나 80객 어부漁夫인 동공董公 노인은 의제가
영포의 손에 살해되는 광경을 목격하고, 눈물을 뿌리며 동료들에게
이렇게 외쳤다.

"의제께서 역적들의 손에 시해되셨으니, 우리들은 시체라도 찾아
내어 정중히 장사를 지내 드려야 하겠다. 오늘 밤 우리들은 의제의
시체를 우리 손으로 찾아내 오자."

그날 밤, 백성들은 의제의 시체를 찾아내려고 저마다 손에 손에
횃불을 들고 강가로 달려나왔다. 그리하여 배를 나눠 타고 수중 탐
색을 계속하기를 여러 시간 만에, 마침내 시체를 발견하였다. 의제
의 얼굴을 직접 대해 본 사람은 아무도 없었지만, 용龍을 조각한 옥
환玉環을 팔목에 차고 있는 것으로 보아 의제의 시체임을 확인할
수가 있었다.

백성들은 의제의 시체를 뭍으로 모셔 올려 비밀리에 장사를 지내
주면서, 모두들 이를 갈며 이렇게 맹세하였다.

"우리들은 언젠가는 한왕 유방을 모셔다가 임금님으로 삼고, 항
우에게 의제의 원수를 갚기로 하리라."

관문 통과패

영포와 오예는 의제를 죽인 뒤에, 그 사실을 범증에게 알려 주려고 팽성으로 달려왔다. 범증은 의제가 시해되었다는 보고를 받고, 까무러칠 듯이 놀라며 탄식한다.

"의제는 그 옛날 무신공(武信公:항우의 숙부인 항량)이 임금으로 받들어 모셨던, 신망이 두터우신 어른이었다. 그런 분을 시해했다니 그것은 신도臣道에 어긋나는 일이다. 만약 항왕이 함양을 버리고 팽성으로 천도해 오면, 백 날이 채 못 가서 유방은 함양으로 쳐나올 것인데, 이 일을 어찌했으면 좋다는 말이냐. 나는 침주로 빨리 돌아가, 함양으로 천도하도록 항왕에게 다시 간언을 올려야겠다."

그러자 계포가 말한다.

"지난번에 한생韓生이 함양으로 천도하라는 간언을 올렸다가 팽살烹殺을 당한 일이 있었습니다. 그런데 군사께서는 어쩌려고 그런 간언을 올리겠다는 말씀입니까?"

범증이 다시 말한다.

"만약 함양을 버리고 팽성으로 천도했다가는, 우리들 모두가 유방의 손에 포로가 되고 말 것이오. 그러므로 모두가 힘을 합하여 함양으로 천도하도록 간언을 올려야 하오. 그것은 우리들 전체의 생사 문제요."

범증은 계포에게 팽성을 지키게 하고 영포·오예 등과 함께 침주로 급히 돌아와 보니, 항우는 팽성으로 천도하려고 짐을 꾸리고 있지 않은가.

항우는 의제를 죽여 버렸다는 보고를 받고 크게 기뻐하며 말한다.
"아아, 나는 이제야 심복지환心腹之患을 제거해 버렸구나!"

그러나 범증은 심각한 얼굴로 간한다.

"대왕 전하! 전하의 심복지환은 의제가 아니옵고 유방입니다. 만약 우리가 함양을 비워 둔 채 팽성으로 천도하고 나면, 유방은 석 달이 채 못 가 대군을 거느리고 함양으로 쳐 나오게 될 것입니다."

항우는 그 말을 듣고 소리를 크게 내어 웃는다.

"아부는 웬 기우杞憂가 그다지도 많으시오. 유방이 그렇게도 무서우시오? 그자는 파촉으로 들어갈 때, 잔도棧道를 모조리 자기 손으로 불태워 버렸소. 그것은 다시는 함양으로 나오지 않겠다는 증거가 아니고 무엇이겠소. 게다가 파촉에서 나오는 길목은 우리의 삼진왕三秦王들이 엄연히 지키고 있으니, 유방이 날짐승이 아닌 바에야 어찌 함양으로 나올 수가 있다는 말이오?"

장량이 일찍이 잔도를 모조리 불태워 버린 것은 항우의 경계심을 없애 주려는 술책이었는데, 항우는 그 술책에 감쪽같이 속아 넘어간 셈이었다. 그러나 범증은 고개를 가로 흔들며 다시 말한다.

"대왕께서 그렇게 말씀하시는 것은 크게 잘못된 판단이시옵니다. 대왕께서 팽성으로 옮겨 가시면, 삼진왕들의 경계심도 절로 소홀해질 터이니, 어떻게 그들만을 믿고 안심할 수 있을 것이옵니까?"

항우는 범증의 간언을 비웃으면서 다시 말한다.

"유방이 함양으로 쳐나올 야심이 있다면, 어째서 길을 제 손으로 끊어 버렸겠느냐 말이오. 그 한 가지 사실만 보아도, 유방은 모든 야심을 포기해 버렸음을 알 수 있는 일이 아니오."

그러나 범증은 고개를 흔든다.

"유방은 결코 야심을 포기해 버릴 사람이 아니옵니다. 더구나 그의 휘하에는 장량이 있다는 사실을 아셔야 합니다."

"하하하, 이제 와서는 장량이 아니라 장량의 할애비가 와도 나를 어쩔 수가 없을 것이오. 나는 이미 팽성으로 옮겨 갈 것을 만천하에 공포했으니, 빨리 이삿짐이나 쌉시다."

항우의 결심은 요지 부동이었다. 영포가 옆에서 듣다 못해,

"대왕 전하, 군사께서 그처럼 말씀하시니 만전을 기하기 위해 함양으로 천도하시는 것이 어떠하겠습니까?"

하고 한마디 거들고 나오자 항우는,

"그대가 무얼 안다고 잔소리가 많은가?"

하고 즉석에서 윽박질러 버린다. 범증은 더 이상 할말이 없어 한숨을 쉬며, 그 자리를 물러나오고 말았다.

한편, 한신은 장량과 작별하고 유방을 찾아 떠나려다가 우선 도위都尉 진평陳平의 집에 들러 보았다. 진평은 평소부터 유방에게 호의를 품고 있음을 알고 있었기 때문이었다.

한신은 진평의 마음을 떠보려고, 우선 이렇게 물어 보았다.

"항왕이 함양을 비워 두고 팽성으로 천도하고 나면, 한왕 유방이 반드시 함양으로 쳐나올 것 같은데, 장군은 그 점을 어떻게 생각하시오?"

진평은 오랫동안 심사숙고하다가 한숨을 쉬며 대답한다.

"항왕은 팽성으로 천도하고 싶어서 의제를 죽이기까지 하였소. 게다가 간의대부諫議大夫 한생이 천도를 반대한다고 간의대부도 팽살해 버렸소. 그래 가지고 민심을 어떻게 이끌어 나가려는지, 나로

서는 도무지 이해할 길이 없구려. 그에 비하면 한왕 유방은 덕이 많은 데다가 포부도 웅대한 사람이어서, 후일에 대성할 사람은 반드시 유방일 것이오. 그러니까 한공은 여기서 썩어나지 말고, 유방을 찾아가 포부를 마음껏 펴보도록 하시오."

한신은 그 말에 용기가 솟아올라서 솔직하게 고백하였다.

"실상인즉, 저는 지금 파촉으로 한왕을 찾아가려고 떠나는 길입니다. 그러나 여기서 파촉으로 가려면 수많은 관문을 거쳐야 하겠는데, 어떻게 하면 그러한 관문들을 무사히 통과할 수 있을지 그 일이 걱정스러워 장군을 찾아왔습니다."

"그 문제라면 조금도 걱정하지 마시오. 모든 관문을 총관總管하고 있는 책임자가 바로 내가 아니오. '통과패通過牌'를 내줄 테니, 얼마든지 가지고 가시오."

그러고 나서 진평은 즉석에서 '관문 통과패'를 내주었다. '관문 통과패'를 손에 넣은 한신은 뛸 듯이 기뻤다. 그러기에 진평에게 두 손 모아 감사하면서 말한다.

"이것으로서 모든 문제는 해결되었습니다. 후일에 제가 대성하게 되면 장군의 은혜는 결코 잊지 않겠습니다."

진평도 한신의 손을 뜻있게 움켜잡으며 말한다.

"한왕을 뵙거든 부디 충성을 다해 성공하도록 하시오. 나도 언젠가는 한왕을 찾아가게 될지 모르오."

한신은 진평과 작별하고 그 길로 파촉을 향하여 말을 달려나갔다. 그런데 범증은 평소에도 유방을 경계하느라고 관문을 철저하게 경비하라는 엄명을 내려 두었기 때문에, 비록 통과패가 있어도 관문을 무사 통과한다는 것은 여간 어려운 일이 아니었다.

한신이 처음으로 당도한 관문은 안평관安平關이었다. 천만다행하게도 안평관의 수문장은 한신과 안면이 있는 사람이었다. 그는 한신에게 정중하게 인사를 올리며 묻는다.

"한 장군께서는 무슨 일로 어디를 가시기에, 이 관문을 혼자 통과하려고 하시옵니까?"

한신이 대답한다.

"나는 왕명을 받들고, 삼진왕三秦王들을 만나러 가는 길이오."

"그렇다면 언제쯤 돌아오실 예정입니까?"

"아무리 늦어도 모레까지는 돌아오게 되겠소."

수문장은 그 이상 의심할 여지가 없어서, 한신을 그대로 통과시켜 주었다. 그런데 한신은 사흘이 경과하고 나흘이 지나도 소식이 없지 않은가. 이에 수문장은 크게 걱정스러워, 마침내 범증에게 모든 것을 사실대로 긴급 보고를 올렸다. 범증은 그 보고를 받아 보고 대경 실색하며 말한다.

"나는 한신이라는 자가 마음에 걸려서 그자를 대장으로 발탁하든가 그러잖으면 죽여 없애자고 했는데, 항왕은 내 말을 듣지 않고 있다가 기어코 큰일을 저지르게 되었구나. 한신은 유방을 찾아갔을 것이 분명하니, 어떤 일이 있어도 그자를 도중에서 체포해야 한다."

범증은 모든 관문에 '한신 체포령'을 긴급히 내렸다.

항우는 그 사실을 알고 전신을 부들부들 떨며 노한다.

"한신이라는 겁쟁이가 나를 배반하다니, 이럴 수가 있느냐?"

범증은 겁쟁이라는 말을 듣고 항우를 나무라듯 말한다.

"한신은 겁쟁이가 아니옵고, 희대稀代의 용장勇將이옵니다. 한신이 유방을 돕게 되면 우리에게는 다시없는 우환이 될 것이니, 어떤 일이 있어도 그자가 파촉에 가지 못하도록 도중에서 체포해 버려야 합니다."

항우는 그 말을 듣고, 대장 종이매를 불러 군령을 내린다.

"그대에게 2백 기騎를 줄 테니, 한신을 추격하여 그자를 체포하거든 즉석에서 참형에 처해 버려라."

종이매는 2백 기의 군사를 거느리고 안평관으로 급히 달려와, 수문장에게서 자세한 사정을 알아보았다. 수문장은 사실대로 알리고 나서,

"이 곳을 통과한 지 이미 닷새가 지났으므로 지금쯤은 국경 가까이 갔을 것이옵니다. 장군께서 직접 추격하시기에는 너무도 늦었으니, 차라리 삼진왕들에게 비각飛脚을 보내 그들로 하여금 체포하게 함이 좋을 것 같사옵니다."

하고 말하는 것이 아닌가. 그도 그럴 성싶어, 종이매는 삼진왕들에게 한신을 체포하게 하고 자기 자신은 침주로 되돌아와 항우에게 사실대로 고했다.

항우는 보고를 받고 고개를 끄덕이며 한신을 비웃는다.

"멀리 가 버렸다면 그냥 내버려 두오. 남의 사타구니 아래를 기어 나온 겁쟁이가 어디를 간들 무슨 큰일을 해낼 수 있겠소. 파촉으로 가는 길이 모두 끊겨 버렸다니까, 한신은 유방을 찾아가고 싶어도 길이 없어 못 갈 것이오. 그러나 만일을 염려해 여신呂臣과 종공樅公의 두 장수에게 함양을 지키게 하고, 우리는 예정대로 팽성으로 옮겨 가기로 합시다."

이리하여 항우는 모든 사람들의 반대를 무릅쓰고, 도읍을 기어코 팽성으로 옮기고야 말았다.

한편 한신은 안평관을 통과하고 나서, 그 다음 관문인 대산관大散關도 무사히 통과하였다. 그러나 그때부터는 길이 너무도 험악하였다. 그리하여 장량에게서 받은 지도를 펴놓고 간도間道를 찾고 있노라니까, 별안간 저 멀리로부터 십여 명의 군사들이 말을 달려왔다.

한신은 아무것도 못 본 척하고 말을 천천히 달려나갔다. 군사들은 가까이 다가오며 소리를 질러 묻는다.

"그대는 성명이 무엇인가?"

한신은 말을 멈추며 대답한다.

"나는 이진李珍이라는 사람이오."

"지금 어디로 가는 길인가?"

"포중襃中에 친척이 있어서, 친척을 만나러 가는 길이오."

"관문 통과증이 없을 터인데, 관문을 무슨 재주로 통과했는가?"

"통과증이 없다면 관문을 어떻게 통과했겠소. 통과증이 여기에 있으니 잘 보시오."

군사들이 통과증을 돌려 보느라고 방심하고 있는 순간, 한신은 허리에 차고 있던 '보검寶劍'을 뽑기가 무섭게 십여 명의 군사들을 눈 깜짝할 사이에 모조리 죽여 버렸다. 그리고 나서 말을 달려나가려니까, 반대편에서 다섯 명의 군사들이 또다시 달려오고 있었다. 한신은 불문 곡직하고 그들도 한칼에 베어 버린 뒤에, 산 속으로 말을 달려 들어갔다. 얼마를 달려오다 보니, 길은 끊기고 눈앞에는 천야만야한 절벽이 나온다.

'길이 끊겨 버렸으니, 이제는 어디로 가야 할 것인가?'

눈앞이 막막하여 망연 자실하게 서 있노라니까, 문득 장량이 일러 주던 말이 머리에 떠올랐다.

"포중으로 가려면 진창陳倉이라는 곳을 반드시 통과해야 하오."

장량이 귀를 불고 일러주었으니까, 진창으로 가야 할 것만은 의심할 여지가 없었다. 그러나 어느 방향으로 가야 진창에 가게 될지, 방향을 알 길이 없지 않은가. 그리하여 잠시 머뭇거리고 있노라니까, 때마침 나무꾼 하나가 짐을 지고 걸어오고 있었다.

"여보시오. 길 좀 물어 봅시다. 진창으로 가려면 어디로 가야하오?"

나무꾼은 짐을 내려놓더니, 먼 산을 가리키며 대답한다.

"저기 보이는 산을 넘어가면 잔솔밭이 나오고, 잔솔밭을 다 내려

가면 난석탄亂石灘이라는 여울이 나오오. 그 여울에 놓여 있는 돌다리를 건너가면 아미령娥眉嶺이라는 고개가 보이는데, 그 고개는 길이 워낙 험악하여 말을 타지 못하고 걸어서 넘어가야 하오."

"그 고개를 넘어서 얼마나 더 가면 진창이라는 곳에 도착하게 되오?"

"진창이라는 곳은 남정관南鄭關이 있는 곳을 말하는 것이오. 거기까지 가려면 태백령太白嶺이라는 고개를 또 하나 넘어야 하는데, 오늘 중으로 거기까지는 도저히 못 가오. 그러니까 도중에 하룻밤을 자고 갈 요량으로 떠나야 하오."

"도중에 자고 갈 만한 인가人家가 있는지요?"

"아미령 고개 밑에 술집이 하나 있소. 그 집에서 자고 가도록 하시오."

장량에게서 받은 지도를 펴보니, 나무꾼의 말에는 추호도 거짓이 없었다.

"길을 잘 알려 주어 고맙소이다."

고맙다는 인사를 하고 길을 막 떠나려고 하는데 나무꾼이 묻는다.

"도대체 당신은 어딜 가려고, 호랑이가 우글거리는 이 산 속을 혼자 다니오?"

한신은 얼떨결에,

"나는 포중으로 한왕을 찾아가는 길이라오."

하고 대답해 버렸다. 그러고 나서 말을 몰고 나가다가 별안간 '아차!' 하는 생각이 들었다. 자기는 파수병들을 죽이고 도망을 오는 몸이기 때문이었다.

'관문 병사들이 나를 추격해 올 것이 분명한데, 만약 나무꾼이 그들에게 나의 행방을 알려 주면 내 신세는 어떻게 될 것인가?'

한신은 그러한 걱정이 들자 얼른 뒤로 되돌아와 나무꾼을 한칼에 베어 죽여 버렸다. 마음이 괴로웠지만, 그것만은 어쩔 수가 없었다.

이윽고 아미령 고개를 넘어오니, 과연 산 밑에 술집이 한 채 있었다. 한신은 그 집에 여장을 풀고 혼자 술을 마시고 있었다. 그러자 인상이 우악스럽게 생긴 장사 하나가 허락도 없이 한신 앞에 덥석 마주 앉더니,

"나는 이 집 주인이오. 당신은 항우를 배반하고 유방을 찾아가는 길에, 나무꾼은 왜 죽였소?"

하고 시비를 걸고 나오는 것이 아닌가.

한신은 가슴이 철렁하였다. 한신은 그러잖아도 아무 죄도 없는 나무꾼을 죽인 것이 양심에 무척 괴롭던 형편이었다. 그러기에 지금이나마 속죄하는 뜻에서 모든 것을 사실대로 고백할 요량으로,

"내가 나무꾼을 죽인 것은 커다란 죄를 범한 셈이오. 주인장은 그 사실을 어떻게 아셨소?"

하고 물어 보았다. 주인은 술을 한잔 들이켜고 나더니 웃으면서 대답한다.

"당신이 죽인 나무꾼은 바로 나의 아우요. 내가 만약 당신을 붙잡아 항우에게 넘겨 주면, 나는 항우에게서 중상重賞을 받을 수가 있을 것이오. 그러나 나는 돈이 탐이 나서 고자질이나 해먹는 못난 인간은 아니오. 그 점은 염려하지 마시오."

한신은 주인의 말에 안도의 가슴을 내리쓸었다.

"생면 부지의 나를 그처럼 관대하게 대해 주시니 고맙소이다. ······보아하니 주인장은 이런 산중에서 술장사를 해 자실 분은 아닌 것 같은데, 무슨 연유로 이런 산중에 사시오?"

주인은 허허허 너털웃음을 웃고 나더니,

"형공이 그렇게 물어 보시니, 우리 가문의 내력을 말씀드리지요. 나는 주周나라 때의 충신이셨던 신뢰辛雷 장군의 후예後裔요. 내 이

름은 신기辛畸라고 하는데, 선친인 신금辛金 어른께서 진시황의 학정을 싫어하여 이 산중으로 피신을 오셨기 때문에, 나도 오늘날 여기서 이렇게 술이나 팔아먹고 산다오."

한신은 신기가 명문가의 후예임을 알고 나자 새삼스레 감탄해 마지않았다.

"그처럼 유서 깊은 가문의 후예라면, 어찌하여 이런 산중에서 술이나 팔고 계시느냐 말이오?"

그러자 신기는 정색을 하고 대답한다.

"형공이 그렇게 물어 보시니, 모든 것을 사실대로 고백하겠소. 나는 호구지책으로 술을 팔아먹고 있기는 하지만, 지금도 밤낮으로 무예를 연마하면서 명주明主를 만나기를 기다리고 있는 중이라오. 그런데 어젯밤에 희한한 꿈을 꾸고 나서 오늘 형공을 만나게 되니, 내 마음이 매우 기쁘오."

"어젯밤에 어떤 꿈을 꾸셨기에 그러시오?"

"어젯밤 꿈에 아미령 고개 너머로부터 난데없는 호랑이 한 마리가 마치 날아오는 듯이 달려 넘어오더란 말이오. 그래서 오늘은 대단한 손님이 오시려는가 싶어서, 나는 아침부터 손님을 기다리고 있었다오."

한신은 그 말을 듣고 너털웃음을 웃었다.

"대단한 손님이 나타나기를 기대하고 있었는데, 나같이 변변치 못한 인물이 나타나서 죄송합니다."

그러자 신기는 손을 설레설레 내저으면서,

"형공이 누구신지는 모르나, 장차 위대한 인물이 되실 것만은 틀림이 없소."

하고 장담이라도 하듯 말하는 것이 아닌가. 옛날부터 사내 대장부는 '자기를 알아주는 사람을 위해서는 목숨도 아끼지 않는다' 고 했던가. 한신은 신기의 지우知遇에 감격을 금할 길이 없었다. 사태가 그렇게 되자 한신도 자신의 정체를 솔직히 말해 주고 나서,

"항우는 사람을 몰라보는 우장愚將이었소. 그러나 한왕 유방은 지인지감知人之鑑이 투철하고, 성품이 또한 관인대도寬仁大度한 명주明主라고 하오. 그러니까 형공도 나와 함께 한왕을 찾아가 공명功名을 천하에 떨쳐 보기로 합시다. 형공 같은 분이 어찌 이런 산 속에서만 썩어 날 것이오."

하고 설득 작전을 펴보았다.

"……."

신기는 무엇을 생각하는지 한동안 말이 없었다. 그러다가 조용히 입을 열어 말한다.

"나도 그런 생각이 없는 것이 아닙니다. 그러나 나에게는 특별한 사정이 있어서, 지금은 이 곳을 떠날 형편이 못 됩니다. 장군이 한왕을 찾아가시면 한왕이 장군을 중용重用하실 것은 틀림없을 겁니다. 만약 후일에 장군께서 군사를 일으켜 초나라를 치게 되시거든, 반드시 이 길로 오시도록 하십시오. 초나라를 치는 데는 이 길이 가장 가까운 길일 뿐만 아니라, 이 길은 아무에게도 알려져 있지 않은 비밀의 길이기도 합니다."

한신은 그 말을 듣고 신기의 손을 힘차게 움켜잡았다.

"좋은 것을 알려 주어서 고맙소이다. 내가 만약 후일에 초나라를 치게 되면 이 길로 올 테니, 그때에는 좋은 길잡이가 되어 주소서. 형공의 공로는 결코 잊지 않겠소."

이날 밤 한신은 신기와 함께 이야기로 밤을 새웠는데, 신기의 대접이 너무도 융숭한 데 감격하여 마침내 두 사람은 결의형제結義兄弟까지 맺었다.

다음날 아침, 한신이 길을 떠나려 하자 신기는 등에 활과 화살을

메고 따라 나서면서 말한다.

"저기 보이는 저 산을 양각산兩脚山이라고 합니다. 길이 험할 뿐만 아니라 숲 속에 호랑이가 득실거려, 혼자 가시다가는 반드시 호환虎患을 당하시게 됩니다. 고개 너머까지는 제가 모시고 가겠습니다."

아닌게 아니라 고개를 넘어오고 있노라니까, 호랑이들이 여기저기서 득실거렸다. 그러나 호랑이들은 웬일인지 신기를 보기만 하면 도망을 치기에 바빴다.

"호랑이들이 형공을 보기만 하면 모두들 줄행랑을 쳐 버리니, 어떻게 된 일이오?"

신기가 웃으면서 대답한다.

"제가 워낙 그것들을 많이 쏘아 잡았기 때문에, 호랑이는 역시 영물靈物인지라 저만 보면 도망을 쳐 버린답니다."

바로 그때, 깊은 숲 속에서 거대한 호랑이 한 마리가 튀어나오더니 두 사람을 향하여 나는 듯이 덤벼오는 것이 아닌가. 호랑이가 질풍처럼 덤벼오는 꼴을 보는 순간, 한신은 본능적으로 말에서 뛰어내려 눈을 감고 풀밭에 납작 엎드려 버렸다. 평소에는 용장勇將으로 자부해 오던 한신도, 질풍처럼 습격해 오는 호랑이만은 당해 낼 자신이 없었던 것이다.

그러나 신기는 그처럼 위급한 순간에도 무슨 재주를 어떻게 부렸는지 별안간 허공 중에서 "쌔액! 쌔액!"하고 날카로운 화살 소리가 연거푸 들려오더니, 그 거대한 호랑이가 "우어엉!" 하고 장엄한 비명을 지르며 땅바닥에 나가 떨어지는 소리가 들려오지 않는가.

그제야 눈을 떠 보니, 호랑이는 땅바닥에 쓰러져 네 다리를 버둥거리며 죽어 가고 있었다. 한신은 너무도 놀라워, 벌떡 일어나 호랑이의 임종을 지켜보며,

"아니, 어느 순간에 무슨 재주로 이 호랑이를 그렇게……."

그제야 알고 보니, 호랑이의 이마빼기에는 두 대의 화살이 깊숙이 박혀 있었다. 얼마나 힘차게 쏘아 갈겼던지, 화살이 너무도 깊숙이 박혀 있어서 화살 꼬리만이 겨우 보일 정도였다. 그것도 얼마나 정확하게 쏘았는지, 두 대의 화살이 마치 하나로 보일 지경이었다.

"화살을 이렇게도 정확하게……."

한신은 감탄해 마지않다가,

"형공은 이광李廣 장군보다 더 훌륭한 명궁수明弓手구려!"

하고 말했다.

"이광 장군이오? 이광 장군이라는 사람이 어떤 사람입니까?"

"이광 장군이라고 얼마 전까지 우북평 태수右北平太守로 있던 사람인데, 그 사람은 궁술로는 천하의 명인이었소. 화살의 힘이 얼마나 세었던지, 호랑이를 쏜다는 것이 바위를 쏘아서 화살이 바위 속에 깊숙이 박혔다는 일화도 있다오."

"하하하, 화살이 바위에 박혔다구요? 그게 사실입니까?"

"사실이고말고요. 내가 왜 형공에게 그런 거짓말을 하겠소."

"그거 참 흥미있는 얘기로군요. 이왕이면, 그 얘기를 좀더 자세하게 들려주시죠."

"형공이 원하시니 들려 드리죠."

그리고 한신은 이광 장군에 관한 다음과 같은 이야기를 들려주었다.

이광은 대대로 내려오는 궁술弓術로 유명한 가문의 태생이었다. 이광은 어느 날 사냥을 나갔다가 숲 속에 호랑이가 웅크리고 있는 것을 보고 화살을 쏘아 맞혔다. 그런데 정작 가까이 가 보니 호랑이라고 보았던 것은 호랑이가 아니고 바위였는데, 화살은 그 바위에 깊숙이 박혀 있었던 것이다. 이광 자신도 놀랍기 그지없어 화살을 다시 쏘아 보았지만, 그때에는 아무리 쏘아도 화살이 바위에는 박히지 않았다…….

신기는 이야기를 다 듣고 나더니 고개를 끄덕이며 말한다.

"확고한 신념을 가지고 쏘면 바위도 뚫을 수 있다는 말씀이군요. 실상인즉, 이 호랑이가 나에게 원수를 갚으려고 덤벼 왔기 때문에 저 역시 생사를 걸고 쏘아서 명중시킬 수가 있었습니다."

한신은 '호랑이가 원수를 갚으려고 덤벼 왔다'는 소리에 적이 놀랐다.

"호랑이가 원수를 갚으러 오다니, 그게 무슨 말씀이오?"

신기는 빙그레 미소를 지으며 대답한다.

"장군께서도 이미 보셨지만, 이 산중에 있는 호랑이들은 저만 보면 슬슬 꽁무니를 빼기가 보통입니다. 그러나 오늘 덤벼 온 호랑이만은 죽음을 각오하고, 저에게 원수를 갚으러 온 것입니다."

"원수를 갚으러 오다니, 형공에게 무슨 원수를 갚으러 왔다는 말씀이오."

"실상인즉 수일 전에 제가 암호랑이 한 마리를 쏘아 잡은 일이 있었습니다. 그런데 정작 잡고 보니, 그놈의 뱃속에는 새끼가 들어 있었습니다."

"저런!"

"새끼 밴 놈을 쏘아 잡아서 안됐다 싶었지만, 이미 쏘아 죽인 것을 어떡합니까. 죄책감을 느끼기는 했지만, 어쩔 수가 없었지요."

"아, 알겠소이다. 그러면 마누라와 새끼의 원수를 갚으러 온 수호랑이가 바로 이 호랑이었다는 말씀이군요."

"그렇습니다. 마누라와 새끼의 원수를 갚으려고 죽음을 각오하고 덤벼 온 모양이지만, 제까짓 게 그래 보았자 저를 당할 수가 있나요? 허허허."

한신은 신기의 초인적인 담력과 초인적인 궁술에 거듭 감탄해 마지않았다.

"형공과 동행하지 않았던들 나는 이미 저승에 갔을 것이오."

"장군께서는 무슨 말씀을! 하늘이 아시는 어른을 호랑이가 감히 해칠 수는 없을 것이옵니다."

두 사람이 다시 말을 달려 한계령寒溪嶺에 도달하자, 신기는 말을 멈추고 한신에게 말한다.

"저기 보이는 곳이 남정관南鄭關입니다. 여기서부터는 한나라 영토니까 안심하고 가시옵소서. 저는 여기서 작별을 고하겠습니다."

한신은 작별이 아쉬워 견딜 수 없었다.

"이왕 여기까지 오셨으니, 형공도 나와 함께 한왕을 찾아가기로 합시다."

그러나 신기는 고개를 좌우로 흔든다.

"저도 장군과 함께 한왕을 찾아가고 싶은 생각은 간절합니다. 그러나 제게는 60 넘은 노모老母가 계셔서, 집을 떠날 수가 없는 실정입니다."

늙은 어머니를 봉양하기 위해 못 가겠다는 데는 어찌할 도리가 없었다.

"사정이 그렇다면 약속이라도 해둡시다. 후일에 내가 만약 초나라로 쳐들어가게 되면, 형공은 재빨리 나를 찾아와 도와주시오."

"그런 일이야 약속 여부가 있겠습니까. 장군께서 초나라로 쳐들어가신다는 소식만 들려오면, 저는 누구보다도 먼저 달려가겠습니다."

두 사람은 손을 굳게 잡고 다짐을 두었다. 그리하여 한신은 그 많은 난관을 무사히 통과하여, 드디어 한나라 땅에 들어서게 되었다.

원대한 포부

한신이 남정관을 통과하여 성중城中으로 들어와 보니, 그 곳 풍경은 항우가 통치하는 지방의 풍경과는 근본적으로 달랐다.

한왕 유방은 선정善政을 골고루 베풀어서, 거리를 오가는 사람들은 길을 서로 양보하였고, 집집에서는 노랫소리가 끊임없이 흘러나오고 있었다. 게다가 논과 밭에는 오곡이 무성하였고, 농부들은 농터에서 일을 하면서도 격양가를 즐겁게 부르고 있었다.

'역시 한왕은 천하에 둘도 없는 명주明主로구나!'

감격해 마지않으며 거리를 돌아다녀 보니, '초현관招賢館'이라는 누각樓閣에 커다란 방문榜文이 나붙어 있었다. 자세히 읽어 보니, 그것은 '각자의 재능에 따라 사람을 널리 구한다'는 방문이었다. 열세 가지의 조항으로 되어 있는 방문의 내용은 다음과 같았다.

1. 병법兵法에 통달하고 도략韜略에 능한 사람은 원술자(元戎者:大將)로 채용한다.

2. 용맹이 출중하고 적을 위압할 능력을 가진 사람은 선봉장先鋒將으로 채용한다.

3. 무예武藝가 뛰어나고 군사를 구사할 능력을 가진 사람은 산기장散騎將으로 채용한다.

4. 천문天文에 밝고 풍후風候를 점칠 줄 아는 사람은 찬획자(贊劃者 : 협력자라는 뜻)로 채용한다.

5. 지리地理에 밝고 지세地勢를 잘 아는 사람은 향도자嚮導者로 채용한다.

6. 마음이 곧고 행동이 정직한 사람은 기록자記錄者로 채용한다.

7. 임기응변臨機應變의 재주가 있고 모든 사건을 능동적으로 처리할 능력을 가진 사람은 의군정자議軍情者로 채용한다.

8. 변론辯論이 능하고 설득력이 강한 사람은 유세객遊說客으로 채용한다.

9. 산법算法에 정통하고 통계학에 능한 사람은 서기書記로 채용한다

10. 시서詩書를 많이 읽어 자문에 도움이 될 만한 사람은 박사博士로 채용한다.

11. 의술醫術에 정통하여 치병술治病術이 능한 사람은 국수國手로 채용한다.

12. 행동이 기민하고 남의 기밀을 잘 탐지해 내는 사람은 세작(細作 : 間諜)으로 채용한다.

13. 전곡錢穀을 다루는 데 능하고 출납出納에 밝은 사람은 군수자軍需者로 채용한다.

이상과 같이 열세 가지 조항에 의하여 사람을 널리 모집하니 그에 해당하는 사람은, 신분의 귀하고 천함을 막론하고 누구든지 응모해 주기 바란다. 이 나라의 번영은 오로지 백성들 여러분의 협력에 의해서만 이루어질 수 있을 것이니, 각자는 분발하여 응모해 주기를 거듭 바란다……

한신은 이상과 같은 방문을 읽어 보고 뛸 듯이 기뻤다. 때마침 지나가던 사람 하나가 방문을 열심히 읽어 보고 있기에 한신은 그 사람에게 슬쩍 이렇게 물어 보았다.

"이 방문을 읽어 보면, 나라에서는 국민 각자를 재능에 따라 널리 등용한다고 했는데, 대관절 이런 방문을 써 붙인 장본인이 누구인지 아시오?"

그 사람이 대답한다.

"이 방문을 직접 써 붙인 사람은 이 지방의 태수太守인 등공滕公 하후영夏侯嬰이지요. 그러나 '이런 방문을 써 붙이라'고 명령을 내린 사람은 다른 사람 아닌 한왕이었을 것이오."

"한왕이 그런 명령을 내렸다는 사실을 당신이 어떻게 아시오?"

"어느 고을에나 이와 똑같은 방문이 나붙어 있으니, 그것만 보아도 알 수 있는 일이 아니오? 한왕의 명령이 아니었다면, 누가 감히 이런 방문을 전국에 써 붙일 수 있겠소."

과연 옳은 말이었다. 한신은 한왕의 선정에 또 한 번 감격해 마지않으며, 문득 이런 생각을 해보았다.

'재상 소하를 통해 한왕을 만나 보기는 결코 어려운 일이 아니다. 그러나 이왕이면 이 지방의 태수에게 나의 실력을 보여 주어서, 그로 하여금 나의 재주를 한왕에게 알리게 하면 더욱 효과적이 아닐까?'

한신은 그런 생각이 들자, 공관으로 태수를 찾아가 면회를 신청했다. 태수 하후영은 '한신'의 이름을 진작부터 알고 있던 터인지라, 즉시 불러들여 이렇게 물어 본다.

"당신은 항왕의 사람인 줄로 알고 있는데, 무슨 일로 나를 찾아오셨소?"

한신이 대답한다.

"나는 며칠 전까지는 분명히 항왕의 사람이었소. 그러나 항왕은 나를 제대로 써주지 않기에, 나는 항우의 그늘을 떠나 명주인 한왕을 찾아오는 길이오."

"함양에서 왔다면 모든 길이 끊겨서 올 수가 없었을 터인데, 무슨 재주로 어디를 통과해 오셨소?"

"한왕을 사모하는 마음이 간절하여, 첩첩 태산을 한없이 돌아오느라고 고생이 이만저만이 아니었지요."

하후영은 한신의 말을 듣고 나더니 크게 기뻐하며 다시 묻는다.

"우리는 유능한 인재를 구하려고 초현관에 구현 방문求賢榜文을 대대적으로 써 붙여 놓았소. 당신은 그 방문을 읽어 보셨는지요?"

"조금 전에 그 방문을 읽어 보고, 태수 영감을 찾아온 길이오."

"방문을 읽어 보았다면 아시겠지만, 그 방문에는 열세 가지의 조항이 열기列記되어 있소. 당신 자신은 그중의 어느 조항에 해당하는 사람이라고 생각하시오?"

하후영으로서는 당연한 질문이었다.

"……"

그러나 한신은 아무 대답도 아니 하고 빙그레 웃기만 하였다. 태수 하후영은 한신의 미소가 못마땅하게 여겨졌는지, 정색을 하며 다시 묻는다.

"나의 질문에 대답은 아니 하고, 왜 웃기만 하시오?"

이에 한신도 정색을 하고 대답한다.

"나라에서는 열세 항목에 걸쳐 한 가지씩 재주를 가진 사람만으로 뽑는다고 했는데, 나의 경우는 어느 항목에도 해당하지 않아서 그러오."

"그렇다면 당신은 어떤 재능을 가졌다는 말이오?"

"그렇게 물으시니, 나의 재능과 포부를 솔직히 말씀드리겠소이다. 나로 말하면 문무文武를 겸전兼全하고, 고금의 시서詩書에도 통달한 사람이오. 출장입상出將入相이라는 말이 있지 아니하오. 나는 싸움에 있어서도 백전백승百戰百勝할 자신이 있고, 중원中原으로 진출하여 천하를 평정할 포부도 가지고 있는 사람이오. 그러한 나를 단순한 재주꾼으로 쓰겠다고 한다면, 누가 그런 요구에 응하겠소이까?"

그처럼 호언 장담하는 한신의 얼굴에는 사실상 패기와 자신감이 넘쳐 있었다. 하후영은 약간 얼떨떨한 기색을 보이며 말한다.

"장군의 선성은 진작부터 들어 왔지만, 그처럼 경륜이 투철하신 분인 줄은 몰랐소이다. 장군이 우리를 찾아와 주신 것은 다시 없는 기쁨이오. 이왕이면 시세時勢에 대한 견해를 한번 들어 봅시다."

한신은 위연히 대답한다.

"지금 천하에는 명장이라고 자칭하는 장수들이 허다하지만, 그들은 병법만 알고 용병술은 거의 모르는 사람들이오. 제아무리 병법에 정통하더라도 용병술을 몰라서야 어찌 최후의 승리를 거둘 수 있겠소. 장수가 군사를 다루는 것은, 마치 명의名醫가 환자에게 약을 다루는 것과 같은 것이오. 똑같은 병에 똑같은 약을 쓰더라도 환자의 체질을 감안하여 약을 잘 쓰면 명약名藥이 되지만, 약을 잘못 쓰면 독약이 되는 것이오."

한신이 장강 유수처럼 변론을 펴나가자, 하후영은 매우 아니꼬운 듯 비꼬는 어조로 다시 묻는다.

"그처럼 유능한 분이라면 초나라에서는 어찌하여 높이 등용되지 못했소?"

한신은 태연 자약하게 대답한다.

"군주가 사람을 못 알아보면 그럴 수도 있는 법이오. 그 옛날 백리해百里奚는 명장의 재질을 갖추고 있었음에도 불구하고 우虞나라에서는 빛을 발휘하지 못했던 것이오. 그러나 우나라를 등지고 진나라로 왔을 때에는 진왕이 백리해의 재능을 알고 그를 대장군으로 등용한 덕택에, 진나라는 천하를 통일할 수가 있었던 것이오. 결국 아랫사람이 재주를 마음껏 발휘할 수 있게 해주는 것은, 통치자의 능력에 달려 있는 것이오. 초나라에서는 아무리 좋은 계략을 상주 上奏해도 항왕은 그것을 써주지 않았기 때문에, 나로서는 어쩔 수 없이 초나라를 떠나 한왕을 찾아오게 된 것이오."

하후영은 한신의 변론에 말려 들어가, 고개를 끄덕이며 다시 묻는다.

"장군은 항우가 높이 써주지 않아서 공을 세우지 못했다고 하는데, 만약 한왕께서 장군을 높이 써주신다면 어떠한 공을 세울 수가 있겠소?"

한신은 자신 만만하게 대답한다.

"만약 한왕이 나에게 병권兵權을 맡겨 주신다면, 나는 인의仁義의 군사를 양성해 동으로 초나라를 치기로 하겠소."

"지금 항우는 백만 대군을 거느리고 있소. 그런데 항우를 치는 것이 쉬운 일인 줄 아시오?"

"그야 물론 항우를 대번에 거꾸러뜨리기는 어려울 것이오. 그러나 계략을 세워 세 단계로 나눠 공략하면, 제아무리 항우라도 손을 들지 않을 수 없을 것이오."

"세 단계란 어떤 방법을 말하는 것이오?"

"첫 단계는 한왕의 동방 진출東方進出을 가로막고 있는 삼진왕三秦王들을 먼저 쳐부수어야 하오."

"두 번째 단계는?"

"두 번째로는 항우를 고립시키기 위해 그의 주변에 있는 여섯 나라를 먼저 손 안에 넣어야 하오."

"그리고 셋째 단계는?"

"마지막으로는 항우만이 남았을 뿐인데, 그때에 가서는 항우와 직접 싸우려고 할 게 아니라 범증과 항우에게 이간책離間策을 써야 하오. 왜냐하면 범증은 불세출의 전략가戰略家인 까닭에, 이간질을 시켜 범증을 항우의 손으로 죽이도록 만들어 놓아야만 우리가 이길 수 있기 때문이오."

하후영은 그 말을 듣고 입을 비쭉거렸다.

"이론적으로 보면 과연 그럴 듯한 계책이오. 그러나 이론과 현실은 언제든지 괴리乖離가 있는 법이오. 항우는 집권한 지 3년이 넘어서, 지금 그의 휘하에는 용장들이 기라성같이 많다는 사실을 알아야 하오. 그들이 장군을 가만히 내버려 둘 것 같소이까?"

그러자 한신은 얼굴에 노기를 띠며 하후영을 꾸짖듯이 말한다.

"태수는 나를 한낱 과대 망상가로 생각하고 있는 모양이지만, 그만한 자신이 없다면 내가 무엇 때문에 생사를 걸고 여기까지 찾아왔겠소. 도대체 당신네들은 항우라는 사람을 왜 그다지도 두려워하시오. 그래서야 천하 대사를 어떻게 도모할 수 있다는 말이오. 실례의 말이지만, 태수와 같이 소심병 환자가 되어 가지고는 아무 일도 못 해낼 것이오. 적을 두려워해서야 무슨 일을 해낼 수 있겠느냐 말이오!"

한신은 마치 부하에게 호령하듯 하였다. 사태가 그렇게 되고 보니 하후영도 반발을 아니 할 수가 없었다.

"보자보자하니, 당신은 눈에 보이는 것이 없는가 보구려. 도대체 당신은 《육도삼략六韜三略》이라는 병서兵書를 한 번이라도 읽어 보고 나서 큰소리를 치는 것이오?"

"하하하……, 《육도삼략》이나 읽어 보고 나서 큰소리를 치느냐구요?"

한신은 별안간 통쾌하게 웃으면서 말한다.

"태수 영감께서 나를 그처럼 우습게 여기시니 그야말로 섭섭한 일이오. 나라는 인간을 그렇게도 몰라주신다는 말씀입니까?"

하후영을 마치 어린아이처럼 취급하는 말투였다. 하후영은 한신의 기개氣槪에 눌릴수록 화가 치밀어 올랐다.

"큰소리는 그만 치고, 《육도삼략》을 정말로 읽었거든 강론講論을 한번 해보시오."

한신은 여유 만만하게 웃으면서 다시 말한다.

"강론은 고사하고 《육도삼략》을 처음부터 끝까지 암송暗誦으로 들려 드리기로 하리다. 그러면 설마 《육도삼략》을 안 읽어 보았다고는 못 하실 게 아니오."

그리고 한신은 《육도삼략》을 암송하기 시작하는데, 도도하게 읽어 내려가는 그의 암송에는 글자 하나도 틀림이 없었다.

어시호 하후영은 탄복을 아니 할 수가 없었다. 그리하여 자세를 바로 하고 머리를 수그려 보이며 다시 말한다.

"장군께서 《육도삼략》에 그처럼 통달하신 줄은 미처 몰랐습니다."

한신은 유쾌하게 웃으면서,

"이왕 시험을 치르는 판이니, 《음양서陰陽書》와 《점성서占星書》도 한 번씩 암송해 보이기로 하지요."

그리고 이번에는 《음양서》와 《점성서》도 장강 유수처럼 좔좔 암송해 내려가는데, 그 역시 글자 하나의 착오도 없지 않은가. 하후영은 거듭 탄복해 마지않으며 다시 묻는다.

"군사를 지휘하려면 무구武具와 병기兵器에도 정통해야 하는데, 그 점은 어떠하시오."

그러자 한신은 그 많은 무구와 병기의 이름을 하나씩 불러 가면서, 제각기의 기능을 소상하게 설명할 뿐만 아니라 그것들이 만들어지게 된 기원까지 설명하였다. 하후영은 손을 바짝 들 수밖에 없었다.

"장군이야말로 천하의 기재奇才이시오. 제가 내일은 장군을 포중으로 모시고 가서 한왕을 직접 배알하시도록 전력을 다해 보겠습니다."

그러자 한신은 고개를 가로저었다.

"고맙소이다. 그러나 나는 한왕보다도 소하 재상을 먼저 만나 보고 싶소이다."

"재상보다도 한왕을 직접 만나 뵙는 것이 더욱 효과적일 텐데, 어째서 재상을 만나시겠다는 말씀이오?"

"매사에는 순서라는 것이 필요하오. 재상을 먼저 만나 의견을 충분히 교환한 연후에 한왕을 만나야만 한왕이 나의 재능을 인정해 주실 게 아니겠소?"

"말씀을 들어 보니, 그도 그렇겠습니다. 그러면 오늘 밤은 저희 집에서 주무시고 내일 아침에 포중으로 함께 떠나기로 하십시다."

두 사람은 내일을 기약하며 환담으로 밤을 새웠다.

백년지기

다음날.

하후영은 포중에 도착하자 한신을 여사旅舍에서 기다리게 하고, 자기만 승상부丞相府로 소하를 찾아 들어왔다.

"승상 각하! 제가 명장 한 분을 모시고 왔사옵니다."

"명장을 모시고 왔다니……? 이름을 뭐라고 하는 사람이오?"

"한신이라는 사람이옵니다."

소하는 그 말을 듣더니 소스라칠 듯 반가워하며 반문한다.

"뭐요? 한신을 모시고 왔다고?"

"예, 그러하옵니다. 그 사람이 우연히 저를 찾아왔기에, 제가 몇 가지 시험을 해 보았사옵는데, 그런 큰 인물은 처음 보았습니다."

하후영은 어제 있었던 이야기를 소하에게 자세히 들려주었다. 소하는 한신에 대해 이미 많은 것을 알고 있는 듯 대답한다.

"태수는 사람을 옳게 보았소. 한신은 본시 가난한 집에 태어나 어려서는 거지 노릇도 하였고, 남의 사타구니 밑으로 기어나가는 설움도 당한 사람이오. 후일에 항우를 섬겼지만, 항우가 사람을 못 알아보아서 겨우 집극랑의 벼슬밖에 주지 않았다오. 범증이 그의 재주를 높이 사서 항우에게 여러 번 등용해 주도록 천거했건만, 항우가 그 말을 들어 주지 않았다고 들었소. 한신은 그러한 냉대를 참고 견디다 못해 기어코 항우를 배반하고 우리를 찾아온 모양이구려."

"제가 내일 한신을 데리고 들어올 테니, 승상께서는 한신을 만나 보아 주시겠습니까?"

"여부가 있겠소! 그런 인물을 안 만나면 내가 누구를 만나 보겠소. 기다릴 테니, 내일 아침에 한신을 꼭 데리고 들어와 주시오. 솔직히 말하거니와, 나는 한신에 대해서는 기대가 크오."

다음날 아침, 한신은 하후영과 함께 승상부로 소하를 찾아 들어왔다. 그러나 소하는 한신의 인물됨을 시험해 보기 위해 자리를 일부러 피했고, 손님을 영접할 좌석도 만들어 놓지 않았다.

'사람을 불러 놓고 나를 이렇게 홀대할 수가 있을까. 나를 우습게 보고 있는 모양이니, 이처럼 냉대를 받아서야 그에게 무엇을 기대할 수 있단 말인가!'

한신은 매우 불쾌하여, 아무 의자에나 털썩 걸터앉아 있었다. 실상인즉 한신은, 장량의 소개장도 품속에 간직하고 있었다. 그러나 소하의 태도가 비위에 거슬려 소개장 같은 것은 숫제 내보이지 않기로 결심하였다. 왜냐하면, 소개장에 의하여 우대를 받는 것은 자존심이 허락지 않았기 때문이었다.

승상 소하는 한신을 한참 동안이나 기다리게 하고 나서야 안에서 나오더니, 한신에게 반갑게 말을 걸어온다.

"어제 하후영 태수를 통해 귀공의 이야기는 많이 들었소이다. 이렇게 만나게 되어 매우 반갑소이다."

그러나 한신은 자리에서 일어나 머리만 약간 수그려 보였을 뿐 아무 대답도 하지 않았다. 소하는 한신을 의아스러운 시선으로 바라보며 다시 말을 걸었다.

"나는 귀공을 만나게 된 것이 무척 반가운데, 귀공은 어찌하여 대답이 없으시오?"

한신은 그제야 입을 열어 말한다.

"저는 초나라에 있을 때, 한왕도 영명하지만 승상은 현사賢士를 예우로써 대해 주실 줄 아시는 어른이라고 들었습니다. 저는 그 말을 믿었기에, 만리 길도 멀다 않고 이곳까지 찾아온 것입니다. 그러나 승상을 직접 만나 뵙고 보니, 제가 기대했던 어른과는 거리가 너무도 멀어서, 이제는 모든 기대를 포기하고 고향에 돌아가 농사나 지어먹을 생각입니다."

예우를 갖추어 영접해 주지 않은 데 대한 신랄한 항변이었다. 소하는 빙그레 미소를 지으며 반문한다.

"나를 만나자마자 '고향에 돌아가 농사나 짓겠다'는 것은 무슨 말씀이시오?"

한신이 다시 대답한다.

"어진 사람을 구하려면, 예우를 갖추어 영접해 주셔야 하는 법이옵니다. 그런데 승상께서는 저를 예우로써 대해 주시지 않으시니, 제가 무엇을 바라고 이곳에 머물러 있겠습니까?"

"현사를 구하려면 초대면初對面 때부터 그래야만 하는 법인가?"

"물론입니다. 그 옛날 제왕齊王은 거문고를 무척 좋아했었는데, 조趙나라에 거문고의 명인이 한 사람 있었습니다. 제왕은 그 사람의 거문고를 들어 보고 싶어서 여러 차례 초대를 했더니, 거문고의 명인은 제왕의 부르심을 받고 마침내 제나라에 왔었습니다. 그러나 제왕이 용상에 높이 앉아서 거문고를 타라고 하니, 거문고의 명인은 매우 불쾌해하면서, '대왕은 저의 거문고를 들어 보고 싶으시거든, 향불을 피워 놓고 좌석을 따로 마련하는 예우를 갖추어 주시옵소서. 저를 불러다 놓고 노예처럼 홀대하시면, 제가 어찌 거문고를 타겠나이까' 하고 대답하였습니다. 제왕은 자신의 잘못을 그제야 깨닫고 예우를 갖춤으로써 명인의 거문고를 들을 수가 있었다는 고사故事가 있사옵니다."

"음……!"

소하는 자신의 실수를 그제야 깨닫고 무심중에 신음하였다. 그러자 한신은 다시 입을 열어 말한다.

"매우 외람된 말씀이오나, 승상께서는 '토포촉발吐哺捉髮'의 고사를 잘 알고 계실 것이옵니다. 그 옛날 주왕周王은 나라를 번영시키고자 하는 일편단심에서 현사가 찾아왔다는 말만 들으면 밥을 먹다가도 입 안의 밥을 뱉어 버리고 달려나왔고, 목욕을 하다가도 머리를 움켜잡은 채 달려나와 현사를 융숭하게 맞아들였다고 합니다. 지금 한나라는 현사를 하늘처럼 소중히 여겨야 할 형편이온데, 승상께서는 저를 굴러먹던 말뼈다귀처럼 대해 주시니, 저는 고향에 돌아가 농사나 지을 수밖에 없지 않습니까?"

소하에 대한 한신의 공격은 신랄하기 짝이 없었다.

소하는 한신의 항의를 받고 즉시 자리에서 일어나 한신을 몸소 상좌上座로 모셔 올렸다. 그리하여 대등한 위치에서 두 번씩이나 절을 거듭하면서 말한다.

"내가 불민한 탓으로 장군에게 실례가 많았으니 용서하소서."

한신은 그제야 흔쾌하게 웃으며 대답한다.

"승상께서 나라를 위해 현사를 구하시는 것과 마찬가지로, 저 역시 한왕을 도와 드리고 싶은 마음에서 오기를 부려 본 것이오니 오해가 없기를 바라옵니다."

소하도 흔쾌하게 웃으며 말한다.

"내, 장군을 만난 것은 백년지기百年知己를 만난 듯이 기쁜데 어찌 오해가 있으오리까. 바라건대 장군은 천하평정天下平定의 대경륜을 솔직히 가르쳐 주소서."

소하가 그렇게 나오니, 한신도 평소에 생각하고 있던 포부를 아낌없이 털어놓을 수밖에 없었다. 한신은 천하를 요리할 경륜을 이렇게 말한다.

"함양에는 102개의 산하山河가 있어서, 자고로 제왕이 도읍해야 할 천부天府의 도읍지이옵니다. 그런데 항우는 함양을 버리고 팽성으로 도읍을 옮겨 갔으니, 항우는 그것으로서 이미 천하의 형세를 잃어버린 셈이옵니다. 한왕이 비록 파촉으로 좌천되어 오셨다고는 하지만, 힘만 제대로 기르면 마치 호랑이가 산 속에 있는 것과 같아서 천하를 맘대로 휘두를 수가 있는 것이옵니다. 항우는 지금 천하의 제후들에게 호령을 하고 있어서 그의 위세가 자못 막강한 듯이 보이는 것은 사실입니다. 그러나 제후들은 힘에 눌려 겉으로는 복종하는 듯하지만, 속으로는 모두들 반심을 품고 있는 형편입니다. 더구나 항우는 의제를 시해하고 스스로 제위에 오르는 대역죄를 범했기 때문에, 형양荊襄과 호남湖南 지방 백성들은 의제의 원수를 갚기 위해 언제 들고일어날지 모르는 형편입니다."

한신은 마치 천하를 손바닥 위에 올려놓고 바라보듯 천하 대세를 도도하게 변론하는 바람에, 소하는 자기를 망실하고 연신 감탄의 고개를 끄덕였다. 한신은 다시 입을 열어 경륜을 말한다.

"천하 대세가 이미 그처럼 기울어졌건만, 항우는 그 사실을 모르고 아직도 자기 도취에 빠져 있으니, 그야말로 필부匹夫의 만용이 아니고 무엇이겠습니까. 한왕은 그와 반대로 '약법삼장'으로 천하의 인심을 독점하고 계시니, 비록 파촉으로 좌천되어 오셨다고는 하지만 한왕께서 관중왕이 되어 주시기를 바라지 않는 사람이 누가 있겠습니까. 그러므로 한왕은 힘만 기르시면 언제든지 천하의 주인이 되실 수 있을 것이옵니다."

소하는 크게 감탄하여 한신에게 묻는다.

"함양으로 쳐들어가려면 삼진왕의 저항이 문제가 되겠는데, 그 점에 대해서는 어떻게 생각하시오?"

한신이 대답한다.

"장한·동예·사마흔 등의 삼진왕이 항우에게 예속되어 있는 것만은 사실입니다. 그러나 그들이 항우에게 항복했을 때, 항우는 무지막지하게도 그들의 부하 20만 명을 생매장해 버렸기 때문에 그들도 내심으로는 항우에게 원한을 품고 있다는 사실을 아셔야 합니다. 그러므로 항우가 그들을 방패로 삼아 한왕의 침공을 막아내려고 한 것은 어리석기 짝 없는 계략이라고 보아야 옳을 것이옵니다. 두고 보십시오. 만약 한왕이 군사를 몰고 함양으로 쳐들어가기만 하면 백성들은 쌍수를 들어 환영할 것이고, 삼진왕들도 한왕께서 친서 한 통만 보내시면 만사는 그것으로 원만하게 해결되리라고 봅니다. 그 점, 저는 확신을 가지고 장담합니다."

소하는 한신의 경륜을 듣고 3년 묵은 체증이 한꺼번에 뚫리는 듯한 통쾌감을 느꼈다.

"그러면 장군은 당장이라도 군사를 일으켜, 초楚로 쳐들어가자는 말씀이시오?"

"항우는 백성들을 내버려 둔 채 제멋대로 팽성으로 떠나가 버렸기 때문에, 백성들은 인자하신 군주를 갈망하고 있는 중이옵니다. 게다가 삼진왕들도 항우와 멀리 떨어져 있게 된 관계로 국경에 대한 경비가 매우 소홀해졌습니다. 이와 같은 좋은 기회에 우리가 군사를 일으키지 않으면 제齊·위魏·조趙·연燕의 네 나라 중에서 어느 누군가가 군사를 일으켜 함양을 먼저 점령해 버리고 말게 될 것입니다. 그렇게 되면 한나라 군사들은 고향에 돌아갈 기회를 영원히 잃어버리고 말게 됩니다."

소하는 그 말에 커다란 충격을 받았다.

"그래서는 안 되지요. 그러나 우리가 동진東進하고 싶어도 길이 죄다 끊겨 버렸으니, 그 일을 어찌했으면 좋겠소?"

그러자 한신은 웃으면서 소하를 나무란다.

"승상께서는 왜 저까지 속이려고 하시옵니까. 승상께서 어떤 분과 상의하여 잔도를 모두 끊어 버린 것은 동진할 수 있는 별도의 길이 있기 때문에, 항우의 경계심을 늦춰 놓기 위해 계획적으로 그런 수법을 쓰신 줄로 알고 있사옵니다. 그런 계략으로 항우를 속일 수는 있어도 저만은 못 속이시옵니다."

소하는 그 말을 듣고 크게 놀라며 웃었다.

"하하하…… 나는 오래 전부터 현사를 널리 구해 왔지만, 장군처럼 뛰어난 어른은 처음 만났소이다. 장군의 계략을 들어 보면, 천하의 평정이 눈앞에 보이는 것만 같구려. ……가만 있자. 맨숭맨숭 앉아서 이럴 게 아니라, 내 집에 가서 술이라도 한잔씩 나누면서 애기를 계속합시다."

소하는 한신을 집으로 초대하여 주효酒肴를 베풀며 다시 묻는다.

"전쟁의 승패는 총사령관의 정신 자세로써 결정된다고 들었소. 총사령관은 어떤 마음의 자세를 가져야 하는지, 장군의 견해를 한번 들어 보고 싶소이다."

한신은 잠시 생각에 잠겨 있다가, 조용히 입을 열어 말한다.

"일국의 총사령관은 '오재십과五才十過'의 조건에 통과된 사람이라야 하는 법이옵니다. '오재'란 다섯 가지의 재능을 말하는 것이옵고, '십과'란 열 가지의 허물을 말하는 것이옵니다."

소하가 반문한다.

"다섯 가지의 재능이란 어떤 것을 말하는 것이오?"

"오재란 지智·인仁·신信·용勇·충忠의 다섯 가지를 말하는 것이옵니다. 지智가 있어야만 혼란을 막아낼 수가 있고, 인仁이 있어야만 장병들을 사랑할 줄 알고, 신信이 있어야만 기회를 놓치지 않게 되고, 용勇이 있어야만 배반자들을 막아낼 수가 있고, 충忠이 있어야만 두 마음을 가지지 않게 되는 것이옵니다. 적어도 대원수가되려면, 그와 같은 다섯 가지 재능을 반드시 몸에 갖추고 있어야 합니다."

소하는 그 말을 듣고 크게 탄복하며 다시 묻는다.

"그러면 십과란 어떤 것을 말하는 것이오?"

"십과란, 대원수가 될 수 없는 열 가지의 허물을 말하는 것이옵니다. 첫째 용기가 있어도 죽음을 가볍게 여기는 사람은 안 되고, 둘째 급한 때를 당하여 행동을 서두르는 사람은 안 되고, 셋째 이재理財에 눈이 어두워 재물을 탐내는 사람은 안 되고, 넷째 인仁은 갖추고 있어도 사람을 죽일 만한 용기가 없는 사람은 안 되고, 다섯째 지智를 갖추고 있어도 적을 두려워할 줄 모르는 사람은 안 되고, 여섯째 신信을 갖추고 있어도 남을 덮어놓고 믿기만 하는 사람은 안되고, 일곱째 아무리 청렴결백淸廉潔白해도 남을 이해할 줄 모르는 사람은 안 되고, 여덟째 지략에 밝아도 결단력이 없는 사람은 안 되고, 아홉째 강직한 것은 좋으나 자기 고집만 부리는 사람은 안 되고, 열째 성품이 나약하여 모든 일을 남에게만 맡기려는 사람은 안되고……. 이상과 같은 열 가지 중에서 어느 한 가지 허물만 있어도, 그런 사람은 대원수를 시켜서는 아니 된다고 봅니다."

소하는 그 말을 듣고 더욱 감탄하였다.

"지금 각국에는 장군들이 많이 있는데, 귀공은 그들을 어떻게 보시오?"

"지금 각국에는 대장급 인물들이 많은 것은 사실입니다. 그러나 제가 보기에는, 어떤 사람은 지략은 있어도 용기가 부족하고, 어떤 사람은 용기는 있어도 지략이 부족하고, 어떤 사람은 재능은 있어도 군사를 지휘할 줄을 모르고, 어떤 사람은 실력도 없으면서 교만하기만 하고, 어떤 사람은 부하들의 공로를 가로채기가 일쑤고……, 진실로 존경할 만한 명장은 별로 없다고 봅니다."

"만약 귀공을 이 나라의 대원수로 임명한다면, 귀공은 어떻게 하시겠소?"

소하는 마음 속으로 생각하는 바 있어서, 단도직입적으로 그렇게 물어 보았다. 한신은 원대한 지략이 몸에 배어 있는지라, 이번에는 서슴지 않고 대답한다.

"만약 저를 대원수로 써주신다면, 저는 조금도 뽐내지 아니하고 모든 군무軍務를 병법대로 수행해 나가겠습니다."

"병법대로 수행해 나가겠다는 것은 무슨 말씀이오?"

"평소에 군사들을 대할 때에는 부드럽게 대해 주고, 훈련을 시킬 때에는 엄격하게 실시하고, 평시平時에는 조용함을 위주로 하되 일단 군사 행동을 개시하게 되면 동적動的으로 이끌어 나가겠습니다. 다시 말해서, 평시에는 무예를 연마해 나가며 산악山岳과 같이 위연한 태세를 갖추고 있다가, 일단 유사지추에는 산하山河와 같이 전진해 나가되 그 변화는 천지와 같이 무궁 무진하게 하고, 군령은 뇌성벽력이 천지를 진동하듯 하고, 상벌賞罰은 계절季節과 같이 공평 무사하게 하고, 계략은 귀신같이 운영해 나갈 것이옵니다. 그리하여 죽음을 각오함으로써 생生을 도모해 나가고, 약한 듯이 보이면서 강을 제압해 나가고, 위태로운 듯이 보이면서 안전을 도모하여 10만 군사로써 백만 적군을 능히 제압해 나가도록 하겠습니다."

소하는 그 말을 듣고 크게 기뻐했다.

"지난날 무정武丁 싸움에는 이윤伊尹이라는 명장이 있었고, 위수渭水의 싸움에는 태공太公이라는 명장이 있었고, 연산燕山 싸움에는 악의樂毅라는 명장이 있었소. 한장군 자신은 그들과 견줄 수 있는 명장으로 자부한다는 말씀인가요?"

그러자 한신이 대답한다.

"지금 승상께서 말씀하신 세 분은, 모두가 제게는 은사恩師이시옵니다."

그 말에 소하는 눈을 커다랗게 뜨며 놀란다.

"아니, 그게 무슨 말씀이오. 그들은 이미 여러 백 년 전에 돌아가신 분들인데, 그들을 '은사'라고 하니 그게 말이 되는 소리요?"

한신을 천하의 '대포꾼'이라고 생각했던 것이다. 그러나 한신은 눈썹 하나 까딱하지 않고, 태연히 이렇게 대답한다.

"물론 그들은 여러 백 년 전에 돌아가신 어르신네들이십니다. 그러나 맹자孟子는 공자孔子가 돌아가신 지 백여 년 후에 태어난 사람이지만, 공자의 학문을 숭상해 오면서 평생을 두고 공자를 은사로 모셔 왔던 것이옵니다. 그와 마찬가지로 저는 전사戰史를 통하여 이윤 장군에게서는 병법의 기본을 배웠고, 태공 장군에게는 전략戰略을 배웠고, 악의 장군에게서는 전술戰術을 배웠으니, 비록 같은 시대에 살지는 못했다 하더라도 그들을 어찌 '은사'라고 부르지 않을 수 있으오리까?"

어시호, 소하는 어리석은 질문을 던졌던 자기 자신을 오히려 부끄럽게 여기며,

'이 사람이야말로 대원수가 되고도 남을 기재奇才로구나.'

하고 생각했다. 그리하여 한신을 자기 집 귀객으로 모셔다 놓고, 그의 경륜을 좀더 상세하게 들어 보기로 하였다.

소하의 천거

소하는 한신을 귀객으로 접대해 가면서, 10일을 두고 그의 경륜과 포부를 시험해 보았다. 그런데 한신의 경륜과 포부는 놀랄 만큼 원대하고도 치밀하지 않은가. 소하는 너무도 놀라워 문득,

'일찍이 장량 선생은 대원수가 될 만한 인재를 구해 보내 주겠다고 약속한 일이 계셨는데, 어쩌면 한신이 장량 선생께서 보내신 사람은 아닐까?'

하는 생각이 들었다. 장량이 사람을 구해 보낼 때에는 반드시 증표證標를 주어 보내기로 약속되어 있었다. 그런데 한신은 증표 따위를 보여 주지 않는다. 그렇다고 그런 문제를 이쪽에서 먼저 물어 볼수도 없었다.

한신은 장량에게서 받은 증표를 몸에 지니고 있는 것만은 사실이었다. 그러나 한신은 남의 소개로 등용되는 것은 자존심이 허락지 않아 증표를 일부러 내보이지 않고 있었던 것이다.

이러나저러나 한신이라는 인물은 대원수의 재목이 충분해 보이므로, 소하는 어느 날 궁중으로 한왕을 찾아들어와 이렇게 아뢰었다.

"대왕 전하! 초현관招賢館의 방문榜文을 통해, 대인재를 한 사람

발견하게 되었습니다. 그 사람은 대원수가 되고도 남을 만한 재목이니, 그 사람을 대원수로 등용해 주시도록 하시옵소서."

한왕이 즉석에서 반문한다.

"성명을 뭐라고 하는 사람이오?"

"이름은 '한신'이라고 하옵는데, 일찍이 항우의 그늘에서 '집극랑' 벼슬을 지냈다고 하옵니다. 그동안 항우에게 좋은 계략을 여러 번 제시했으나, 항우가 제대로 써주지 아니하므로, 마침내 항우를 배반하고 대왕을 찾아왔다는 것이옵니다."

"승상은 그 사람의 계략이나 포부 같은 것을 직접 들어 보신 일이 계시오?"

"10일 동안 신의 집에서 숙식을 같이 하며 여러 모로 의견을 교환해 보았사옵는데, 그의 지략은 손자孫子나 오자吳子에게도 뒤지지 않는 것 같았습니다."

한왕은 그 말을 듣고 크게 웃는다.

"나는 고향에 있을 때, 그 사람의 소문을 많이 들었소. 한신은 집이 가난하여 어려서는 표모漂母에게 밥을 빌어먹은 일도 있었고, 깡패에게 시달렸을 때에는 겁에 질려 남의 사타구니 아래로 기어나오는 모욕을 당한 일도 있었다고 하오. 승상은 한신을 대원수로 등용하자고 하지만, 그런 못난 사람을 대원수로 등용하면 남들이 얼마나 비웃을 것이오. 승상은 사람을 잘못 보아도 크게 잘못 보신 것 같소이다."

한왕은 소하의 청원을 상대조차 하려고 하지 않았다. 그러나 소하는 단념할 수 없었다.

"대왕 전하! 옛날의 명장들 치고, 가난한 집 출신이 아닌 사람이 누가 있사옵니까. 이윤伊尹은 풀이나 깎아 먹던 초부草夫였사옵고, 태공망太公望은 위수에서 낚시질이나 해먹던 어부漁夫였사옵고, 악의樂毅는 수레나 끌어 먹던 마부馬夫였사오나, 그들은 주인을 잘 만나 모두가 천하의 명장이 된 것이옵니다. 대왕께서는 그 점을 감안하시어, 한신을 등용해 주시기를 거듭 갈망하옵나이다."

한왕 유방은 고개를 가로저으며 다시 말한다.

"승상의 말씀대로 이윤이나 태공망 등이 비천한 가문 출신인 것은 사실이오. 그러나 한신도 가난한 집 태생이라고 해서 그들처럼 명장이 되리라는 보장은 없는 일이 아니오."

소하가 다시 말한다.

"신은, 한신을 가난한 집 태생이라는 이유로 천거한 것은 아니옵니다. 한신은 천하 대사를 계략할 수 있는 웅지를 품고 있는 희대의 기재라고 봅니다. 대왕께서 만약 그를 높이 써주지 않으시면, 그는 반드시 다른 나라로 도망을 가고 말 것입니다. 그렇게 되면 우리에게 손실이 막대할 것이오니, 대왕께서는 한신을 등용하시어 초나라를 정벌함으로써 천하를 얻으시도록 하시옵소서."

"승상이 한신을 그처럼 극구 칭찬하시니 한번 만나 보고 적당히 쓰기로 합시다."

한신은 왕명에 의하여 대궐에 들어와 한왕을 배알하게 되었다. 그러나 한신을 영접하는 예절이 너무도 소홀하므로 한신은,

'나를 영접하는 예절이 이렇게도 소홀할진대, 나를 높이 등용해 주기는 콧집이 기울었구나!'

하고 내심으로는 각오를 하고 있었다. 아니나다를까, 한왕은 한신을 만나더니 대뜸 이렇게 명한다.

"그대가 만리 길을 멀다 않고 나를 찾아왔다니 매우 기특하구려. 그러나 내가 아직 그대의 재능을 몰라 높이 써주기는 어려운 형편이오. 우선 '연창관連倉官'에 임명할 테니, 양곡 관리에 만전을 기해 주기 바라오."

연창관이란 창고지기들을 감독하는 직책이었다.

"대왕께서 벼슬을 제수해 주시니, 고맙게 받겠습니다."

한신은 노여운 기색을 보이지 아니하고 어전을 물러나온다. 사태가 그렇게 되고 보니, 소하는 민망스러워 견딜 수 없었다. 그러나 연창관에 임명된 한신은 그 길로 창고 안에 산더미처럼 쌓여 있는 곡식들을 한바퀴 둘러보고 나더니 대뜸 창고지기에게,

"10개의 창고에 쌓여 있는 쌀이 모두 합하면 15, 672섬이구려."

하고 확인하는 것이 아닌가. 창고지기는 그 수효가 너무도 정확한데 깜짝 놀랐다. 그리하여 한신에게 경의를 표하며 묻는다.

"저는 여기서 창고지기로 10년이 넘도록 계속해 옵니다마는, 대인처럼 산법算法에 밝으신 분은 처음 보았습니다. 이 많은 곡식을 어느 틈에 그처럼 정확하게 세어 보셨습니까?"

한신은 소리 내어 웃었다.

"이 사람아! 이 많은 곡식을 무슨 재주로 일일이 세어 본다는 말인가. 무슨 일이든 머리를 잘 쓰면 쉽게 해결할 수가 있는 법이네."

창고지기는 그저 놀랍기만 하였다. 승상 소하가 그 소식을 전해 듣고 한신을 황급히 찾아왔다. 소하가 한신에게 말한다.

"나는 귀공을 대원수로 발탁해 주시도록 천거했었소. 그러나 대왕께서는 귀공의 재능을 모르시는 까닭에, 하찮은 벼슬을 내려 주셔서 민망스럽기 짝이 없소이다. 이러나저러나 귀공은 10개의 창고를 돌아보고 나서, 재고량을 한 섬도 틀리지 않게 알아맞히셨다니, 무슨 방법으로 그처럼 정확하게 알아내셨소?"

한신은 웃으며 대답한다.

"산법에는 소구수법小九數法과 대구수법大九數法의 두 가지 산법이 있사옵니다. 그 산법에만 능통하면, 사해구주四海九州의 운행運行도 쉽게 알아낼 수 있사옵니다. 그 옛날 복희씨伏羲氏는 그 산법

에 의하여 천하를 다스려 나갔던 것이옵니다."

소하가 놀라움을 금치 못하고 있는데 한신은 다시 말한다.

"제가 창고를 돌아보온즉, 쌀을 저장해 둔 지가 너무도 오래 되어 일부의 쌀은 이미 변질되어 가고 있었습니다. 그러므로 저장미를 햅쌀로 바꾸어 두시고, 묵은 쌀은 모두 구휼미救恤米로서 백성들에게 나눠 주심이 좋을 것 같사옵니다. 그래야만 일거양득一擧兩得이 될 것이옵고, 그렇게 하시는 것이 승상의 직책이기도 하실 것이옵니다."

소하는 그 말을 듣고 크게 감탄하였다.

"참으로 좋은 의견을 말씀해 주셨소. 대왕의 허락을 얻어 곧 그렇게 하기로 하겠소."

소하는 한신의 재능을 그대로 썩힐 수가 없어, 다음날 아침에 다시 입궐하였다. 한왕은 소하를 보자, 대뜸 쓸쓸한 표정으로 말한다.

"승상! 나는 요즈음 부모님 생각이 간절해 견딜 수가 없구려. 고향에 돌아가 부모님을 반갑게 만나 뵈올 무슨 방도가 없겠소?"

소하가 대답한다.

"대왕께서 고향에 돌아가시는 일은 결코 어려운 일이 아니옵니다. 초나라를 쳐부술 대원수 한 사람만 얻으시면 언제든지 고향에 돌아가실 수가 있을 것이옵니다."

"나도 그 점을 생각해 보지 않은 것은 아니요. 그러나 대원수의 재목을 구하기가 어디 쉬운 일이오?"

여기서 소하는 또다시 한신을 천거한다.

"한신을 대원수로 등용하시면 초나라를 정벌하고 나서 천하까지 평정할 수 있을 것이오니, 바라옵건대 한신을 기꺼이 대원수로 기용해 주시옵소서."

그러나 한왕은 고개를 가로젓는다.

"한신은 가난한 집에 태어나 자기 몸 하나도 제대로 가누지 못한 위인이었는데, 그런 사람이 어떻게 항우를 쳐부술 수 있단 말이오?"

소하는 하도 안타까워 한신의 재능을 입이 닳도록 설명해 올렸다. 그러나 한왕은 여전히 도리질만 할 뿐이다.

"한두 가지 재주만 보아 가지고, 어찌 대원수로 쓸 수 있단 말이오?"

"한신은 어디로 보나 대원수의 재목입니다. 대왕께서는 그르치심이 없으시도록 하시옵소서."

"경이 그렇게까지 칭찬하시니, 그러면 한신을 '치속 도위治粟都尉'로 승격시켜 주기로 하겠소."

'연창관'이 창고지기의 감독관이라면, '치속 도위'는 국가의 양곡 정책을 좌우하는 요직要職을 말한다. 따라서 한신의 영전은 파격적인 승진인 셈이었다.

그러나 한신이 보통 인물이 아님을 잘 알고 있는 소하는 한신에게 승진한 사실을 알려 주고 나서,

"어떤 일이 있어도 귀공을 대원수로 등용하도록 최선의 노력을 다해 볼 테니, 당분간 참고 기다려 주기를 바라오."

하고 애원하듯 말했다. 한신이 대답한다.

"저는 승상만 믿고 새로운 직무에 충성을 다하겠습니다."

한신은 '치속 도위'에 취임하고 나자, 국가의 양곡 정책에 일대 혁신을 가했다. 그뿐이랴. 여태까지는 양곡 헌납이 있을 때마다 관리들은 '뇌물미賂物米'까지 가산加算하여 받아 왔었는데, 한신은 부임해 온 그날부터 '뇌물미'라는 것을 일체 없애 버리는 동시에, 부정 축재를 해오던 오리汚吏들을 그날로 깨끗이 소탕해 버렸다. 그로 인해 백성들의 헌납미는 절반으로 줄어들었다.

백성들은 한신의 그러한 처사에 너무도 감동되어, 그때부터는 앞

을 다투어 곡식을 자진 헌납해 주었다. 백성들은 그것만으로도 부족하여 반년쯤 지났을 무렵에는 떼를 지어 승상부로 소하를 찾아와,

"새로 부임해 오신 도위께서는 양곡 정책을 너무도 공평하게 처리해 주셔서, 저희들은 오랜만에 가난을 면하게 되었습니다. 바라옵건대, 한신 도위를 그 자리에 오래도록 머물러 계시게 해주시옵소서."

하는 진정까지 올렸다. 소하는 한신의 탁월한 수완에 더욱 감탄하며, 그를 대원수로 또 한 번 천거해 보려고 대궐로 한왕을 다시 찾아들어왔다.

한왕은 소하를 보자, 또다시 탄식하듯 말한다.

"나는 이즈음 밤마다 꿈자리가 사나워, 부모님 생각이 더욱 간절해 못 견디겠구려. 언제쯤에나 고향에 돌아갈 수 있게 될 것 같소?"

소하가 대답한다.

"그 옛날 제齊나라의 경공景公은 사냥에서 돌아와, 명재상 안자晏子에게 '나는 요사이 꿈자리가 사나워 기분이 매우 좋지 않구려. 이 일을 어찌했으면 좋겠소' 하고 물으신 일이 계셨습니다. 그래서 안자가 '어떤 꿈을 꾸셨기에 그러시옵니까' 하고 물었더니, 경공께서는 '산에 올라가서는 호랑이를 만난 꿈을 꾸었고, 늪〔沼〕에 들어가서는 뱀을 만난 꿈을 꾸었으니, 그게 흉몽이 아니고 뭐겠소' 하고 대답하시더랍니다."

한왕은 꿈에 대한 해몽이 더욱 궁금하여 다시 묻는다.

"그래서 재상 안자는 해몽을 어떻게 했다고 합디까?"

안자가 대답하기를 '호랑이는 산에 사는 짐승이고, 뱀은 늪에 사는 동물입니다. 산에 가서 호랑이를 보시고, 늪에서 뱀을 보신 것이 무슨 흉몽이겠습니까. 진실로 나라에 상서롭지 못한 일이 있다면, 오직 세 가지의 불상사가 있을 뿐이라고 하겠습니다' 하고 대답했다

는 것이옵니다."

한왕은 즉석에서 소하에게 반문한다.

"안자가 말하는 '나라의 세 가지 불상사'란 도대체 어떤 것을 말하는 것이었소?"

소하가 대답한다.

"안자는 천하의 명재상답게, 그가 지적한 세 가지의 불상사란 매우 중대한 문제들이었습니다. 첫째 나라에 어진 사람이 있음에도 불구하고 임금께서 그것을 모르고 계시면 그것이 불상사의 하나이옵고, 둘째 임금께서 어진 사람임을 알고 계시면서도 그 사람을 등용하지 않으시면 그것도 불상사의 하나이옵고, 셋째 임금께서 어진 사람임을 아시고서 그 사람을 등용하시더라도 대들보로 써야 할 사람을 서까래로 쓰신다면 그것도 불상사의 하나라는 것이었습니다."

한왕은 그제야 소하의 의도를 알아채고 웃으면서 말한다.

"우리나라에 그와 같은 인재가 있기만 하다면, 난들 어찌 그런 인물을 등용하지 않겠소. 그런 사람이 있거든 지금이라도 천거해 주시오."

소하가 숙연히 아뢴다.

"지금 '치속 도위'로 근무하는 한신이야말로 현인 중의 현인이옵니다. 신은 한신을 대원수로 기용해 주시기를 여러 차례 간청했사오나, 대왕께서는 그가 가난한 집 출신이라는 이유로 끝끝내 등용해 주지 않고 계시옵니다. 만약 한신 같은 현인을 높이 써주지 않으시면, 만천하의 현인들이 누가 대왕 그늘로 모여들 것이옵니까. 바라옵건대, 대왕께서는 한신을 대원수로 등용해 주시옵소서."

소하의 청원은 간곡하기 이를 데 없었다. 그러나 한왕은 그 말을 듣고 나서 정색을 하며 소하를 나무란다.

"한신이 뭐가 대단한 인물이라고 승상은 입이 닳도록 치켜올리고 계시오. 한신은 '치속 도위'도 오히려 괴람한 편이니, 이 이상 거론하지 마시오."

그러나 소하는 국가의 장래를 생각하면, 그냥 물러설 수가 없었다.

"대왕 전하! 만약 한신을 대원수로 발탁해 주지 않으시면, 한신은 반드시 다른 나라로 가버리고 말게 될 것이옵니다. 그러면 우리에게는 손실이 너무도 클 것이오니, 그 점을 특히 고려해 주시옵소서."

그러자 한왕은 꾸짖듯 나무란다.

"자고로 벼슬이란 함부로 높여 주는 법이 아니오. 바로 엊그제 특진을 시켜 준 사람을 그 이상 어떻게 하라는 말씀이오. 아무 공로도 없는 한신을 대원수로 발탁하면, 지금까지 수많은 공로를 세워 온 대장들이 나를 얼마나 원망하게 되겠소. 상벌賞罰은 어디까지나 공평해야 하는 법이오."

소하가 다시 아뢴다.

"황공하오나 신도 그 점을 모르는 바는 아니옵니다. 그러나 한신은 가볍게 다루기에는 너무도 위대한 인물이옵니다. 자고로 성제명왕聖帝明王이 되려면 사람을 잘 써야 한다고 들었습니다. 우리에게 대장들이 많기는 하오나, 한신 같은 동량지재棟樑之材는 한 사람도 없사오니, 그 점을 고려해 주시옵소서."

소하는 한신을 대원수로 기용하려고 무척 애를 써 보았다. 그러나 한왕은 그럴 생각은 추호도 없었다. 그러기에 소하의 청원을 간접적으로 거절하려고, 말머리를 다음과 같이 돌렸다.

"장량 선생은 우리와 작별하실 때, 파초 대원수破楚大元帥가 될 만한 인재를 꼭 구해 보내 주시겠다고 약속하셨소. 그러므로 장량 선생이 머지않아 좋은 사람을 보내 주실 것이니, 모든 문제는 그때에 가서 다시 상의하시기로 합시다."

소하는 그 이상 고집을 부릴 수가 없어, 어전을 물러나오고 말았다. 그러나 한신을 그냥 내버려 두었다가는 언제 도망을 가게 될지 몰라 불안해 견딜 수 없었다. 소하는 한신을 그처럼 희대의 인물로 생각하고 있었던 것이다. 그러기에 한신의 마음을 달래 주기 위해, 그를 자기 집으로 초대하여 술잔을 나누며 다음과 같이 양해를 구했다.

"나는 귀공을 대원수로 발탁해 주시도록 오늘도 대왕 전에 간청을 해보았었소. 하지만 대왕께서는 귀공의 재능을 모르시는 까닭에 오늘도 청허聽許해 주실 기미를 보이지 않으시는구려. 그러나 언젠가는 귀공을 대원수로 등용해 주실 날이 반드시 올 것이니, 귀공은 나를 믿고 조금만 더 기다려 주시기 바라오."

"……."

한신은 가타부타 말이 없이 술만 마시고 있었다. 소하는 한신의 기분을 전환시켜 주려고 술을 연방 권하며, 얼른 화제를 돌렸다.

"나는 한왕을 받들고 천하를 도모해 볼 생각인데, 귀공은 그 문제를 어떻게 생각하시오?"

한신은 그제야 입을 열어 말한다.

"승상께서 그런 포부를 품고 계신 줄은 잘 알고 있사옵니다. 그러기에 저도 그와 같이 웅대한 계획에 참여하는 기쁨을 가지고 싶어서, 일부러 여기까지 찾아온 것이옵니다."

소하는 그 말을 듣고 백만 대군을 얻은 듯한 기쁨을 느꼈다. 그리하여 가슴 깊이 간직하고 있던 계략을 이렇게 토로하였다.

"천하를 한꺼번에 통일하기는 매우 어려울 것이오. 그러므로 처음에는 삼진왕을 평정하고, 그 다음에는 항우를 쳐부수고, 마지막 단계에 가서 육국六國을 병합하면, 천하는 절로 하나가 될 것이오."

소하는 자신을 가지고 말했다. 그러나 한신은 그 말을 듣고 나자,

대뜸 고개를 좌우로 흔든다.

"매우 외람된 말씀이오나, 전쟁이란 승상께서 생각하시듯 이쪽 주문대로 되는 것은 아니옵니다. 무릇 전쟁이란 상대방의 동태動態에 대응해 가면서 싸워야 하는 일인 관계로, 마치 물이 지형地形에 순응하면서 흘러가듯 기機를 민첩하게 포착하면서 자유자재로 변화시켜 나가야 하는 것이옵니다. 따라서 전쟁에 한해서만은 승상께서 말씀하시듯 고정된 작전 계획이란 있을 수가 없는 것이옵니다."

소하는 그 말을 듣고, 한신의 명민한 두뇌에 또 한 번 탄복하였다.

국사무쌍國士無雙의 인물

한신은 '치속 도위'라는 하급 관리로 따분하게 살아가자니 마음이 울적해 견딜 수 없었다. 지금이라도 장량의 '증표'를 내보이기만 하면 한왕의 대우가 대번에 달라질 것은 틀림없었다. 그러나 자기에 대한 인식이 좋지 않은 한왕에게, 이제 와서 증표를 내보인다는 것은 자존심이 허락지 않았다.

'대원수가 되어 천하를 맘대로 주름잡지 못할 바에는, 사내 대장부가 무엇 때문에 구차스럽게 이런 산 속에서 썩어날 것인가?'

한신은 몇 날 몇 밤을 두고 혼자 고민하다가 어느 날 아침 말을 타고 집을 나서며, 수행병隨行兵에게 이렇게 말했다.

"며칠 동안 먼 곳에 좀 다녀올 테니, 너는 따라오지 말고 집에 있거라."

한신은 운명을 새로 개척하기 위해 중원中原으로 도망을 가려는 것이었다. 한신이 길을 떠난 지 두어 시간 후에, 소하는 한신이 행방 불명되었다는 소식을 듣고 소스라치게 놀랐다. 그리하여 부리나케 한신의 집으로 달려와 보니, 한신은 이미 집에 없지 않은가.

'내가 두려워하던 불상사가 기어코 일어나고야 말았구나!'

소하는 가슴을 치며 탄식하다가,

"한 대인이 오늘 아침 몇 시에 어느 방향으로 떠나가더냐?"

"아침 인시寅時에 동문東門으로 말을 타고 나가셨습니다."

소하는 그 대답을 듣기가 무섭게 말을 달렸다. 그리하여 동문 밖으로 달려나오다 보니, 동문 기둥에 다음과 같은 시詩 한 수가 나붙어 있지 않은가.

아직 날이 밝지 않았음이여
작은 별들이 빛을 다투도다.
아직 운을 만나지 못했음이여
재능은 숨겨져 알려지지 않도다.
준마가 다리를 절음이여
몸을 타향에 기탁하도다.
용천검이 묻혀 버렸음이여
쓸모없는 무쇠가 되었도다.
지초芝草가 깊은 골에 그윽함이여
누구와 더불어 그것을 캘 것이며
난초蘭草가 깊은 숲 속에 자람이여
그 향기 누가 맡을 수 있으랴.
그리운 님을 어디서 만나 가지고
받들어 모시고 같이 노닐 것이며
마음과 신의를 같이하여
난새가 되고 봉황새가 될 것이라.
日未明兮 小星競光
運未遇兮 才能晦藏
霜蹄蹇滯兮 身寄殊鄉

龍泉埋沒兮 差鈍無鋼
芝生幽谷兮 爲誰與採
蘭長深林兮 孰含其香
何得美人兮 願從與遊
同心斷金兮 爲鸞爲鳳

  소하는 그 시를 읽어 보고 가슴이 저려 오는 슬픔을 느꼈다. 단순한 무장으로만 알고 있었던 한신이 시문詩文에조차 그처럼 재주가 비상할 줄은 미처 몰랐었다. 구구 절절에 나타난 한신의 애타 하는 심정이 가슴을 파고드는 것만 같았다.

  '한신같이 뛰어난 인물을 도망치게 그냥 내버려 둘 수는 없는 일이다.'

  소하는 조복朝服을 입은 채로 한신의 뒤를 맹렬히 쫓기 시작하였다. 동문을 나서면 중원으로 가는 길은 오직 하나뿐이었다. 소하는 달리는 말에 채찍을 가해 가며 자꾸만 앞으로 달려나갔다. 그러나 한낮이 기울도록 달려나가도 한신의 그림자는 보이지 않았다.

  "혹시, 장수 하나가 백마를 타고 이곳으로 지나가는 것을 보지 못했소?"

  초부樵夫가 대답한다.

  "보았지요. 한참 전에 이 곳을 지나갔으니까 지금쯤은 6, 70리도 더 갔을 것이오."

  소하는 점심도 굶은 채 계속해 한신의 뒤를 쫓았다. 그러나 해가 저물 때까지 달려 한계령寒溪嶺 골짜기에까지 이르러도 한신을 발견할 길이 없었다.

  때는 7월 중순이건만, 산 속의 밤은 가을같이 차갑고 장마로 물이 불어 계곡을 건널 수가 없었다. 때마침 달이 솟아올라서 달빛으로 건너갈 길을 찾고 있노라니까, 어디선가 문득 "호호호호"하고 말이 우짖는 소리가 들려오지 않는가.

'옳다, 됐다! 한신은 길이 막혀 이 부근 어떤가에 머물러 있음이 분명하구나!'

소하는 그런 생각이 들자, 높은 바위에 올라서서 두 손을 입에 모아대고 이렇게 외쳤다.

"한 장군은 내게 한마디 인사도 없이 도망을 왔으니, 세상에 이럴 수가 있소. 내가 여기까지 쫓아왔으니 속히 나와 주시오."

목이 찢어지도록 세 번 네 번 애타게 외쳐도 대답이 없었다. 한참 외쳐대고 있는데, 문득 어디선가 말이 달려오는 기척이 들려온다.

'옳다! 한신이 이제야 나를 만나려고 하는구나!'

소하가 크게 기뻐하며 인기척이 나는 곳으로 마구 달려와 보니 눈앞에 나타나는 사람은 한신이 아니라 등공滕公 하후영夏侯嬰이 아닌가. 소하는 깜짝 놀랐다.

"아니, 등공이 여기 웬일이오?"

하후영이 대답한다.

"승상께서 한왕에게 환멸을 느끼시고 중원으로 도망을 가신다기에, 저도 승상과 운명을 같이하고자 쫓아오는 길이옵니다. 승상께서는 어디로 가시든지 저를 버리지 말아 주시옵소서."

소하는 그 말을 듣고 기가 막혔다.

"내가 한왕을 배반하고 도망을 가다뇨? 그게 무슨 말씀이오. 이 몸이 죽고 죽어 일백 번 죽어도 한왕을 배반할 내가 아니오."

"한왕을 배반할 뜻이 없으시다면, 무엇 때문에 한밤중에 단신으로 여기까지 오셨습니까?"

"내가 한밤중에 여기까지 온 것도 한왕에게 충성을 다하려는 때문이었소. 한신이라는 인물이 없이는 한왕께서 천하를 도모할 수가 없으시겠는데, 한신이 도망을 쳤기에 여기까지 쫓아온 것이오."

그때 한신은 물이 막혀 계곡을 건너지 못하고 숲속에 숨어 있다가, 두 사람이 주고받는 이야기를 소상히 듣고 크게 감동하였다.

'과연, 소하는 하늘 아래 둘도 없는 충신이로구나! 저런 충신을 재상으로 쓰고 있는 한왕의 장래는 반드시 영광스러우리라!'

한신은 숲속에 숨어서 소하의 인격을 다시 한 번 생각해 본다.

'재상의 지위에 오른 사람은 흔히들 영화를 오래도록 누리기 위해 어진 사람들을 시기하고 헐뜯기가 보통이 아니던가. 그런데 소하 승상은 나를 대원수로 발탁시키려고 전력을 기울여 애를 써올 뿐만 아니라, 나를 도망가지 못하게 조복朝服을 입은 채로 여기까지 쫓아오셨으니, 세상에 그처럼 고매하신 인격자가 어디 있더란 말인가. 옛글에 "자기를 알아주는 사람을 위해서는 목숨을 아껴서는 안 된다"는 말이 있지 않던가. 내 비록 대원수가 못 되는 한이 있어도, 소하 승상 같은 인격자를 배반하고 도망갈 수는 없는 일이다.'

그렇게 결심한 한신은 숲속에서 달려나와 소하 앞에 무릎을 꿇고 사죄한다.

"승상 각하! 제가 각하의 고귀하신 뜻을 몰라 뵙고, 여기까지 도망쳐 온 것을 용서해 주시옵소서!"

소하는 한신의 손을 잡아 일으키며 감격 어린 어조로 말한다.

"무슨 말씀을! 장군을 이 지경에 이르게 만든 책임은 오로지 승상인 나에게 있는 것이오. 백년지기인 우리 두 사람이 마음을 모으면 무슨 일인들 불가능하겠소. 기왕지사는 깨끗이 잊어버리고, 어서 나와 함께 돌아가십시다."

한신은 감격의 눈물을 지으며 소하와 함께 귀로에 올랐다.

한편, 조정에서는 승상 소하가 별안간 행방 불명이 되어 버린 사실을 놓고 야단 법석이었다. 특히 한왕은 크게 노하며 말한다.

"승상 소하는 풍패豊沛에 있을 때부터 나와 생사를 같이해 오며 의병을 일으켜 오늘에 이르렀다. 그런데 그가 한신과 함께 나를 배반하고 도망을 갔으니, 세상에 이럴 수가 있느냐. 소하와 나는 공적으로는 군신지간君臣之間이지만, 사적으로는 형제지간兄弟之間이나 진배없는 사이였다. 그가 나를 버리고 도망을 갔으니, 나는 누구를 믿고 살아갈 것이냐!"

한왕은 그때부터 식음을 전폐한 채 수심에 잠겨 있었다.

그런데 바로 그 다음날 저녁때의 일이었다. 금문禁門 밖에서 소란스러운 소리가 들려오더니, 시종이 급히 달려 들어오며 이렇게 아뢰는 것이 아닌가.

"대왕 전하! 승상께서 한신과 함께 지금 돌아오고 계시옵니다."

한왕은 한편 기쁘고 한편 노여움을 금할 길이 없어, 금문 밖으로 달려나오며 소하를 나무란다.

"경은 나를 배반하고 도망을 갔다 오니, 세상에 이럴 수가 있단 말이오?"

소하가 국궁 배례하며 아뢴다.

"대왕의 과분하신 은총을 입고 있는 신이 어찌 도망을 갈 수 있으오리까. 다만 도망가는 한신을 붙잡아 오려고 며칠 동안 자리를 비웠을 뿐이옵니다."

그러나 한왕은 그 말을 믿으려고 하지 않았다. 소하의 변명을 듣고 한왕이 다시 추궁한다.

"경은 무슨 말씀을 하고 계시오. 지금까지 나의 휘하에서 도망가 버린 장수들이 한두 명이 아니었소. 그들이 도망갔을 때에는 그냥 내버려 두었다가 유독 한신만을 붙잡아 오려고 했다니, 그런 모순된 말씀이 어디 있단 말이오."

소하가 머리를 조아리며 다시 아뢴다.

"지금까지 도망간 장수들은 모두가 대단치 않은 인물들이었기 때문에, 애써 붙잡아 올 필요가 없었던 것이옵니다. 그러나 한신의 경우는 문제가 근본적으로 다르옵니다. 한신은 천하에 둘이 있을 수 없는 '국사무쌍國士無雙'의 인물입니다. 대왕께서 언제까지나 파촉에 머물러 계시려면, 한신 같은 인물은 필요치 않으실지 모르옵니다. 그러나 항우를 정벌하고 천하를 도모하시려면, 무슨 일이 있어도 한신만은 꼭 붙잡아 두셔야 하시옵니다. 만약 한신을 끝까지 등용해 주지 않으신다면, 소신도 오늘로서 관직에서 물러나 고향에 돌아가 농사나 짓겠습니다."

소하가 그렇게까지 극단적인 태도로 나오자, 옆에 있던 하후영이 한왕에게 간한다.

"대왕 전하! 승상께서 그처럼 말씀하시니, 승상의 말씀대로 한신을 대원수로 발탁해 주시면 어떠하시겠습니까?"

그러나 한왕은 여전히 고개를 좌우로 흔든다.

"짐작컨대, 경들은 한신의 언변에 현혹되어 그를 큰 인물로 생각하고 있는 모양이지만, 대원수를 그런 식으로 임명해서는 안 되오. 대원수란 일국의 흥망을 좌우하는 자리인 만큼 그 자리를 아무에게나 줄 수는 없다는 말이오. 대원수가 되려면, 적어도 깊은 경륜도 있어야 하고 병법과 전술에도 능통해야 하는 법이오. 만약 우리의 통수권統帥權을 한신에게 내맡겼다가 아차 실수하는 날이면, 우리들은 모두가 멸망한다는 사실을 알아야 하오. 한신으로 말하면, 자기 부모의 시신조차 제대로 챙기지 못한 위인이오. 게다가 그는 항우를 3년 동안이나 섬겨 오면서 겨우 '집극랑'의 벼슬밖에 지내지 못한 인물이오. 승상은 그런 사람을 어떻게 대원수로 등용해 달라고 고집하시오?"

소하가 머리를 조아리며 다시 아뢴다.

"대왕께서는 외부에 나타난 조건만으로 판단하지 마시옵고, 한신의 무서운 의지를 아울러 생각해 주시옵소서. 일찍이 대성 공자大聖孔子는 '상갓집 개'라는 모욕을 당해 가며 진陳나라와 채蔡나라로 유세遊說를 다닌 일이 있었사옵는데, 그것은 공자가 무능했기 때문은 아니었습니다. 공자는 거리의 무뢰한들에게 조롱을 당한 일이 여러 차례 있었사오나, 그런 수모를 당한 것도 용기가 없었기 때문은 아니었습니다. 한신이 거지꼴을 하고 다니며 시정배에게 수모를 당한 것은 때를 못 만났기 때문이었으니, 그 점을 거듭 고려해 주시옵소서."

한왕은 고개를 기울이며 다시 반문한다.

"그렇다면 한마디만 더 묻겠소. 항우를 3년 동안이나 섬겨 오면서, 겨우 '집극랑'의 벼슬밖에 지내지 못한 것은 무엇 때문이었소?"

소하가 다시 아뢴다.

"대왕 전하! 제 아무리 명마名馬의 소질을 타고났어도 백락伯樂 같은 명기수名騎手를 만나지 못하면, 한평생 노마駑馬의 신세를 면하기가 어렵게 되는 법이옵니다. 사람의 경우도 그와 같아서 한신은 천하의 기재이면서도 항우라는 주인을 잘못 만났기 때문에, '집극랑'에 머물러 있게 되었던 것이옵니다. '승상'이라는 직책은 오로지 어진 사람을 구해 오는 데 있는 줄로 알고 있사옵니다. 대왕께서는 신이 한신의 변론에 현혹되어 그를 과분하게 평가하고 있는 줄로 알고 계시오나, 결코 그런 것은 아니옵니다. 거듭 말씀드리거니와, 한신은 천 년에 한 사람쯤 태어날까말까 한 대원수의 재목이기에, 이처럼 간곡히 앙탁하는 것이옵니다."

아무리 그래도 한왕은 한신을 대원수로 등용할 생각은 없었다. 그래서 얼른 이렇게 대답을 돌려 버렸다.

"날이 저물었으니, 그 얘기는 이만 해 두고 내일 아침 조회朝會에서 다시 논의해 보기로 합시다."

소하가 퇴궐하여 한신에게 사실대로 알려 주니 한신이 말한다.

"승상께서 아무리 애써 주셔도, 제가 대원수로 기용될 가망은 거의 없는 것 같사옵니다."

소하는 고개를 힘차게 흔든다.

"무슨 소리! 만약 귀공을 대원수로 발탁해 주지 않으면, 나는 관직을 박차고 낙향해 버릴 생각이오."

한신은 소하의 동지적인 의리에 크게 감동하며 집으로 돌아왔다. 그러나 마음이 산란하여 잠을 이루지 못하고 있는데, 한밤중에 소하로부터 "곧 와 달라"는 전갈이 왔다. 무슨 일인가 싶어 급히 달려와 보니, 소하가 묻는다.

"귀공이 초나라에 있을 때, 범증은 귀공을 높이 써주도록 항우에게 여러 차례 진언進言했다는 이야기를 들었소. 귀공은 범증에게 어떻게 보였기에, 범증이 귀공을 그처럼 높이 평가해 주게 되었소?"

한신은 지난날의 일들을 신중히 회고해 보다가 대답한다.

"초나라에는 명장이라는 인물들이 많기는 하오나, 제가 존경하는 분은 오직 범증 군사 한 사람뿐이었습니다. 그러기에 저는 범증 군사를 만나기만 하면, '만약 군사께서 항왕을 받들고 천하를 통일하시려거든, 지금 파촉에 쫓겨가 있는 유방을 죽여 버리셔야 합니다. 그래야만 군사의 뜻대로 천하를 통일할 수가 있을 것이옵니다' 하고 여러 차례 말씀 올린 일이 있었습니다. 그랬더니 범증 군사는 그때부터 저를 높이 평가해 주게 되신 것이옵니다. 만약 그때에 항왕이 범증 군사의 진언대로 저를 높이 써주기만 했다면, 저는 오늘날 이곳으로 찾아오지는 않았을 것이옵니다."

소하는 한신의 자신에 넘친 판단을 듣고 탄복하며,

"만약 귀공이 장량 선생의 증표만 가지고 왔더라면 대번에 대원수로 발탁될 수가 있었을 터인데……"

하고 혼잣말로 탄식해 마지않았다. 한신은 자기를 위해 그처럼 애써 주는 소하를 보자, 장량에게서 받은 증표를 끝까지 숨겨 두고 있기가 몹시 괴로웠다. 그리하여 머리를 수그리며 이렇게 말했다.

"승상 각하! 실상인즉, 저는 장량 선생께서 주신 증표를 가지고 있사옵니다."

그 소리에 소하는 까무러칠 듯 놀란다.

"뭐요? 장량 선생이 주신 증표를 가지고 있다고……? 그것이 사실이라면, 어째서 아직까지 숨겨 두고 있었소?"

한신은 품속에 깊이 간직해 두었던 문제의 증표를 소하에게 말없이 내밀었다. 소하는 자기가 가지고 있던 반 조각과 한신에게서 받은 반 조각의 증표를 서로 맞춰 보았다. 두 개의 조각은 감쪽같이 꼭 맞는 것이 아닌가. 소하는 뛸 듯이 기뻐하며,

"이런 증표를 가지고 있으면서, 왜 여태까지 숨겨 두고 있었느냐 말이오?"

하고 한신을 나무란다. 한신은 겸연쩍은 듯이 미소를 지어 보이며 대답한다.

"남의 소개로 발탁되는 것은 자존심이 허락지 않았기 때문에 장량 선생께서 주신 증표를 일부러 숨겨 왔던 것이옵니다."

소하는 그 말을 듣고 고개를 연신 끄덕이며,

"역시 한 장군다운 생각이셨구려. 그렇다면 그토록 숨겨 오던 증표를 지금은 왜 내놓으셨소?"

하고 캐묻는다. 한신이 웃으며 대답한다.

"이 이상 숨기는 것은 의리에 벗어나는 처사라고 생각되었기 때문이었습니다."

"의리에 벗어나는 일이라뇨? 도대체 무슨 의리에 벗어나는 일이

란 말씀이오?"

"장량 선생의 증표를 내보이지 않았음에도 불구하고, 승상께서는 저를 대원수의 재목이라고 독자적으로 인정해 주셨습니다. 제게 있어서, 승상은 그처럼 고마우신 어른이시옵니다. 그런데 제가 어찌 감히 승상을 끝까지 속일 수 있으오리까. 그래서 장량 선생의 증표를 이제야 내놓게 된 것이옵니다."

소하는 그 말에 또 한 번 감명을 받고, 한신의 손을 덥석 움켜잡는다.

"증표를 진작 내보였던들 모든 문제가 옛날에 해결되었을 텐데 그것을 끝까지 숨겨 두고, 나를 골탕을 먹였단 말이오?"

한신은 정중하게 고개를 수그려 보였다.

"죄송합니다. 그러나 제가 그 증표를 처음부터 내놓았다면, 승상께서도 저의 재능을 지금처럼 깊이 인정해 주지는 않으셨을 것이옵니다."

소하는 그 말을 듣고 소리를 크게 내어 웃으며,

"장군은 증표 하나를 내보이는 데도 그처럼 계략이 깊으시니, 누가 감히 장군을 당해 낼 수 있겠소. 하하하! 아무튼 대원수로 발탁된 것은 기정사실이니까, 우리끼리나마 축하주부터 나누기로 합시다."

그리고 소하는 주안상을 성대하게 차려 내오도록 명했다.

축단고천

다음날 아침.

소하는 단신으로 입궐하여 어전에 부복하고,

"대왕 전하! 이제 알고 보니, 한신은 장량 선생께서 보내신 사람이었습니다."

하고 어젯밤에 있었던 이야기를 자세하게 상주上奏하였다. 한왕은 그 말을 듣고 크게 놀랐다.

"뭐요? 한신은 장량 선생께서 보내신 사람이라구요. 그게 사실이란 말이오?"

"그가 가지고 온 증표와 신이 간직하고 있던 증표가 여기 있사온데, 두 개의 증표를 맞춰 보니 추호도 틀림이 없사옵니다."

한왕은 두 개의 증표를 손수 맞춰 보고 나서,

"증표가 이렇게도 꼭 들어맞으니, 한신은 장량 선생께서 보내신 사람임이 틀림없구려. 승상이나 장량 선생은 한신을 대번에 알아보셨는데, 나는 그의 인품을 끝까지 몰라보았으니, 진실로 부끄럽기 짝 없는 일이오. 두 분이 이미 천거하셨으니, 그렇다면 오늘이라도 한신에게 대원수의 직책을 맡기기로 합시다."

그러나 소하는 고개를 가로저었다.

"한신은 워낙 예절을 소중히 여기는 사람입니다. 게다가 자존심이 유난히 강한 까닭에, 정중한 의식 절차를 밟지 않고 아무렇게나 대원수로 임명하시면 결코 오래 머물러 있지 아니할 것이옵니다."

"대원수로 임명하여 녹祿을 후하게 주면 그만이지, 그 이상 어떻게 하라는 말씀이오?"

"아뢰옵기 황공하오나, 대왕께서는 대장들 다루기를 어린아이들 다루듯 해오셨습니다. 한신을 그런 식으로 다루신다면, 녹을 아무리 후하게 주어도 결코 머물러 있지 아니합니다."

"음……. 나에게 그런 잘못이 있었던가요? 그렇다면 승상이 지적하신 결점을 고쳐 가기로 하지요. 어떤 절차를 밟아서 임명하면 될지, 승상은 기탄없이 의견을 말해 주시오."

잘못을 알면 솔직히 인정하고, 그 자리에서 시정해 나가는 것이 한왕의 특징이었다.

"대왕 전하! 홍은이 망극하옵나이다."

소하는 세 번 숙배肅拜하고 나서,

"한신을 대원수로 맞아들이시려면, 대왕께서 친히 목욕 재계를 하시고, 마치 그 옛날 황제黃帝가 풍후風后를 맞아들이고, 무왕武王이 태공망太公望을 맞아들이듯 제단을 쌓고, 길일을 택하여, 성대한 의식을 베풀어 임명하셔야 합니다. 그와 같은 의식 절차를 정중하게 밟아 임명하지 않으면, 한신은 언제 도망갈지 모르옵니다."

"승상께서 그처럼 말씀하시는 것을 보니, 한신은 과연 거물인 것만은 틀림이 없는가 보구려. 그렇다면 제단祭壇을 어떤 규모로 쌓는 것이 좋을지, 승상이 설계도設計圖를 몸소 만들어 보아 주시오."

그로부터 며칠 후, 소하는 '제단의 설계도'를 손수 작성했는데, 그 규모가 방대하고도 복잡하기 이를 데 없었다.

이제 그 내용을 잠깐 소개해 보면, 제단은 높이가 30장丈에 넓이는 3천 평이나 되었고, 제상祭床 좌우에는 정병精兵 50명이 각각 부월斧鉞을 들고 정렬整列해 있도록 되어 있고, 동서남북 사방으로 돌아가며 의장병儀杖兵들이 제단을 향하여 엄숙히 둘러서 있도록 되어 있는데, 그것도 그냥 서 있는 것이 아니라 동쪽의 장병들은 푸른 옷에 푸른 깃발을 들고 서 있어야 하고, 남쪽의 장병들은 붉은 옷에 붉은 깃발을 들고 서 있어야 하고, 서쪽의 장병들은 하얀 옷에 하얀 깃발을 들고 서 있어야 하고, 북쪽의 장병들은 검은 옷에 검은 깃발을 들고 서 있도록 되어 있었다.

　그나 그뿐이랴. 한왕과 한신이 마주 서 있는 용상龍床 좌우에는 문무 백관들이 엄숙히 도열해 있는 가운데 삼현 육각三絃六角이 은은히 울려 오도록 되어 있었다. 게다가 만약 의식을 진행하는 동안에 조금이라도 엄숙성을 흐리는 자가 있으면, 계급의 고하를 막론하고 군법에 의하여 참형에 처하도록 되어 있었다. 한왕은 '제단의 설계도'를 자세하게 검토해 보고 나서, 승상에게 묻는다.

　"대원수를 임명하는 절차를 이렇게까지 거창하고도 복잡하게 해야 하오?"

　소하가 머리를 조아리며 아뢴다.

　"일국의 운명은 오로지 대원수의 활약에 달려 있는 것이옵니다. 그러므로 이런 의식은 장엄할수록 국가에 이익이 되는 것이옵니다."

　"승상께서 그처럼 생각하신다면 이대로 합시다."

　한왕은 대장 관영灌嬰을 축단 도감築壇都監에 임명하여 설계도를 내주며 명한다.

　"기한을 두 달 줄 테니, 그동안에 이 설계도대로 제단을 축조하도록 하오."

　관영이 명령을 받고 물러가자, 소하가 한왕에게 다시 아뢴다.

"매우 황공한 말씀이오나, 이 공사가 준공된 뒤에도 대원수의 임명식을 거행하기 직전까지는 한신을 대원수로 임명하시는 사실을 일체 비밀에 붙여 두심이 좋을 줄로 아뢰옵니다."

"알겠소. 나도 진작부터 그렇게 생각하고 있었소이다."

그런데 대원수를 임명하기 위해 제단을 축조한다는 소문이 퍼지자, 장성들 간에는 하마평下馬評이 요란스럽게 떠돌기 시작하였다. 더구나 한왕과 생사 고락을 같이해 오며 많은 공로를 세워 온 번쾌 · 주발 · 조참 등은 자기가 대원수로 승진되는 것이 아닌가 싶어 은근히 기대에 부풀어 있었다.

그도 그럴 것이, 한나라의 병권兵權을 총지휘하는 대원수의 자리를 설마 아무 연고도 없는 사람에게 넘겨 주리라고는 누구도 생각할 수 없는 일이기 때문이었다. 그로부터 두 달 후 축단 공사가 끝나자, 한왕은 승상을 불렀다.

"제단이 준공되었으니, 이제는 임명식을 거행하도록 합시다."

소하가 아뢴다.

"날짜는 이미 잡아 놓고 있사옵니다. 그날 아침은 백성들도 관도官道를 깨끗이 쓸게 하고, 장병들도 착오가 없이 출동하도록 모두 수배해 놓았습니다. 한신은 지금 영내營內에 거주하고 있사오니, 그날에는 대왕께서 문무 백관들을 거느리시고 영내까지 한신을 직접 영접하러 와 주시도록 하시옵소서."

한왕은 그 말을 듣고 얼굴에 노기를 띠며 나무란다.

"아니, 대왕인 내가 한신을 직접 영접하러 가야 한다는 말씀이오?"

한왕으로서는 당연한 노여움이었다. 신하가 될 사람을 대왕이 직접 영접하러 간다는 것은 말이 안 된다고 생각했던 것이다. 그러나 소하가 침착하게 대답한다.

"물론 대왕께서 신하 될 사람을 친히 영접하러 가신다는 것은 예절에 벗어나는 일이라고 생각되실지 모르옵니다. 그러나 옛날의 성군聖君들도 현인을 맞아 올 때에는 모두들 그러하셨습니다. 그 옛날 황제가 풍후를 맞아 오실 때에도 그러하였고, 무왕이 태공망을 맞아 오실 때에도 위수渭水를 건너가 친히 영접해 오셨던 것이옵니다. 현사들이란 워낙 기개가 도도하기 때문에 그처럼 예우를 해주지 않으면, 숫제 따라오려고도 하지 않는 법이옵니다."

"듣고 보니 그렇기도 하구려. 그러면 승상의 말씀대로 내가 직접 영접을 하도록 하겠소."

"성은이 망극하옵나이다."

마침내 그날이 오자, 한왕은 예복을 갖춘 뒤에 문무 백관을 거느리고, 한신이 거처하는 영내까지 친히 영접을 왔었다. 그리하여 한신을 수레에 태워 제단으로 향하니, 좌우 길가에서는 깃발이 펄럭이는데 문관文官들은 아관峨冠을 쓰고 좌측에 도열해 있었고, 무관武官들은 갑옷에 투구를 갖추고 우측에 도열해 있었다.

그런데 문무 백관들은 한왕이 대원수로 모셔 오는 인물이 다른 사람 아닌 한신임을 보고 모두들 기절 초풍할 듯이 놀랐다. 더구나 한왕을 배행해 왔던 번쾌는 신임 대원수가 한신임을 알자, 옆에 따라오는 주발에게 노골적으로 불평을 털어놓는다.

"우리들은 오늘날까지 천신 만고하며 주상을 받들어 왔는데, 저런 거지 같은 놈을 대원수로 모셔 오고 있으니, 세상에 이런 모욕이 어디 있단 말인가. 나는 대장부로서 도저히 참을 수가 없는 일이다."

번쾌는 거기까지 말하다가 별안간 말에서 뛰어내리더니, 한왕과 한신이 동승하고 있는 어가御駕 앞으로 달려와, 땅바닥에 넙죽 엎드리며 울분에 넘친 어조로 외친다.

"대왕 전하! 신은 대왕 전하에게 긴급히 여쭐 말씀이 있사옵니다. 대왕께서는 청허聽許해 주시옵소서."

그렇게 외치는 번쾌는 몸을 사시나무처럼 와들와들 떨고 있었다. 한왕은 예기치 못했던 돌발 사태에 적이 놀랐다.

  "번쾌 장군은 무슨 말씀을 하려고 그러시오. 어서 말씀을 해보시오."

  번쾌는 수레 위에 앉아 있는 한신을 노려보며 볼멘 목소리로 외치듯 말한다.

  "대왕 전하께옵서 대원수로 발탁하시려는 한신이라는 자로 말하면, 어려서는 거지였을 뿐만 아니라 초나라에서 겨우 '집극랑' 밖에 되지 못한 보잘것 없는 위인이옵니다. 그자가 우리나라에 와 감언이설甘言利說을 늘어놓았다고 해서, 아무 공로도 없는 자를 대왕께서 친히 모셔다가 대원수로 등용하신다는 것은 도저히 있을 수 없는 일이옵니다. 그렇게 되면, 대왕 전하와 생사 고락을 같이해 오던 공신들의 사기가 땅에 떨어질 것은 말할 것도 없사옵고, 항우가 이 사실을 알면 우리를 얼마나 업신여길 것이옵니까. 이 일은 국가의 흥망과 직결되는 너무도 중요한 문제이오니, 대왕께서는 거듭 통촉해 주시기를 바라옵니다."

  그것은 누가 들어도 당연한 불평이었다. 성토의 대상이 되어 있는 한신은 아무 말도 못 들은 체, 수레 위에 의연히 앉아 있었다.

  한왕은 창졸간에 뭐라고 답변해야 좋을지 몰라 잠시 어벙하게 앉아 있기만 하였다. 그러자 승상 소하가 앞으로 달려나와, 번쾌를 굽어보며 큰소리로 꾸짖는다.

  "번쾌 장군은 무슨 소리를 하고 있소. 그대들은 창으로 적을 찔러 죽이는 재주는 있을지 몰라도, 한신 장군처럼 지략으로써 적을 섬멸시킬 사람이 누가 있다는 말이오. 쓸데없는 불평으로 인심을 현혹시키지 말고, 이제부터는 한 장군의 명령에 절대 복종해야 하오. 승상인 내가 한 장군을 대원수로 천거하여 이미 결정된 일인데, 그대는 조그마한 공로를 믿고 주상 앞에 달려나와 불평을 맘대로 떠들어대고 있으니, 이는 용서할 수 없는 일이오."

그리고 소하는 머리를 조아리며 한왕에게 품한다.

"대왕 전하! 번쾌를 포박하여 하옥시켜 두었다가 의식이 끝나는 대로 참형에 처하여 국법을 밝혀 주시옵소서."

옆에 있던 하후영도 출반주하여 아뢴다.

"대왕 전하! 번쾌는 대왕의 행차를 문란케 했으므로, 마땅히 처벌을 내리셔야 옳을 줄로 아뢰옵니다. 번쾌를 아끼시는 마음에서 처벌을 하지 않으시면, 군율軍律이 어지러워져서 장차 항우와 싸울 수가 없게 될 것이옵니다."

한왕은 그 말을 듣고 크게 노하여 즉석에서 명령을 내린다.

"번쾌를 당장 포박하여 하옥시키라. 그의 죄는 후일에 엄중히 다스리기로 하리라."

번쾌를 즉석에서 하옥시키고 일행은 제단을 향하여 다시 행진하였다. 번쾌를 하옥시킴으로써 행렬은 새삼스럽게 엄숙해졌다.

이윽고 일행이 제단에 당도하니, 좌우에 도열해 있던 문무 백관들은 한왕과 한신을 정중하게 맞이하였고, 동서 사방에 늘어서 있던 의장병들은 철포鐵砲를 세 번 쏘아 예우를 갖춘다.

한왕은 용상龍床 앞에 서 있고 한신은 왕을 향하여 읍하고 마주서자, 삼현 육각이 유량하게 울려 퍼지며 대원수의 임명식은 시작되었다. 태사관太史官이 한왕을 대신하여 다음과 같은 고천문告天文을 낭독한다.

대한 원년大漢元年 중추 무인삭仲秋戊寅朔 병자일丙子日에, 한왕 유방은 천신天神을 비롯하여 명산대천名山大川의 제신諸神에게 삼가 고하니, 굽어살펴 보아주시옵소서.

오호, 하늘은 중생衆生을 낳아주시되 목자牧者로 하여금 저들을 다스려 나가게 해주셨습니다. 그러므로 목자가 선정善政을 베풀지 못하면, 백성들은 도탄 속에서 허덕이게 되는 것이옵니다. 그런데 초패왕 항우는 진제秦帝를 정벌한 뒤에는 왕위를 찬탈함과 동시에, 의제義帝를 시해하고 죄 없는 군사들을 무수히 살육했으니, 이는 진실로 천인 공노할 중죄를 범한 것이옵니다. 이에 한왕 유방은 천신의 거룩하신 뜻을 받들고자 의기義旗를 높이 받들었습니다. 그리하여 한신을 파초 대원수로 삼아 항우를 토벌함으로써, 도탄 속에서 허덕이는 만백성들을 구출하여 천하의 기틀을 바로잡고자 하옵니다. 신령하신 천지 신명께서는 친히 굽어살펴 보시사, 많은 보우保佑를 내려주시옵소서. 한왕 유방은 엎드려 큰절을 올리며 삼가 바라옵나이다.

한왕의 고천문 대독이 끝나자, 하후영은 한신에게 대원수의 인수印綬를 비롯하여 활과 화살 등을 내려주며 말한다.

"대왕의 어명에 의하여, 대원수의 인수를 내리오. 궁시弓矢도 아울러 하사하는 터이니, 이것으로써 불의를 정벌함에 추호의 착오가 없도록 하오."

한신은 땅에 무릎을 꿇고 세 번 절한 뒤에, 인수와 궁시를 우러러 받들고 맹세한다.

"신 한신은, 대왕 전하에게 충성을 다할 것을 천지 신명에게 굳게 맹세하옵나이다."

그러나 대원수의 임명식은 그것으로 끝난 것은 아니었다. 이번에는 장소를 달리하여 승상 소하에 대한 서약식誓約式이 있어야 하였다.

한신이 인례관引禮官의 인도로 서약식장에 도착하자, 승상 소하는 서쪽을 향하여 서고 한신은 소하를 향하여 서서 이번에는 서약

문을 한신 자신이 낭독하였다. 서약문 낭독이 끝나자, 승상 소하가
한신에게 철부鐵斧를 내려주며 말한다.

"어명에 의하여 장군에게 '정의의 철부'를 내리오. 이제부터 천
의天意로써 잔학 무도한 무리들을 가차없이 정벌하여, 천하 만민이
홍복을 골고루 누릴 수 있도록 신명을 다해 노력하오."

임명식이 끝난 그날 밤, 한왕은 한신을 따로 불러 축하연을 조촐
하게 베풀어 주며 말한다.

"오늘은 장군을 대원수로 임명했으니, 이제부터는 파초 대원수로
서 막중한 임무를 유감없이 완수해 주기를 바라오. 모든 통솔권을
장군에게 맡길 터인즉, 허虛를 보거든 지체 없이 찌르고 실實을 보
거든 신중히 머무르며 군사가 많음을 믿고 함부로 공격하는 일이
없도록 각별히 유념해 주기 바라오."

한신이 머리를 조아리며 아뢴다.

"신은 어의御意를 받들어 충성을 다하겠사옵나이다."

"고마우신 말씀이오. 수명授命을 무겁게 생각하되, 몸이 귀하다
고 남을 업신여기지 말 것이며 매사를 독단으로 처리하지 말고 중
지衆智에 따라 처리하도록 하오. 특별히 부탁할 것은 감고甘苦와 한
서寒暑를 언제든지 병사兵士들과 같이해 주기를 바라오. 최고 지휘
자가 솔선하여 그런 생활을 해야만 그 군사가 생사를 초월한 강군
이 될 수 있을 것이오."

"대왕 전하의 지우知遇를 받았사온데 신이 충성을 다하는 데 어
찌 신명을 아끼오리까."

한왕은 그 말을 듣고 크게 기뻐하며,

"승상은 장군의 경륜을 극구 칭찬하셨는데, 나 역시 장군의 경륜
을 직접 한번 들어 보고 싶소이다."

하고 말했다. 한신은 자제를 바로잡고 아뢴다.

"대왕께서는 어차피 한번은 항우와 자웅雌雄을 결해야 하실 형편이온데, 매우 죄송스러운 말씀이오나 대왕 전하의 용맹에 비기면 항우 따위는 결코 두려워할 인물이 못 되는 줄로 알고 있사옵니다."

"세상에서는 항우를 천하에서 으뜸 가는 영웅이라고 일러 오는데, 장군은 항우를 두려워할 인물이 아니라고 하니, 그게 무슨 말씀이오?"

한신이 대답한다.

"물론 두 분이 직접 싸우시면, 대왕은 항우를 당해 내시기가 매우 어려우실 것이옵니다. 그러나 신은 일찍이 항우를 섬겨 왔던 관계로, 그의 사람됨을 잘 알고 있사옵니다. 항우가 한번 호령하면 만인이 벌벌 떨게 되는 것은 사실입니다. 그러나 그는 어진 사람을 쓸 줄 모르기 때문에, 그의 용기는 필부지용匹夫之勇에 불과합니다. 그는 부하를 사랑할 줄은 알아도, 부하들에게 논공행상을 베풀어 줄 줄을 모르니, 그의 사랑은 부인지인婦人之仁에 불과한 것이옵니다. 게다가 항우는 함양을 버리고 팽성에 도읍한 점이라든가, 의제義帝를 죽임으로써 천하의 인심을 잃어버린 점 등등……, 어느 하나도 존경할 만한 인물이 못 되옵니다. 그와 반대로 대왕께서는 함양에 입성하셨을 때, '약법삼장'으로 민심을 간단히 한 몸에 모으셨으니, 어느 누가 대왕을 환영하지 않을 것이옵니까. 게다가 우리 군사들은 모두가 고향에 돌아가고 싶은 열의에 넘쳐 있으니, 누가 감히 우리의 앞길을 막을 수 있을 것이옵니까?"

한왕은 한신의 열화 같은 변론을 듣고, 한신을 너무도 모르고 있었던 자신이 후회스럽기 짝이 없었다.

승상의 예지

다음날 아침, 만조 백관들의 어전조회御前朝會가 끝나자, 형조 대부刑曹大夫가 출반주하며 한왕에게 문의한다.

"번쾌를 어제부터 하옥시켜 두고 있사온데, 그를 어떻게 처치하실지 선지宣旨를 내려 주시옵소서."

한왕은 그 질문을 받는 순간 매우 착잡한 심정이었다. 법대로 하자면 번쾌는 응당 참형에 처해야 할 판이다. 그러나 번쾌는 여태까지 생사 고락을 같이해 온 건국 공신이 아니던가. 게다가 홍문연 잔치 때에는 꼼짝 못 하고 죽게 된 자기를 구해 준 생명의 은인이기도 하였다. 그나 그뿐이랴. 사사롭게는 가까운 친척이기도 하였다. 그러나 그렇다고 국법을 어긴 죄인을 사사로운 정리로 용서해 주었다가는 국가의 기강이 무너질 것이 아니겠는가. 한왕은 잠시 고민에 잠겨 있다가, 마음을 굳게 먹고 이렇게 분부하였다.

"번쾌는 국법을 유린해 가면서 광언狂言을 떠벌린 중죄인이오. 그가 비록 나하고 인척간이기는 하지만, 그를 마땅히 참형에 처하여 삼군의 훈계로 삼아야 할 것이오. 당장 조문朝門으로 끌어내어 중인환시하衆人環視下에 참형에 처하도록 하오."

그러자 승상 소하가 한왕의 고민을 재빠르게 알아채고 한걸음 앞으로 나서며, 조용히 입을 열어 아뢴다.

"대왕 전하! 번쾌의 죄는 참형에 처하고도 남음이 있사옵니다. 그러나 번쾌는 지금까지 많은 공을 쌓아 온 개국 공신이옵니다. 게다가 대원수를 새로 임명하신 경사스러운 이날에, 개국 공신을 참형에 처하심은 매우 상서롭지 못한 일이옵니다. 그러므로 번쾌의 처벌 문제는 신에게 일임해 주시옵기를 바라옵니다. 그러면 신은 공의公議를 거쳐 공평하게 처리하겠나이다."

"번쾌를 처벌하지 않으면 국법도 문란해지려니와, 새로 임명된 대원수의 위령威令도 확립되지 못할 텐데, 승상은 이 문제를 어떻게 처리하시겠다는 말씀이오?"

　소하가 다시 아뢴다.

"대왕께서는 엄중하신 조서詔書를 내려주시옵소서. 그러면 신 등은 그 조서에 따라 최선의 방편을 강구하겠습니다."

"승상이 그렇게까지 말씀하시니, 그러면 조서를 내리기로 하겠소. 승상은 나의 뜻을 잘 알아서, 국리國利에 추호도 해로움이 미치지 않도록 선처해 주기 바라오."

　한왕은 승상이 의도하는 바를 잘 알고 있는지라, 맘속으로는 소하의 명철한 보필을 무척 고맙게 여기며, 곧 상서尙書를 불러 명한다.

"대부大夫들의 공의公議에 의하여 번쾌를 엄중 처벌함으로써 국가의 기강을 확립하도록 승상 앞으로 조서를 내리시오. 조서의 내용은 어디까지나 엄정해야 하오."

　한왕이 승상에게 내린 조서의 내용은 다음과 같았다.

　짐朕은 승상과 장량 선생의 천거로 한신 장군을 대원수로 맞았는데, 그것은 한신 장군이야말로 초나라를 정벌할 수 있는 천하의 지략가라고 나 자신도 확신했기 때문이었소. 그러므로 예를 갖추어 한신 장군을 대원수로 맞아온 터인데, 번쾌는 자신의 조그만 공로만 믿고 인신지례人臣之禮를 어겨 가며 의식 절차를 문란케 했으니, 그래서야 국가의 기강을 어떻게 지탱해 나갈 수 있겠소. 번쾌의 죄는 마땅히 참형에 처해야 옳을 줄로 알고 있으니, 승상은 공의를 거쳐 죄인을 엄중하고도 공평하게 처단해 주기 바라오.

소하는 한왕의 조서를 받자, 조서의 내용을 의식적으로 세상에 널리 퍼뜨려 놓았다. 말할 것도 없이, 조서의 내용을 옥중에 있는 번쾌에게도 알리기 위해서였던 것이다.

아니나다를까, 그 소문은 사흘이 채 못 가 번쾌의 귀에도 들어갔다. 번쾌는 조서의 내용을 소문으로 듣고 크게 놀란다.

'장량 선생과 승상 소하가 다같이 한신을 대원수로 천거했을 정도라면, 한신이라는 사람이 그렇게도 비범한 인물이었더란 말인가. 나는 그런 것도 모르고 어전에서 함부로 행패를 부렸으니, 나야말로 중죄를 범한 놈이로구나!'

번쾌는 그제야 자신의 잘못을 깨닫고, 대장 주발周勃을 비밀리에 불러다가 이렇게 부탁하였다.

"나는 한신이라는 사람을 장량 선생과 소하 승상이 천거하신 사람인 줄도 모르고, 대왕에게 제멋대로 행패를 부렸던 것이오. 그로 인해 나는 참형을 면하기가 어렵게 되었소. 그러나 나는 이미 나의 잘못을 충분히 깨달았으니, 장군은 내가 참형을 면할 수 있도록 좋은 방도를 좀 구해 주시기 바라오."

주발은 번쾌의 부탁을 받고, 곧 승상부로 소하를 찾아와 진정을 올린다.

"번쾌 장군은 개국 공신입니다. 그가 일시적으로 죄를 범한 것은 사실이오나, 지금은 본인도 충분히 뉘우치고 있는 중이오니 승상께서는 대왕 전하에게 앙탁하시와 특별히 사면赦免을 내려주시도록 애써 주시면 고맙겠나이다."

소하가 대답한다.

"주상께서는 진작부터 파초 대원수破楚大元帥가 될 만한 인물을 구하고 계셨으므로 장량 선생의 천거로 한신 장군같이 탁월한 인걸을 얻게 된 것은 국가의 대경사라고 생각하오. 이로써 우리는 고향에 돌아갈 수 있는 길도 트이게 되었소. 그런데 번쾌 장군은 그런 내막을 모르고 무엄하게도 주상 앞에서 행패를 부렸으니, 주상께서 대로하신 것은 너무도 당연한 일이오. 그렇지만 번쾌는 왕년의 개국 공신이므로, 그 점을 감안하여 특별 사면을 내려주시도록 내가 대왕 전에 상소문上疏文을 올려 보기로 하겠소."

소하는 국가의 원로인 여이기 노인 등과 상의하여 한왕에게 다음과 같은 상소문을 올리기로 하였다.

대한국 승상大漢國丞相 신 소하는, 삼가 대왕 전에 상소문을 올리옵니다. 신은 국가의 원로들과 함께 번쾌의 범죄 사실에 대해 공의公議를 거듭해 온 결과, 번쾌가 어전에서 행패를 부리며 망언妄言을 농弄한 죄는 마땅히 참형에 처해야 옳다는 결론을 얻었사옵니다. 그러나 번쾌는 풍패豊沛에서부터 대왕 전하를 일사 불란하게 보필해 온 개국 공신일 뿐만 아니라, 일찍이 홍문연 잔치 때에는 목숨을 걸고 주상을 구출해 낸 국가의 원훈元勳이기도 하옵니다. 신 등은 그와 같은 전공前功을 감안하와 이번만은 특별 사면을 내려주시고, 만약 차후에 그와 같은 죄를 또다시 범했을 때에는 단호히 처벌하는 것이 좋겠다는 결론을 얻었사옵니다. 중신들의 공의가 이상과 같사오니, 대왕 전하께서는 중신들의 공의를 깊이 참작하시와, 삼가 성재聖裁를 내려주시기 바라옵니다.

한왕은 그 상소문을 받아 보고, 곧 소하를 불러 분부한다.

"번쾌가 자신의 공로를 믿고 국법을 유린한 죄는 마땅히 참형에 처해야 옳다고 생각하오. 그러나 중신들이 공의로써 특별 사면을 청원해 왔으니, 이번만은 중신들의 간언을 소중히 여겨 특별히 용서하기로 하겠소. 그러나 금후에도 만약 신임 대원수의 명령에 복종하지 않는 일이라도 있으면, 그때에는 그것 역시 나에 대한 불복종인 줄로 간주하고 단호히 처단하겠소. 그 점 거듭 명심하게 해주기 바라오."

한왕의 특사령이 내리자 번쾌는 즉시 석방되었다. 옥중에서 크게 깨달은 바 있는 번쾌는 옥문을 나서기가 무섭게 한신을 찾아와 고두사죄叩頭謝罪하며 말한다.

"소장은 장군의 영명하심을 몰라뵙고, 난동의 중죄를 범했음을 거듭 용서하소서. 차후에는 신명을 다해 대원수의 명령에 절대 복종할 것을 맹세합니다."

한신은 번쾌의 손을 반갑게 마주 잡으며 말한다.

"공功을 세우는 것이 신자臣子의 직책이라면, 분分을 지키는 것은 신자의 대절大節이라고 하지요. 장군은 과거에 공훈이 많았다 하기로, 어찌 감히 그것을 믿고 국법을 유린해 가며 어전에서 교만을 부리셨소. 주상께서 특별히 은전을 베풀어 중죄를 용서해 주셨으니 나 역시 기쁘기 한량없소이다. 주상의 은전을 가슴 깊이 아로새겨서, 금후에는 국가를 위해 더욱 분발해 주기를 바라오."

한신은 거기까지 말하고, 문득 자세를 바로잡더니 가볍게 꾸짖듯 말한다.

"장군은 출옥하는 길로 나를 먼저 찾아오신 모양인데, 대왕을 먼저 찾아뵙고 사은의 말씀을 올리는 것이 신자의 예의요. 지금이라도 속히 입궐하여 대왕을 배알하도록 하시오."

번쾌는 한신의 충고를 듣고 나서야 예방禮訪의 순서가 뒤바뀌었음을 깨닫고 적이 당황해하였다. 그러나 한신은 그 문제에는 그 이상 언급하지 않고 말머리를 바꾼다.

"대왕 전하에게 사은숙배謝恩肅拜가 끝나거든, 퇴궐退闕하는 길에 승상부에 들러 승상 각하에게도 고맙다는 인사를 올리도록 하시오. 장군이 이번에 특별 사면의 은전恩典을 받게 된 것은 오로지 승상께서 애써 주신 덕택임을 알아야 하오."

번쾌는 한신의 깨우쳐 줌을 진심으로 고맙게 여기며, 부랴부랴 입궐하여 한왕을 배알하였다. 한왕은 번쾌를 가까이 불러 손을 다정하게 잡으며 말한다.

"그대는 나와 함께 풍패에서부터 의병을 일으켜 많은 공을 세워 왔으니, 내 어찌 그대의 공훈을 모르리오. 그러나 군신지간君臣之間에는 예절이 엄중해야 하는 법이니, 금후에는 그 점을 각별히 유의해 주기 바라오. 그대도 지혜롭다고는 하지만, 그대의 지혜는 장량 선생에게 미치지 못하고, 사람을 알아보는 점에서는 승상에게 미치지 못하오. 한신 장군은 그 두 분이 나에게 추천해 준 천하의 기재요. 그대는 그러한 사실들을 모르고 인신지례를 그르쳤으니, 그 어찌 중한 죄라 아니 할 수 있으리오. 만약 승상이 그대를 구해 주지 않았던들, 그대는 지금쯤 황천객이 되었을 것이오. 그렇게 되었다면 그대를 아끼는 나의 마음인들 얼마나 고통스러웠겠소. 승상은 슬기롭게도 그대와 나를 다같이 기쁘게 해주셨으니, 그대는 승상의 예지에 깊은 감사를 드려야 하오."

번쾌는 그 말을 듣고 눈물을 흘리며 맹세한다.

"신은 우악하신 말씀을 듣고, 몸둘 바를 모르겠사옵니다. 신의 잘못을 이미 깨달은 이상, 이 몸을 나라에 바쳐 성은의 만분의 일이라도 보답할 것을 거듭 맹세하옵니다."

한왕도 감격의 눈물을 지으며 말한다.

"내 그대의 깊은 충성을 어찌 모르리오. 승상부로 찾아가 승상에게 고맙다는 인사를 빨리 올리도록 하오."

번쾌는 승상부로 달려와 소하에게 큰절을 올리며, 떨리는 목소리로 말한다.

"승상께서 소장을 구해 주시지 않으셨으면, 소장은 이미 목숨을 잃었을 것이옵니다. 승상의 은혜는 백골 난망이옵나이다."

소하는 단 아래로 달려 내려와 번쾌의 손을 잡아 일으키며 말한다.

"장군은 무슨 말씀을 하고 계시오. 모든 것은 주상의 은총이라는 것을 아셔야 하오."

그리고 단상으로 데리고 올라가 기쁨을 같이 나누며 말한다.

"우리가 천하를 평정하게 되면, 장군은 누구보다도 먼저 일국의 후백侯伯이 되실 것이니, 이제 앞으로는 더욱 충성을 다하기로 합시다."

번쾌는 충성의 맹세를 거듭하며, 그때부터는 한신의 명령에 절대 복종하게 되었다.

출사령

    한신은 대원수의 직책을 맡고 나자, 한왕 앞에 엎드려 사은숙배謝
恩肅拜하며 아뢴다.

    "신, 파초 대원수 한신은 삼가 대왕 전에 아뢰옵니다. 초패왕 항
우는 의제義帝를 시해하고 대위大位를 찬탈했을 뿐만 아니라, 도읍
을 팽성으로 옮겨 가서도 백성들을 몹시 괴롭히고 있는 중이옵니
다. 이는 마땅히 하늘의 노여움을 사고도 남을 일이오니 대왕께서
는 정의의 군사를 일으키시와, 도탄 속에서 허덕이는 백성들을 시
급히 구출해 주시옵소서. 그리하여 봉강통일封疆統一의 거룩한 만
년 왕업萬年王業을 이룩하도록 하시옵소서. 삼진왕三秦王이 우리의
앞길을 가로막고 있기는 하오나, 그들은 대왕께서 격문檄文 한 장
만 보내시면 기쁜 마음으로 대왕의 그늘로 달려올 것이옵니다. 그
밖에도 육국六國이 따로 있기는 하오나, 그들은 우리와 싸울 만한
능력도 없는 조그만 나라들이옵니다. 다만 항우 하나만이 문제 될
뿐이오나, 항우는 이미 민심을 잃어버렸으니 강하면 얼마나 강할
것이옵니까. 대왕께서 천위天威의 깃발을 높이 들어 주시기만 하시
면, 신은 필승의 지략으로 성업을 완수하도록 하겠습니다."

한왕은 그 말을 듣고 크게 기뻤다.

"나는 진작부터 봉강통일의 꿈을 품어 오고 있었소. 항우를 정벌하려면 언제쯤 군사를 일으키는 것이 좋겠소?"

"항우는 팽성으로 천도하고 나서부터 이쪽 방면에는 전연 신경을 쓰지 않고 있어서, 지금 제후들의 국경 경비는 그야말로 허술하기 짝이 없사옵니다. 그러므로 우리가 군사 훈련을 2, 3개월만 충실히 실시한 뒤에 대왕께서 선두에 출사出師하시면, 제아무리 막강하다는 항우의 군사도 우리 앞에서는 힘을 못 쓸 것이옵니다."

한왕은 그 말을 듣고 춤이라도 추고 싶은 심정이었다.

"그러잖아도 나는 파촉에 들어온 그날부터 줄곧 동정東征의 꿈을 꾸어 왔던 것이오. 출전 태세만 갖추어지면 나는 번쾌를 선봉장, 조참을 군정사軍政司, 은개殷蓋를 감군 대장監軍大將으로 삼아 나 자신이 앞장서서 나갈 것이니, 대원수는 군사 훈련을 속히 시켜 주시오."

다음날, 한신은 연병장練兵場으로 달려나와 군사들이 조련하는 광경을 직접 감시해 보았다. 그리고 크게 실망하였다. 군사들은 군법을 전혀 모를 뿐만 아니라, 대오隊伍가 문란하기 짝이 없었던 것이다. 이에 한신은 훈련 대장을 불러 서슬이 시퍼렇게 꾸짖는다.

"그대는 군사를 이런 꼴로 훈련시켜서 무엇에 써먹겠다는 것인가. 군대란, 적과 맞부딪쳐서 생사를 걸고 자웅을 결하는 절대 절명의 사람들이다. 그런데 지금 귀관이 훈련시키는 광경을 보면, 사병들은 지휘관의 마음을 모르고, 지휘관은 사병들의 마음을 몰라서 제각기 놀아나고 있으니, 그래 가지고 싸움을 어떻게 하겠다는 것인가?"

대원수 한신 장군의 꾸지람은 준열하기 이를 데 없었다. 군사들의 훈련 상태에 크게 실망한 한신은, 곧 본영本營으로 돌아와 모든 지휘관들을 비상 소집해 놓고 말한다.

"나는 지금 연병장에서 돌아오는 길인데, 군사들의 훈련 상태는 그야말로 엉망 진창이었소. 군사들을 그런 꼴로 만들어 놓은 책임은 지휘관 제군에게 있는 것이오. 나는 일찍이 '대오隊伍의 배열排列'과 '진세陣勢의 강약强弱'과 '동정動靜의 기복起伏' 등등을 상세하게 책으로 저술한 것이 있소. 그 책이 바로 이것이오."

그리고 한신은 자기가 저술한 병서 한 권을 지휘관들에게 보여 주면서, 다시 말한다.

"귀관들은 사흘 안으로 이 책을 한 권씩 베껴 모든 군사들을 이 책에 기술한 대로 훈련시켜 주시오. 만약 명령에 복종하지 않는 지휘관이 있으면 수하를 막론하고 군율에 따라 엄중 처단할 것이오."

지휘관들은 한신이 저술했다는 병서를 읽어 보고, 저마다 감탄해 마지않았다.

'대원수님이야말로 신기묘산神機妙算을 다 알고 계시는 귀신 같은 어른이시구나.'

그때부터는 《한신 병서韓信兵書》에 의하여 훈련을 시키니, 군사들은 새 사람이 된 것처럼 군율이 엄격하고 기동이 민첩해졌다.

그리하여 40여 일이 경과했을 때에는 어떤 군사보다도 막강한 군사가 되었다. 하루는 한왕이 군사들의 훈련 상태를 친람親覽하고자, 백관을 거느리고 연병장에 나왔다가 훈련 상태가 과거와 너무도 다름을 보고 크게 놀랐다.

"장군은 군사들을 무슨 방법으로 훈련시켰기에, 이렇게도 훌륭한 군대로 만들어 놓으셨소?"

한신은 한왕에게 자기가 저술한 병서를 내보이며 대답한다.

"이 책에 의하여 훈련시킨 것입니다."

한왕은 문제의 병서를 읽어 보고 감탄하면서,

"이 책은 《손자병법》에도 손색이 없는 훌륭한 법서구려. 이 책은 누가 저술한 것이오?"

"황공하오나, 소신이 저술한 책이옵니다."

"뭐요? 장군이 이처럼 훌륭한 병서까지 저술했을 줄은 미처 몰랐소이다."

"훈련을 철저하게 시켜 놓았기 때문에, 이제는 20만밖에 안 되는 우리 군사로서도 항우의 백만 대군을 능히 격파할 수 있을 것이옵니다."

한신은 자신을 가지고 말했다. 그리하여 한왕은 마침내 전 장병에게 다음과 같은 출사령出師令을 내렸다.

"초패왕 항우는 천명天命을 어기고 의제를 시해했을 뿐만 아니라 백성들을 너무도 괴롭히고 있다. 이에 짐은 천명에 따라 한신 장군을 파초 대원수로 봉하여 항우를 정벌하고자 하노니, 모든 장병들은 대원수의 지휘에 절대 복종하여 불의의 무리를 가차없이 격파하라……."

한신은 한왕으로부터 '출사령'을 받고 나자, 모든 대장들을 원수부元帥府로 긴급 소집해 놓고 '전시군법戰時軍法'을 새로 제정 공포했으니, 그 내용은 다음과 같다.

1. 북[鼓]소리를 듣고도 나아가지 않는 자, 금金소리를 듣고도 물러나지 않는 자, 깃발을 들어도 일어나지 않는 자, 깃발을 내려도 엎드리지 않는 자는 모두가 군율을 범했으므로 참형에 처한다.

2. 이름을 불러도 대답하지 않는 자, 점검點檢을 했을 때 현장에 없었거나 혹은 늦게 달려온 자는 군무에 태만한 죄로 참형에 처한다.

3. 야간 근무 중 적정敵情을 늦게 보고하거나 혹은 사실대로 보고하지 아니하고 과장 또는 축소하여 보고한 자는 지휘관의 판단을 흐리게 한 죄로 참형에 처한다.

4. 지휘관을 함부로 원망하거나 또는 명령대로 시행하지 않는 자는 명령 불복종 죄로 참형에 처한다.

5. 진중에서 소리를 크게 내어 웃거나, 금지 사항을 무시하거나 또는 군문軍門을 맘대로 들락거리는 자는 군기를 무시한 죄로 참형에 처한다.

6. 병기를 일부러 못 쓰게 하거나, 활줄(弓絃)을 끊어 버렸거나, 화살 촉을 뽑아 버렸거나, 검극劍戟을 못 쓰게 만들어 놓은 자는 군법에 따라 참형에 처한다.

7. 유언비어를 날조해 퍼뜨리거나 혹은 꿈을 빙자하여 요사스런 소문으로 사기士氣를 어지럽히는 자는 군율에 의해 참형에 처한다.

8. 입을 함부로 놀려 쓸데없는 시비를 걸거나 공무원을 비방하여 군과 관의 불화不和를 도모하는 자는 참형에 처한다.

9. 점령 지대의 백성들을 홀대하거나 부녀자들에게 간음을 범한 자는 참형에 처한다.

10. 남의 재물을 훔치거나 공리功利를 도모하려고 인명을 해친 자는 도둑으로 간주하여 참형에 처한다.

11. 진중에서 회의를 열고 있을 때, 군기軍機를 엿듣는 자는 간자間者로 간주하여 참형에 처한다.

12. 작전 명령을 받고 나서 그것을 외부에 누설한 자는 참형에 처한다.

13. 상관으로부터 명령을 받았을 때 대답을 분명하게 하지 않거나 혹은 난색을 표명하는 자는 명령 불복종 죄로 참형에 처한다.

14. 대오隊伍의 질서를 무시하고 단독으로 전진하거나 큰소리로 떠들어 우리의 소재를 적에게 알게 하는 자는 난군죄亂軍罪로 참형에 처한다.

15. 거짓 상처나 꾀병으로 전투를 기피하거나 죽음을 가장했다가 도피를 꾀하는 자는 참형에 처한다.

16. 군수 물자를 급여할 때, 친분을 가려 불공평하게 배급하는 자는

참형에 처한다.

17. 적을 정탐할 때 적정敵情을 정확하게 파악하지 못해서 엄청난 거짓 보고를 했을 때에는 지휘관의 판단을 혼란하게 만든 죄로 참형에 처한다.

한신은 이상과 같은 '전시군법'을 모든 대장들에게 상세히 설명해 주고 나서, 끝으로 이렇게 명했다.

"모든 지휘관은 이 군법을 오늘 중으로 한 벌씩 베껴 항상 몸에 지니고 다니도록 하오."

파초 대원수 한신은 '전시군법'을 제정 선포한 바로 그날 밤 자시子時에, 모든 장성將星들에게 비상 소집령을 내렸다. 말할 것도 없이 새로 선포한 법령을 장성들이 어느 만큼 잘 지켜 주는가를 직접 시험해 보기 위해서였다.

명령 일하, 모든 장성들은 시간에 늦지 않으려고 부지런히 원수부元帥府로 모여들었다. 평소에 정신 훈련을 준열하게 시켜 둔 효과가 여실히 나타났던 것이다. 한신은 회심의 미소를 지으며 부관에게 명한다.

"시간이 다 되었으니, 원문轅門을 잠가 버리고 이제부터 누가 와도 들어오지 못하게 하여라. 어느 대장이 오지 않았는지, 내가 직접 알아봐야 하겠다."

한신은 대장들의 이름을 한 명씩 호명해 가며, 출석 여부를 직접 점검하였다. 모든 대장들이 한 사람도 빠짐없이 나와 있었다. 그러나 감군 대장 은개만은 보이지 않는다. 감군 대장 은개는 자신의 지위가 높은 것을 믿고 한신을 업신여기는 마음에서 의식적으로 늦게 나오고 있었던 것이다. 따라서 그가 원수부에 도착했을 때에는 원문은 이미 굳게 닫혀 있었다. 은개는 원문이 닫혀 있음을 보고 수문장에게 호통을 지른다.

"내가 왔으니, 원문을 빨리 열어라."

그러나 수문장은 문 앞에 가로막아 서며 대답한다.

"누가 와도 원문을 열어 주지 말라는 대원수의 엄명이시옵니다."

"이놈아! 내가 누구라고 내 앞에서 감히 그런 소리를 하느냐. 네놈은 내가 감군 대장인 것을 모른다는 말이냐!"

"장군께서 감군 대장이심을 소관이 어찌 모르오리까. 그러나 대원수께서는 누가 와도 직접 허락을 내리시기 전에는 원문을 열어 주지 말라는 엄명이 계셨습니다."

은개는 그 말을 듣고 화가 머리끝까지 치밀어 올랐다.

"대원수라는 사람이 이런 사소한 일까지 까다롭게 군대서야 말이 되는 소리냐! 그러면 네가 원수부에 달려가서, 내가 왔으니 문을 빨리 열게 하라고 전하라."

마침 그때, 시종 무관이 달려나와 문을 열어 주며 은개에게 말한다.

"대원수께서는 감군 대장이 오셨다는 말씀을 들으시고 원수부로 모셔 오라는 분부이시옵니다."

은개는 내심으로,

'그러면 그렇지! 제가 감히 나를 어쩔라구?'

그렇게 생각하며, 당당한 걸음걸이로 한신의 앞에 의젓하게 나타났다. 한신은 은개의 얼굴을 보자, 엄숙한 어조로 말한다.

"나는 대왕의 명령을 받들고 '전시군법'을 어제 공포한 바 있었소. 그런데 귀관은 감군 대장이라는 중책을 맡고 있으면서 군령을 지키지 않고 있으니, 그래 가지고 군무를 어떻게 수행해 나갈 생각이오?"

한신이 차분하게 타이르듯이 말하자, 은개는 의젓하게 버티고 서서 오히려 한신을 나무라듯 말한다.

"나도 긴급 소집령을 받기는 받았소. 그러나 공교롭게도 가까운 친구가 찾아와 술을 한잔씩 나누다 보니, 시간이 약간 늦었소이다. 너그럽게 용서하오."

말은 그렇지만, 늦게 온 것을 뉘우치는 기색은 추호도 보이지 않았다. 한신은 다시 입을 열어 말한다.

"귀관은 군령軍令을 받고도 그것을 지키지 않았으니, 그것은 분명히 군령을 가볍게 여긴 증거요. 군령에는 변명이 있을 수 없는 것이오. 부득이 군법에 따라 단죄斷罪를 해야 하겠소."

그리고 좌우를 돌아보며 명한다.

"여봐라! 범법자 은개를 이 자리에서 당장 포박하여라."

은개는 장전帳前에서 포박을 당하자, 자기도 모르게 전신을 와들와들 떨기 시작하였다. 한신은 목소리를 가다듬어 그때부터는 용서없이 꾸짖는다.

"그대는 들어 보라. 대장이라는 자는 군령을 받고 나면 그날부터는 집을 잊어 버려야 하고, 작전 명령을 받고 나면 그때부터는 부모도 돌아보지 말아야 하고, 전투가 시작되면 그때부터는 자기 자신의 목숨도 돌아보지 말아야 하는 법이다. 그대는 오래 전부터 국록國祿을 먹어 오면서, 어찌하여 사사私事로서 국사國事를 그르쳤다는 말이냐?"

한신은 거기까지 말하고 나서, 군정사軍政司를 불러 묻는다.

"은개는 법령을 어기고 늦게야 출두했는데, 그 죄는 어느 항목에 해당하오?"

군정사 조참이 앞으로 나와 대답한다.

"시간에 늦게 온 것은 만군지죄慢軍之罪에 해당하므로, 참형에 처하도록 되어 있사옵니다."

"그러면 법령에 명시되어 있는 대로 은개를 당장 끌어내어 참형에 처하도록 하오."

그야말로 추상 같은 명령이었다. 은개는 원문 밖으로 끌려 나오자니, 몸이 떨려 견딜 수가 없었다. 마침 번쾌의 모습이 눈에 띄므로, 은개는 번쾌에게 눈짓을 하여 자기를 구해 줄 것을 호소하였다.

그러나 번쾌는 한신이 준법 정신에 철저함을 누구보다도 잘 알고 있는지라, 구명 운동 같은 것은 감히 입도 떼지 못했다. 사태가 그렇게 되자, 은개의 부관이 그 사실을 한왕에게 급히 알렸다.

"대원수께서는 지금 은개 장군을 참형에 처하려 하고 계시옵니다. 대왕께서는 은개 장군에게 특사를 내려주시옵소서."

한왕은 그 말을 듣자 크게 놀랐다. 그리하여 승상 소하를 불러 걱정스럽게 말한다.

"한신 장군은 출동도 하기 전에 은개 장군을 참형에 처한다고 하니, 이런 불상사가 어디 있단 말이오. 대장들을 그렇게 다루어서 우리가 적을 어떻게 이겨낼 수가 있겠소. 승상은 이 문제를 어떻게 생각하시는지, 승상의 의견을 한번 들어 봅시다."

승상 소하는 머리를 조아리며 한왕에게 아뢴다.

"대왕께서는 삼군三軍의 통수권을 한신 장군에게 이미 맡겨 버리셨으므로, 너무 간섭을 아니 하심이 좋을 줄로 아뢰옵니다."

한왕은 그 말을 듣고 또 한 번 놀랐다.

"삼군의 통수권을 한신 장군에게 맡긴 것은 사실이지만, 아무리 그렇기로 대장을 함부로 죽이는 것을 보고 어찌 모르는 척하고 있으란 말씀이오."

소하가 머리를 조아리며 다시 아뢴다.

"은개 장군은 분명히 군법을 범한 죄인이옵니다. 대원수가 죄인을 처단하려는 것을 어찌 잘못이라고 말할 수 있으오리까. 사령관의 명령이 지켜지지 않으면 무엇으로써 전쟁을 이겨 나갈 수 있겠습니까. 범법자 한 사람을 아끼시려다가 군 전체를 문란시켜 놓으면, 그 군대는 오합지졸烏合之卒과 다름없는 군대가 되어 버리는 법이옵니다. 그러므로 은개를 처단하는 것은 너무도 당연한 일인 줄로 아뢰옵니다."

한왕은 그 말을 듣고 나서야 고개를 끄덕였다. 그러면서도 은개와의 사사로운 우정을 저버릴 수가 없어,

"은개 장군은 나와 친분이 두터운 사람이오. 처벌을 하더라도 죽이지는 말아 주었으면 좋겠소."

하고 말했다. 그러자 소하가 숙연히 아뢴다.

"자고로 '왕법에는 친분이 없다〔王法無親〕'는 명훈明訓이 있사옵니다. 대왕께서 나라를 다스려 나가시는데 친소親疎를 가리시면, 그 나라가 어떻게 될 것이옵니까. 그 문제는 거론하지 않으심이 좋으실 것이옵니다."

소하는 마지막 쐐기를 박아 놓고, 숫제 어전에서 물러가 버리는 것이 아닌가. 한왕은 소하의 말이 정당함은 알고도 남음이 있었다. 그러나 은개가 목이 잘려 죽을 일을 생각하면, 그야말로 안절부절 못할 지경이었다. 그리하여 여 노인을 급히 불러 이렇게 명했다.

"내가 조서를 써줄 테니, 경은 한신 장군에게 급히 달려가 은개를 죽이지는 말아 달라고 부탁을 해보시오."

여 노인이 조서를 가지고 형장刑場으로 급히 달려와 보니, 때마침 형리刑吏들은 은개의 목을 베려고 형틀 위에 올려 세우고 있는 중이었다.

여 노인은 멀리서부터 손을 휘저으며 큰소리로 외쳤다.

"대왕의 조서를 가지고 왔으니, 처형을 잠깐만 멈추라!"

그러고 나서 원수부로 달려 들어가려고 했으나, 원문이 굳게 닫혀 있는 것이 아닌가.

"나는 대왕의 조서를 가지고 대원수를 만나러 오는 길이다. 시간이 촉박하니, 원문을 빨리 열어라."

그러나 파수병들은 문을 열어 주기는커녕, 여 노인을 다짜고짜로 말에서 끌어내려 죄수처럼 땅바닥에 꿇어앉히며 이렇게 말하는 것이 아닌가.

"수하를 막론하고 영내에서는 말을 달리지 못하도록 되어 있사옵니다. 그런데 여 대인께서는 법을 무시하고 말을 마구 달려오셨으니, 이 사실을 대원수에게 상신하여 처분을 기다려야 하겠습니다."

수문장이 한신에게 달려와 여 노인의 일을 보고하니, 한신은 고개를 기울이며 말한다.

"영내에서 말을 달리지 못하게 한 것은, 적의 기습을 미연에 방지하기 위해서였다. 여 대인은 그만한 군율을 잘 알고 계신 분인데, 왜 그런 법을 어기셨을까. 혹시 여 대인은 주상의 특명을 가지고 오셨는지도 모르겠구나."

수문장이 대답한다.

"여 대인께서 대왕의 조서를 가지고 오신 것만은 사실이옵나이다."

그러자 한신은 군정사 조참을 불러 물어 본다.

"영내에서 말을 달린 자는 어떻게 처벌하도록 되어 있소?"

"영내에서 말을 달린 자는 경군죄輕軍罪로 참형에 처하게 되어 있사옵니다."

한신은 잠시 생각을 해보다가,

"여 대인도 법을 어겼으니 마땅히 처벌을 받아야 옳을 일이오. 그러나 여 대인은 대왕의 조서를 가지고 오셨다고 하니, 그러면 여 대인을 대신하여 그분의 마부馬夫를 참형에 처하도록 하오."

대원수의 명에 의하여, 여 노인의 마부가 은개와 함께 목이 잘렸다. 여 노인은 그 광경을 목격하고 혼비 백산하여 대궐로 급히 돌아와 한왕에게 사실대로 아뢴다.

"신이 만약 대왕의 조서를 가지고 가지 않았더라면, 신도 틀림없이 목이 달아났을 것이옵니다."

한왕은 그 말을 듣고 크게 노하며, 승상 소하를 불러 따지듯이 꾸짖는다.

"내가 은개에게 특사를 내린다는 조서를 보냈건만, 한신은 은개를 기어코 죽여 버렸을 뿐만 아니라 여 대인의 마부까지 죽였다고 하니, 세상에 이런 불충스러운 일이 어디 있단 말이오?"

소하가 머리를 조아리며 대답한다.

"본시 장수가 전쟁에 임했을 때에는, 비록 대왕의 어명이라도 듣지 않아도 무방하도록 되어 있는 법이옵니다. 그것은 사령관의 권한에 속하는 일이옵니다."

"아무리 그렇기로 은개 장군을 꼭 죽여야만 할 이유가 어디 있었느냐 말이오?"

"대원수가 굳이 은개 장군을 죽인 것은, 권력이 있고 지체가 높은 사람 하나를 죽임으로써 사령관의 위엄을 확고하게 세우기 위해서였을 것이옵니다. 군사들은 사령관의 위엄을 알고 나면, 죽음조차 두려워하지 않게 되는 법이옵니다. 대왕께서는 이미 한신같이 훌륭한 인물을 파초 대원수로 임명하셨으니, 이제 항우 따위는 두려워하실 바가 아니시옵니다."

한왕은 그 말에 분노가 적이 수그러지기는 하였다. 그러면서도 마음이 개운치 않아서, 문득 여 노인에게 이렇게 물어 보았다.

"승상의 말씀을 들어 보면, 한신 장군이 훈련을 잘 시켜 놓아서 우리 군사는 막강하기 이를 데 없다고 하는데, 여 대인이 보시기에는 어떠합니까."

한왕은 한신 장군의 능력을 아직도 확고하게 믿을 수가 없었던 것이다. 여 노인은 머리를 조아리며 한왕에게 아뢴다.

"신의 마부가 억울하게 희생된 일을 생각하면, 신은 한신 장군을 원망하는 심정이 노상 없는 것도 아니옵니다. 그러나 냉정하게 말씀드리오면, 한신 장군께서 군사 훈련을 맹렬하게 시킨 덕택에 지금 우리 군사는 누구도 당해 내지 못할 만큼 막강해졌사옵니다. 따라서 항우도 언젠가는 한신 장군의 손에 정복을 당하고야 말 것 같사옵니다."

"허어……, 여 대인이 보기에도 우리 군사가 그처럼 막강해졌다는 말씀이오?"

"우리 군사가 짧은 기간에 그처럼 막강해진 것은, 한신 장군 자신이 모든 일을 법에 의해 시행한 덕택인 줄로 알고 있사옵니다."

"그러면 한신 장군이 은개를 참형에 처한 것도 잘못된 일이 아니라는 말씀인가요?"

"범법자를 법에 의해 처단했으니, 어찌 잘못된 일이라고 말할 수 있으오리까."

"은개가 나의 친구임을 알고 있으면서도 참형에 처해 버렸는데, 그래도 잘했다는 말씀이오?"

여 노인은 잠시 뜸을 두었다가 이렇게 대답한다.

"그 옛날 전국시대에 천하 명장이었던 손무孫武는 군율을 바로잡기 위해, 제왕齊王이 총애하는 오희吳姬라는 궁녀의 목을 베어 버린 일도 있었습니다. 그와 같이 과감한 처단이 없이는 군율을 바로잡기가 어려웠던 때문이었으니, 대왕께서는 그 점만은 통촉하시옵소서."

한왕은 여 노인의 말을 듣고 나서야 자신의 잘못을 깊이 깨달았다. 사정이 그렇게 되고 보니, 자신의 불찰을 뉘우치는 마음이 없지 않아서 한왕은 한신에게 술과 안주를 듬뿍 보내 주며, 다음과 같은 치하의 조서까지 내렸다.

장군은 나약하던 군사들을 법으로 다스리고 훈련으로 연마하여, 막강한 군사로 성장시켜 놓았으니 실로 고맙기 그지없는 일이오. 일찍이 천하의 명장이었던 손무는 군율을 확립하기 위해 제왕이 총애하는 궁녀를 참형에 처한 고사故事도 있었다 하거니와, 장군은 은개가 나의 친구임을 알고 있으면서도 군율을 바로잡기 위해 그를 단호하게 처단했으니, 그 용기와 공정성에 나 역시 감격해 마지않는 바이오. 이에 장군의 노고를 치하하는 뜻에서 주효酒肴를 약간 보내 드리오.

한신은 주효를 받고 나자, 즉시 입궐하여 한왕에게 사은숙배를 올리며 아뢴다.

"신은 오로지 대왕 전하에게 충성을 다하고자 법을 공정하게 시행했을 뿐이온데, 과분하신 찬수饌需를 내려주시와 성은이 망극하옵나이다. 성은의 만 분의 일이라도 보답하고자 차후에는 더욱 분골 쇄신하여 충성을 다하겠사옵나이다."

한왕은 더욱 감격스러워 한신의 손을 힘차게 움켜잡으며 말한다.

"초패왕 항우를 정벌할 사람은 오직 한 장군뿐임을, 나는 지금에야 절실히 깨달았소이다."

한신韓信의 원대한 계획

그로부터 10여 일 후.

한신은 전쟁 준비를 착착 진행시켜 가면서, 하루는 번쾌를 불러 이렇게 명한다.

"우리는 머지않아, 대왕을 모시고 함양으로 진격을 개시해야 하겠소. 그런데 함양으로 가는 도로가 큰 문제요. 일찍이 장량 선생께서 함양으로 가는 잔도棧道를 모조리 불태워 버렸기 때문이오. 따라서 잔도를 보수하는 일이 무엇보다도 급선무요. 귀관에게 군사 만 명을 줄 테니, 귀관은 주발周勃·진무陳武의 두 장군과 협력하여 한 달 안에 잔도를 완전히 보수해 놓도록 하시오. 만약 기일을 지키지 못하면, 법에 따라 엄중 처단할 것이오."

번쾌는 너무도 엄청난 군령을 받고 기가 막혔다. 10만 명이 1년이나 걸려야 해낼 수 있는 공사를, 단 만 명만 가지고 어떻게 한 달 안에 완공시킬 수 있다는 말인가. 번쾌는 생각다 못해, 즉석에서 이의를 제기하였다.

"원수님의 명령을 거역할 생각은 추호도 없사옵니다. 그러나 함양으로 가는 길은 천하의 험로인 데다가, 거리도 천 리가 넘사옵니

다. 그것을 무슨 재주로 한 달 안에 보수할 수가 있겠습니까. 원수
께서는 저를 죽이고 싶으시거든 차라리 이 자리에서 죽여 주시옵
소서."

한신은 무슨 생각에서인지 소리를 크게 내어 웃으면서,

"군령을 받고 나서 어려움을 핑계로 임무를 회피하려는 것은 불
충不忠에 속하는 일이오. 장군의 충의를 나는 잘 알고 있으니, 안
될 때는 안 되더라도 최선을 다해 보시오."

번쾌는 그 이상 말대답을 했다가는 군법에 회부될 것만 같아서
울며 겨자 먹기로 마지못해 군사를 거느리고 잔도 보수의 길에 올
랐다.

한신은 그날부터 진두 지휘를 해가면서, 최후의 군사 훈련을 맹
렬히 계속하였다. 평소에 훈련을 철저하게 시켜 둔 덕택에 군사들
은 군호에 따라 민첩하게 움직여 주었다. 깃발을 좌로 흔들면 나는
듯이 왼편으로 달려가고, 깃발을 오른쪽으로 흔들면 쏜살같이 오른
쪽으로 달려가고, 앞으로 흔들면 앞으로 달려가고, 뒤로 흔들면 뒤
로 달려가는데, 수백 수천의 군사들이 마치 하나같이 행동이 일치
하였다.

네 개의 부대를 하나로 통합하면 순식간에 장사진을 이루고, 하
나의 장사진을 네 개의 무리로 나누면 눈 깜짝할 사이에 사문四門
을 이루어 놓는다. 전진과 후퇴, 분열과 통합 등등 복잡 다기한 군
사 행동이 깃발 흔들기에 따라 일사 불란하게 수행되고 있었던 것
이다.

한신은 매우 만족스럽게 여기며, 하루는 한왕에게 이렇게 품하
였다.

"대왕 전하! 출전을 앞두고 마지막 훈련을 모두 끝마쳤사옵니다.
신으로서는 막강한 군대라고 자부하는 바이오나, 대왕의 어의御意

에는 어떠하실지, 친히 사열을 해주시기를 바라옵니다."

한왕은 웃으면서 한신에게 말한다.

"장군이 군사들을 정예롭게 훈련시키는 광경을 여러 차례 보아 왔는데, 새삼스럽게 사열식을 가질 필요는 없을 것 같구려."

그러자 옆에 배석해 있던 승상 소하가 한왕에게 아뢴다.

"대왕 전하! 출진出陣을 눈앞에 두었으니, 대왕께서 최후의 사열을 하시는 것이 좋을 줄로 아뢰옵니다. 그래야만 대왕께서도 든든한 마음으로 출진하게 되시겠지만, 병사들도 용안龍顔을 직접 배알함으로써 사기가 더욱 왕성해질 것이옵니다."

"승상의 말씀을 들어 보니 그렇기도 하구려. 그러면 내일 아침 묘시卯時에 연병장으로 나가기로 하겠소."

다음날 아침, 한왕이 문관文官들을 모조리 거느리고 연병장으로 행차하노라니까, 한신은 모든 대장들을 인솔하고 멀리까지 마중을 나와 기다리고 있었다.

이윽고 한왕이 사열대에 높이 올라서자, 군악이 요란스럽게 울려 퍼지며 사열식이 시작되었다. 이날은 한신 자신이 직접 진두에 나서서 수만 인마人馬를 합동 지휘하는데, 모든 부대의 대오가 하나같이 정연하고, 기좌진퇴起坐進退가 민첩하기 이를 데 없었다. 진형陣形을 무궁무진하게 변화시키면서도 법도에 어긋나는 행동은 하나도 없었던 것이다.

오랜 시간에 걸쳐 사열식을 끝마치자, 한왕은 지극히 만족스러워 한신을 가까이 불러 치하의 말을 내린다.

"장군은 군사를 다루는 솜씨가 놀랍도록 뛰어나시오. 모르면 모르되 손자孫子나 오자吳子도 장군만은 못했을 것이오. 군사가 더할 나위 없이 막강하게 훈련되었으니, 이제는 함양을 향하여 출진出陣하기로 합시다."

한신이 머리를 조아리며 아뢴다.

"신이 길일을 택하여 대왕을 모시고 출진하겠사오니, 출진할 날짜만은 신에게 맡겨 주시면 고맙겠나이다."

"그러면 출진할 날짜가 결정되는 대로 나에게 알려 주기만 하시오."

한왕이 사열식을 끝마치고 사열대에서 내려오니, 잔디밭에는 어느새 주안상酒案床이 성대하게 준비되어 있었다. 상다리가 휘어지도록 요란스럽게 차려 놓은 그 많은 음식들을 살펴보니, 그것은 파촉에서는 구하기 어려운 산해진미山海珍味뿐이 아닌가.

'한신은 나를 위해, 이처럼 구하기 어려운 음식을 어디서 구해 왔을까. 음식 차린 것만 보아도, 한신의 충성심을 가히 짐작할 수 있구나.'

한왕은 너무도 감격스러워 눈앞에 놓여 있는 두세 가지의 음식만 먹기로 하고, 다른 음식에 대해서는 한신을 불러 이렇게 분부하였다.

"나는 두세 가지만 먹으면 족하니, 다른 음식들은 모든 대장이 다 같이 모여 함께 나눠 먹기로 합시다."

한왕의 우악한 분부에, 모든 대장들이 한결같이 감격의 눈물을 흘렸다. 실로 그 임금에 그 신하들이었던 것이다.

한편, 번쾌는 잔도 보수의 중책을 맡고 주발·진무 등과 함께 현장에 도착하였다. 그러나 현장을 둘러보니, 산은 높고 길은 험악하기 이를 데 없었다. 바위는 앞을 가로막고, 수목은 겹겹이 얽혀 있어서 어디부터 손을 대야 할지 엄두가 나지 않았다. 번쾌는 한숨을 쉬다가, 문득 엉뚱한 생각조차 들었다.

'한신 장군은 혹시 초나라를 정벌할 자신이 없으니까, 시일을 끌기 위해 계획적으로 무모한 명령을 내린 것은 아닐까. 그렇다면 그

야말로 큰일이 아닌가.'

번쾌는 속으로 그런 생각을 해보며, 주발·진무와 함께 고운산孤雲山 정상에 올라 사방을 두루 살펴보았다. 고운산 일대는 산세가 어찌나 험악한지 새도 날아 넘기가 어려울 지경이었다.

"이 길을 보수하려면 적어도 1년은 걸려야 할 게요. 그런데 단 만 명으로 한 달 안에 보수해 놓으라고 하니, 나는 죽어도 못하겠소."

주발과 진무는 입을 모아 불가능하다고 주장하고 나온다. 그러나 명령을 직접 받은 번쾌로서는 간단히 단념할 수도 없었다.

"한신 장군은 준법 정신이 지독히 강한 사람이오. 게다가 대왕께서도 한신 장군을 무척 신임하고 계시오. 따라서 우리가 임무를 포기해 버렸다가는 반드시 참형을 당하게 되오. 그러니까 못 될 때는 못 되더라도, 우리들이 최선을 다해 보기로 합시다."

번쾌는 주발과 진무를 격려해 가며, 그날부터 군사들을 총동원하여 보수 공사에 착수하였다. 바위를 밑에서부터 파헤쳐 언덕 아래로 굴리고, 커다란 나무는 밑동을 도끼로 끊어 던져 버리고, 높은 곳은 흙을 깎아 내려 낮은 곳을 메우고, 이쪽 벼랑과 저쪽 벼랑 사이에는 다리를 새로 걸쳐 놓았다. 그처럼 험악한 작업을 아침부터 밤중까지 계속하자니 바위에 치여 죽고, 나무에 깔려 죽고, 벼랑에 떨어져 죽는 희생자가 날마다 속출하였다.

"장량이라는 자가 잔도를 불태워 버리지 않았으면, 우리가 이런 고생은 안 했을 게 아닌가. 그놈이 왜 그런 짓을 해 우리를 이렇게도 골탕 먹일까?"

"누가 아니래. 그놈 때문에 고생하는 일을 생각하면, 장량이라는 이름만 들어도 이가 갈리네. 그런 놈이 무슨 빌어먹을 군사軍師란 말인가."

군사들은 너무도 고생스러워 '장량 선생' 욕하기를 떡 먹듯 하고 있었다. 보수 공사가 10여 일쯤 계속되었을 무렵에, 대부大夫 육가陸賈가 10여 기의 부하를 거느리고 돌연 공사 현장에 나타났다.

"아니, 대부께서 이 험악한 곳에 웬일이시옵니까?"

육가가 대답한다.

"출동 준비가 다 되었으니, 한 달 안으로 보수 공사를 끝내지 못하면, 장군을 엄중 처단하겠다는 대원수의 명령을 전하려고 왔소이다."

육가의 말을 듣고 번쾌는 입을 딱 벌렸다. 그러다가 화를 버럭 내며 이렇게 항의하였다.

"대원수는 해도 너무하시오. 1년이나 걸려야 할 수 있는 일을, 만 명만 가지고 어떻게 한 달 안에 끝내라는 말씀이오. 공사 기일을 연기해 주기 전에는 나는 죽어도 못 하겠소. 아무리 대원수의 명령이라도 나로서는 못 해내겠다는 말이오."

번쾌는 악이 받쳐서 마구 퍼부어 대었다. 그러자 육가는 좌우의 사람들을 물리치고 나더니, 번쾌의 귀에 입을 갖다 대고 이렇게 속삭이는 것이었다.

"대원수는 보수 공사가 한 달 안에 불가능한 것을 알고 계시면서도 적敵을 속이기 위해 일부러 장군에게 다그치고 계시는 것이오. 그러니까 장군은 그런 줄 알고, 군사들을 더 많이 보내 주기 전에는 보수 공사를 못 하겠노라고 대왕 앞으로 표문表文을 올리도록 하시오. 대원수는 그렇게 하기 위해 장군을 일부러 다그치고 있는 것이오."

번쾌는 그제야 한신의 깊은 계략을 알아채고, 밖으로 나오자 군사들에게 이렇게 외쳤다.

"대원수는 보수 공사를 한 달 안에 끝내라는 엄명이지만, 공사가 워낙 험난하여 우리들만으로는 도저히 임무를 완수할 수가 없다.

그래서 나는 대왕 전에 긴급히 표문을 올려, 응원 부대를 더 많이 공급받아야 하겠다."

그러나 육가는 그런 말을 못 들은 체하고 군사들에게,

"그대들이 한 달 안에 이 공사를 끝내지 못하면, 대원수의 엄중한 처벌이 계실 것이니 모두들 전력을 기울여 책임을 완수토록 하라!"

하고 새삼스레 엄중 지시를 내리고 본영으로 돌아와 버렸다. 육가가 공사 현장을 떠나 버리자, 번쾌는 예정했던 대로 한왕에게 다음과 같은 표문을 올렸다.

대왕 전하. 신은 대원수의 명에 의하여, 잔도 복구 공사에 전력을 기울이고 있기는 하옵니다. 그러나 지세가 워낙 험난한 데다가 희생자까지 속출하고 있는 형편이온데, 오늘은 대원수로부터 기일 안에 책임을 완수하지 못하면 참형에 처하겠다는 엄명까지 받았습니다. 신은 일찍이 대왕을 모시고 오늘에 이르기까지 신에게 부과된 책무를 한 번도 그르쳐 본 일이 없사오나, 이번만은 대원수의 손에 죽음을 면하기가 어려울 것 같사옵니다. 대왕께서는 신의 목숨을 구해 주시려거든 응원군을 될 수록 빨리 보내 주시옵소서. 이에 아장牙將 이륭李隆을 보내 이 표문을 올리옵니다.

한왕은 번쾌의 표문을 받아 보고 빙그레 미소를 지었다. 한신의 계략을 미리 들은 바가 있었기 때문이었다. 그러기에 한왕은 한신에게 이렇게 명령하였다.

"잔도 보수 공사에 병력이 더 필요한 모양이니, 번쾌 장군에게 정병 천 명만 더 보내 주기로 합시다."

모두가 적을 속이기 위한 술책이었음은 말할 것도 없다. 번쾌가 천 명의 응원군을 받고 나자, 뒤미처 한신으로부터 다음과 같은 작전 명령이 날아왔다.

장군은 주발·진무의 두 막료들과 함께 천 명의 군사를 두 부대로 편성해 한밤중에 태산 준령을 넘어가 대산관大散關을 불시에 기습하여 대번에 점령해 버리도록 하라.

번쾌는 작전 명령을 받고 나자, 즉시 기습 부대를 편성해서 태산 준령을 넘고 넘어 대산관을 향하여 강행군을 계속하였다. 물론 초나라 군사들은 그러한 비밀을 알고 있을 턱이 없었다. 그 무렵, 대산관 수비의 총책임자는 대장 장평章平이었다. 그런데 장평에게 군사 범증으로부터 돌연 경고문이 날아 내려왔다. 경고문의 내용은 다음과 같았다.

대산관은 한나라와 국경을 접하고 있는 가장 중요한 관문이다. 한왕 유방은 대호大虎와 같은 인물이어서, 우리의 허虛를 이제 어디로부터 찔러 올지 모르니, 장군은 불철 주야로 관문 경비에 만전을 기하도록 하라!

장평은 그러한 경고문을 받아 보고, 관문 경비에 철통 같은 태세를 갖추어 나갔다. 더구나 그 무렵 항간에는,
"한왕은 초를 치기 위해 한신을 대원수로 기용해 함양으로 진격할 잔도를 대대적으로 보수하고 있는 중이다."
라는 소문이 널리 떠돌고 있었으므로, 장평은 대산관의 경비에 완벽을 기할밖에 없었던 것이다.
한편, 삼진왕의 한 사람인 장한章邯은 한신이 한나라의 대원수가 되었다는 소식을 듣고 크게 웃었다.
"한왕은 한신을 대원수로 발탁했으니, 진실로 가소롭기 짝 없는

일이로다. 한신이라는 자로 말하면, 어렸을 때에는 남의 사타구니 아래로 기어다니던 천하의 겁쟁이가 아니었던가. 그는 초나라에서 출세할 가망이 없으니까 한나라로 도망을 가버린 작자인데, 유방은 그런 못난이를 어쩌자고 대원수로 발탁했다는 말인가. 대원수가 아니라 대왕이 되었다 하기로, 한신 같은 못난이를 누가 두려워할 것인가!"

백전 노장 장한에게는 한신 따위는 안중에도 없었다. 그는 한신을 이렇게도 비웃어 주었다.

"한신은 지금 우리를 치기 위해 잔도를 보수중이라고 하지만, 천리가 넘는 험한 산길을 제대로 보수하려면 적어도 1년은 걸려야 한다. 작전 계획을 그런 식으로 세워 가지고, 우리나라를 어떻게 치겠다는 것인가?"

장한은 한신을 그처럼 업신여기고 있었기 때문에, 대산관에 있는 장평에게 다음과 같은 서한을 보냈다.

한신이 잔도를 보수해 우리에게 쳐오려면, 적어도 1년은 더 걸려야 할 것이오. 이러나저러나 한신은 애당초 상대가 안 되는 인물이니, 조금도 걱정할 것 없소이다.

장평은 그 서한을 받아 보고, 그때부터는 자기 자신도 경비를 소홀히 하게 되었다.

그로부터 10여 일이 지난 어느 날 새벽. 장평 장군이 아직도 곤히 자고 있는데 수하 장병들이 급히 달려와 큰소리로 아뢴다.

"사령관님! 어젯밤 야음에 유방의 군사 백여 명이 우리 진영으로 귀순을 해왔사온데, 저들을 어떻게 처치하오리까?"

"뭐야! 유방의 군사가 우리한테 귀순을 해왔다고! 이런 경사가 어디 있겠느냐. 내가 곧 나갈 테니, 그들을 사령부에 모두 대기시켜 놓아라!"

장평이 크게 기뻐하며 옷을 추려 입고 달려나와 보니, 사령부의 넓은 마당에는 백여 명의 귀순병들이 땅바닥에 주저앉아 장평을 기다리고 있었다. 말할 것도 없이, 그들은 거짓 귀순병들이었다.

"우리한테 귀순해 왔다는 유방의 군사들이란, 바로 이 사람들이냐?"

"예, 그러하옵니다. 오랫동안 헐벗고 굶주려 온 탓인지, 모두가 거지와 다를 바 없는 몰골들이옵니다."

아닌게아니라, 첫눈에 보아도 거지와 다를 것이 없는 처량한 꼬락서니들이었다. 장평은 그들에게 묻는다.

"너희들은 유방의 군사라고 하는데, 그게 사실이냐?"

"예, 그러하옵니다."

백여 명이 한결같이 입을 모아 대답한다.

"유방의 군사라면 유방을 위해 충성을 다할 일이지, 어찌하여 우리에게 귀순을 해왔느냐?"

그러자 두목인 듯싶은 젊은이가 전체를 대신하여 큰 소리로 대답한다.

"충성도 좋지만, 밥을 굶고서는 충성을 할 수가 없는 일이 아니옵니까? 저희들은 굶어 죽기가 억울하여, 초나라로 귀순해 온 것이옵니다."

"어디서 무슨 일을 하고 있었기에, 굶어 죽을 형편이었다는 말이냐?"

"유방은 초나라를 치기 위해, 저희들에게 잔도를 보수하라는 임무를 맡겼습니다. 그러나 군량이 부족하여 밥도 제대로 먹이지 않으면서 1년이 걸려도 안 될 일을 한 달 안에 끝내라고 다그치니, 충성이 아무리 알뜰한들 우리가 어떻게 견딜 수 있겠습니까. 저희들은 생각다 못해, 초나라로 귀순을 해오게 된 것이옵니다."

"잔도 보수의 지휘자는 누구였느냐?"

"지휘관은 번쾌라는 장수였습니다. 그런데 번쾌는 감때가 어떻게나 사나운지, 밥도 먹이지 않고 우격 다짐으로 다그치기만 하여 견딜 수가 없었습니다."

장평은 그들이 혹시나 거짓 귀순이 아닌가 싶어 여러 모로 침을 놓아 보았다. 그러나 위장 귀순인 것 같은 기색은 아무데서도 찾아볼 길이 없었다. 이에 장평은 마음을 놓고 귀순병에게 말한다.

"만약 너희들이 거짓 귀순해 온 사실이 발각되면 용서 없이 처단하겠지만, 진심으로 귀순해 왔다면 기쁜 마음으로 너희들을 받아들여 주겠다. 너희들 중에 우두머리가 있을 터인데, 누가 주동하여 귀순하게 되었는지, 주모자는 이리 나와 보아라!"

귀순을 책동한 주모자가 누구냐고 묻자, 요룡姚龍과 근무靳武라는 두 젊은이가 좌중에서 벌떡 일어서며,

"귀순을 책동한 주모자는 저희들 두 사람이었습니다."

하고 대답하는 것이 아닌가.

"오오, 너희들은 참으로 용감한 청년들이로구나!"

장평은 그들의 용기를 칭찬해 주고 나서 이렇게 물었다.

"너희들 두 사람은 군에 끌려가기 전에는 무엇을 해먹고 살아왔느냐?"

"저희들은 군에 끌려갈 때까지는 보안군普安郡이라는 두메산골에서 사냥꾼으로 살아왔사옵니다."

"사냥꾼으로 살아왔다면 활 쏘고 창 쓰는 재주가 보통이 아니겠구나?"

"활 쏘고 창 쓰는 재주만은 누구에게도 뒤지지 않는다고 자부하고 있사옵니다."

"그와 같이 좋은 재주를 가지고 있으면서 귀순을 해왔다니, 도무지 믿어지지가 않는구나."

장평은 그들의 심정을 떠보려고 이모저모로 침을 찔러 보았다. 그러자 그들은 펄쩍 뛸 듯이 놀라며 이렇게 대답한다.

"재주가 아무리 좋아도 밥을 안 먹고 살아갈 수는 없는 일이 아닙니까. 배가 얼마나 고팠으면, 저희들이 도망을 쳐 왔겠습니까?"

"그러면 너희들의 소망이 무엇이냐?"

"시국이 평온해지거든 고향으로 돌려보내 주십사 하는 희망뿐이옵니다."

"너희들의 소망이 그렇다면 시국이 안정되는 대로 기꺼이 고향에 돌려보내 주리라."

장평은 귀순병들에게 환심을 사려고 흔쾌히 약속해 주고 나서,

"유방은 한신을 대원수로 발탁했다고 하는데, 한신이 누구의 연줄로 그처럼 높이 쓰이게 되었는지, 너희들은 그 내막을 알고 있느냐."

하고 물어 보았다.

귀순자들의 입을 통해 적정敵情을 탐지하려는 심산이었음은 말할 것도 없었다. 요룡이 대답한다.

"한신은 본시 구변이 뛰어나서, 그가 병법을 강론하는 것을 들으시고 승상께서 강력히 추천하는 바람에 대원수로 발탁되었다고 들었습니다."

"한신이 대원수로 발탁된 뒤에 모든 장병들은 그의 명령에 잘들 복종하고 있느냐?"

그러자 이번에는 근무가 대답을 가로맡고 나온다.

"장병들이 한신의 명령에 복종을 잘 하느냐 말씀입니까? 솔직히 말하면 장군들은 말할 것도 없고, 졸병들조차 한신을 우습게 여기

고 있는 실정입니다. 더구나 번쾌 장군 같은 분은 한신을 공공연하게 비방하고 있어서, 그들 두 사람 사이에는 언젠가는 큰 싸움이 벌어지고야 말 것입니다. 한왕도 지금에 와서는 한신을 등용한 것을 몹시 뉘우치고 있다고 들었습니다."

장평은 그 말을 듣고 크게 기뻐하며, 요룡과 근무에게 이렇게 말했다.

"너희들 두 사람은 많은 동료들을 귀순시키는 데 공로가 컸으므로, 특별히 '대기패관大旗牌官'에 임명하겠다."

대기패관이란, 싸움이 있을 때 군기軍旗를 휘두르며 사병들을 격려하는 군인을 말한다. 장평은 요룡과 근무의 환심을 사려고 계획적으로 그들에게 파격적인 임무를 부여했던 것이다.

장평은 귀순병들을 그와 같이 처리하고 나니 더욱 자신이 생겼다. 그리하여 삼진왕들에게도 사람을 보내,

"한왕 유방은 두려워할 존재가 못 되니, 너무들 걱정하지 마시오." 하고 통고까지 해주었다.

한편, 항우는 팽성으로 천도해 온 이후로는 날마다 주색만 즐기며 정사는 거의 돌보지 않았다. 범증은 크게 걱정스러워 여러 차례 간언을 올렸다. 그러나 주색에 미쳐 버린 항우는, 범증의 간언에 귀도 기울이지 않았다. 그로 인해 항간에는,

"항우가 그 꼴이 되어 가지고는 나라가 결코 오래 가지 못한다." 하는 소문이 파다하게 퍼지고 있었다.

범증은 그럴수록 애가 타서, 어느 날 밤에는 천문을 보려고 산으로 올라갔었다. 그리하여 동서 사방으로 별들을 살펴보니, 서남방 하늘가에 떠 있는 장성將星 별 하나가 유난스럽게 휘황 찬란한 빛을 내뿜고 있는 것이 아닌가.

'아! 파촉은 서남방에 해당하는데, 그쪽 장성 별이 저렇게도 휘

황 찬란한 것을 보면, 한왕이 군사를 일으켜 우리에게 쳐들어오려 하고 있음이 분명하구나!'

범증은 천문을 보고 가슴이 덜컥 내려앉도록 놀랐다.

'한왕은 초나라를 치기 위해 한신을 파초 대원수로 발탁했다고 하더니, 만약 파죽지세破竹之勢로 몰아쳐 오면 우리는 무슨 힘으로 그들을 막아낼 수 있을 것인가?'

범증은 생각할수록 가슴이 막막해 왔다. 그리하여 항우에게 또다시 간언을 상주하니, 항우는 대수롭지 않게 이렇게 명한다.

"경은 유방 따위에게 왜 그다지도 겁을 내시오. 그처럼 걱정스럽거든 계량季良과 계항季恒 두 장수에게 군사 3천 명씩을 주어, 국경을 삼진왕과 공동으로 지키게 하시오. 그러면 아무 걱정이 없을 것이오."

범증은 그래도 마음이 놓이지 않아, 삼진왕 중에서도 최강인 장한을 직접 찾아가 상의하였다. 그러나 장한은 소리를 크게 내어 웃으며, 이렇게 말하는 것이었다.

"군사께서는 무엇 때문에 유방이나 한신 따위를 그처럼 두려워하시옵니까? 유방이 한신을 대원수로 임명했다고는 하지만, 한신으로 말하면 어렸을 때부터 남의 사타구니 아래로 기어다니던 천하에 못난 놈이옵니다. 그처럼 못난 놈이 어찌 감히 우리에게 덤벼올 수 있으오리까. 그들은 오고 싶어도 길이 끊겨서 못 올 것이옵니다. 길을 보수하자면 1년은 걸려야 할 텐데, 무엇 때문에 그들을 두려워하시느냐 말씀입니다."

백전 노장인 장한조차도 유방과 한신을 우습게 여기는 데는 기가 막힐 노릇이었다. 범증은 하도 어처구니가 없어,

'나라가 망하려고 모두들 머리가 돌아 버렸는가 보구나!'

하고 혼자 탄식을 할 수밖에 없었다.

전별의 선정

　파초 대원수 한신은 '번쾌에게 소속되어 있는 백여 명의 군사들이 적에게 거짓 귀순하는 데 성공했다'는 보고를 받고 나자, 곧 한왕을 뵙고 아뢴다.

　"항우를 정벌할 만반의 준비가 갖추어져 있으므로, 내일은 출동을 개시하겠습니다."

　장수들은 그 말을 듣고 모두들 깜짝 놀란다.

　'잔도를 보수하려면 아직도 멀었는데, 대원수는 수다한 군사를 어느 길로 끌고 가려고 그러시는 것일까?'

　한왕도 그 점이 매우 걱정스러워, 그날 밤 소하를 일부러 불러 이렇게 문의하였다.

　"함양으로 통하는 도로를 보수하려면 아직도 멀었는데 한신 장군은 내일 출동을 하겠다고 하니, 군사를 어느 길로 끌고 가려는지 경이 직접 한번 알아보도록 하시오."

　소하는 어명을 받고 원수부로 달려와 한신에게 묻는다.

　"대왕께서는 내일 출동한다는 말씀을 들으시고, 어느 길로 진격하려는지 매우 걱정하고 계시오. 장군의 계략을 나에게 솔직히 말해 주시오."

한신이 대답한다.

"장량 선생께서 지난날 잔도를 모두 불태워 버리실 때 또 하나의 비밀의 길이 따로 있다는 것은, 승상께서도 알고 계시는 일이 아니옵니까?"

소하가 말한다.

"또 하나의 길이 있다는 말을 나도 듣기는 들었소. 그러나 그 길이 어디 있는지는 모르오. 그런 길이 따로 있다면, 무엇 때문에 번쾌 장군에게 잔도를 급히 보수하라는 명령을 내리셨소?"

한신은 빙그레 미소를 지으며 대답한다.

"그것은 적을 현혹시키기 위한 위장 전술일 뿐이옵니다."

"위장 전술?"

"그렇습니다. 잔도를 보수하려면 적어도 1년은 걸려야 하니까, 적은 그만큼 방심을 할 것이 아니옵니까? 그처럼 적을 방심하게 만들어 놓고, 그 사이에 삼진왕을 단숨에 쳐부술 계획입니다."

"참으로 놀라운 작전 계획이오. 그러면 어떤 길로 진격하실 생각이오?"

"여기서 진창陳倉으로 통하는 지름길로 산을 넘어가면 닷새 이내에 대산관에 도착할 수 있사옵니다. 그러면 적은 우리가 하늘에서 쏟아져 내려온 줄 알고 크게 당황하게 될 것입니다. 우리가 그 기회에 벼락 같은 총공격을 퍼부어 대산관을 함락시키는 것은, 손바닥을 뒤집기보다도 쉬운 일이옵니다. 승상께서는 대왕 전하에게 소장의 작전 계획을 소상하게 품고하시어, 조금도 걱정을 아니 하시도록 해주시옵소서."

소하는 한신의 말을 듣고 뛸 듯이 기뻤다. 그리하여 부랴부랴 대궐로 달려 들어오니, 밤이 이미 삼경이 지났는데도 불구하고 한왕

은 소하를 기다리고 있다가,

"승상! 어서 오시오. 그래, 한신 장군을 만나 보셨소?"

하고 묻는다.

소하가 한신의 작전 계획을 소상하게 알려 올리니, 한왕은 무릎을 치며 감탄한다.

"한신 장군의 원모심계遠謀深計를 이제야 알겠소이다. 일찍이 장량 선생께서 잔도를 불태워 버리셨을 때 반드시 무슨 대비책이 있으리라고는 짐작했지만, 한신 장군은 장량 선생의 대비책을 이미 알고 있었던 모양이구려. 그렇다면 우리가 승리하게 될 것은 의심할 여지가 없소이다. 이제 알고 보니, 한신 장군은 정말로 천하의 명장이오. 그런 명장을 천거해 주신 승상에게 새삼 감사하오."

"과분하신 칭찬의 말씀, 성은이 망극할 따름이옵나이다."

한편 한신은 마침내 출동 준비가 완료되자, 대장 손흥孫興을 '잔도 보수 부대장棧道補修部隊長'으로 새로 임명하고, 번쾌 장군을 본영으로 급히 불러들여 다음과 같은 군령을 내렸다.

"번쾌 장군을 선봉장으로 임명하오. 장군은 여덟 명의 맹장과 5만 명의 군사를 거느리고 산을 넘고 넘어, 닷새 후에는 대산관으로 쳐들어가도록 하오. 여기서 대산관까지는 옛날 길로 돌아가면 천 리가 넘지만, 산을 넘어 지름길을 곧바로 넘어가면 백 리도 채 못 되오. 그 대신 산길이 몹시 험준하니까, 바위는 깎아 내리고 골짜기는 통나무 다리를 놓아 건너면, 닷새 후에는 대산관에 충분히 도달할 수 있을 것이오."

명령 일하, 번쾌는 곧 장병들을 이끌고 진격의 길에 올랐다. 한신은, 이번에는 하후영에게 군령을 내린다.

"하후영 장군을 제2부대장으로 임명하오. 장군은 맹장 10명과 5만의 병력을 이끌고 후속 부대로 따라가다가, 선봉 부대가 승리를 할 경우에는 죽은 듯이 숨어 있고, 아군이 불리할 경우에는 뒤로 돌아가 협공을 하도록 하오."

그리고 한신 자신은 맹장 40여 명을 거느리고 군사를 네 부대로 나눠, 전후 좌우에 배치하고 전진하기로 하였다. 마지막으로 한왕은 부관傅寬·주창周昌의 두 감군 대장들 호위하에, 문무 백관들을 거느리고 후미後尾에서 따라오게 하였다. 작전 배치가 끝나자, 한신은 한왕 앞에 나와 출동 보고를 한다.

"신 파초 대원수 한신은 지금부터 초나라를 치고자 출동하겠습니다. 대왕께서는 지금부터 이틀 후에 친위 부대를 친히 거느리시고, 서서히 따라와 주시옵소서. 신은 우선 대산관을 점령하고 나서, 대왕 전하를 대산관 관문 앞에서 영접할 것이옵니다."

한왕은 그 말을 듣고 너무나 기뻤다. 그리하여 한신을 전송하려고 동문 밖까지 따라나와 언덕 위에서 굽어 살펴보니, 산과 들을 뒤덮고 있는 군사들의 위용威容이 장엄하고도 막강하기 이를 데 없었다.

"오오, 내가 이제야 숙적 항우를 쳐부수고 봉강통일封疆統一의 대업을 이루게 되는가 보구나!"

가슴 벅찬 감격에 잠겨 있다가 문득 깨닫고 보니, 저 멀리로부터 난데없는 군중들이 아우성을 치며 이리로 몰려오고 있는 것이 아닌가. 한왕은 아우성을 치며 달려오는 군중을 보고 깜짝 놀랐다.

"아니! 웬 사람들이 저렇게도 많이 몰려오고 있느냐?"

마침 그때 군사 하나가 헐레벌떡 달려오더니, 한왕에게 급히 아뢴다.

"대왕 전하! 백성들은 대왕께서 이곳을 떠나시는 줄로 알고, 모두들 대왕을 못 떠나시게 하려고 아우성을 치며 쫓아오고 있는 중이옵니다."

"뭐야? 백성들이 왜 나를 못 떠나게 한다는 말이냐?"

그 말이 채 끝나기도 전에 백성들은 구름떼처럼 한왕 앞으로 몰려오더니, 일제히 땅에 엎드리며 큰소리로 호소한다.

"대왕 전하께서는 저희들을 버리고 어디로 가시려고 하시옵나이까. 저희들은 대왕의 은총으로 이제야 살아가는 즐거움을 알게 되었사옵는데, 대왕께서 저희들을 버리고 떠나시면, 저희들은 누구를 믿고 살아가라는 말씀이시옵니까?"

한왕은 백성들이 떼를 지어 몰려온 이유를 그제야 알고, 가슴이 뭉클해 왔다. 백성들이 자기를 못 떠나게 하는 정성이 눈물겹도록 고마웠던 것이다.

"오오! 그대들이 나를 이렇게까지 따를 줄은 미처 몰랐구려!"

군중들을 자애롭게 달래 주며 바라보니 7, 80객 노인들에서 10여 살밖에 안 되는 어린아이에 이르기까지 섞여 있었다. 한왕은 땅에 엎드려 있는 80객 노인의 손을 친히 잡아 일으키며 말한다.

"왕이란 백성들을 위해 필요한 존재라는 것을 나는 잘 알고 있소. 나는 오늘로 당장 이곳을 떠나는 것이 아니오. 수삼 일 후에는 부득이 이 곳을 떠나게 되기는 하겠지만, 아무리 그렇기로 노인장들을 어찌 모른다고 하리오. 내일 중으로 모든 노인장들을 한 자리에 모셔 놓고, 여러분과 더불어 선후책을 충분히 강구하도록 하겠소."

80객 노인은 한왕의 손을 부둥켜잡고 울면서 호소했다.

"대왕 전하, 저희들은 오랫동안 못된 임금님에게 시달려 오며, 개나 돼지와 다름없는 생활을 해왔었습니다. 그러다가 대왕께서 극진하신 자애를 베풀어 주시는 덕택에 이제야 사람답게 살아갈 수 있게 되었습니다. 그런데 대왕께서 홀연 저희들을 버리고 함양으로 떠나신다고 하오니, 그것은 마치 저희들을 생매장해 버리시는 것과 다름이 없사옵니다. 대왕께서는 저희들을 불쌍히 여기시사, 바라옵건대 부디 이곳에 오래오래 머물러 계셔 주시옵소서."

한왕은 노인의 두 손을 잡아 흔들며 달랜다.

"나는 목숨이 다하는 날까지 여러분을 버리지는 않을 것이니, 그 점은 조금도 염려하지 마오. 아무튼 여기서 많은 사람이 언제까지나 떠들고 있을 수는 없는 일이니, 내일 아침에 여러 어른들을 한자리에 모시고 다시 의논해 보기로 하겠소."

한왕은 군중들을 가까스로 해산시키고 대궐로 돌아오자, 곧 승상을 불렀다. 한왕은 백성들과 만났던 이야기를 자세하게 해주고 나서, 승상에게 다음과 같은 명령을 내렸다.

"내가 이곳을 떠나기 전에 부로父老들에게 미리 양해를 구해 둬야 할 일이 있으니, 각 군현郡縣의 노인들을 내일 아침에 대궐 앞마당으로 모두들 모셔 오도록 하오."

소하가 머리를 조아리며 아뢴다.

"분부대로 거행하겠사옵니다. 그렇잖아도 백성들은 대왕께서 이곳을 떠나신다는 소문을 듣고 모두들 야단 법석들이옵니다."

소하가 고을마다 사람을 보내 왕명을 전달하니, 각 고을의 노인들은 다음날 새벽부터 대궐 마당으로 구름떼처럼 모여들었다.

한왕은 노인들을 일일이 반갑게 맞아 주었다. 노인들은 너무도 감격스러워 저마다 큰절을 올리며 아뢴다.

"대왕께서 성덕을 베풀어 주시는 덕택에, 저희 민초民草들은 생업에 안주安住하며, 전고에 없던 태평성대를 누려 오고 있사옵니다. 그런데 천만 뜻밖에도 대왕께서 이곳을 떠나 동정의 길에 오르신다고 하오니, 이제 가시면 언제나 돌아오게 되실 것이옵니까? 대왕의 은총을 못 받게 된 저희들은 오직 눈앞이 캄캄해 올 뿐이옵나이다."

대표자 한 사람이 울먹이며 그렇게 말하고 있는 동안에 다른 노인들은 한결같이 소리 없이 흐느껴 울고 있었다. 한왕도 눈물을 닦으며 말한다.

"지금 초나라 백성들은 항우의 폭정에 몹시 시달리고 있기 때문에 나는 그들도 여러분과 똑같이 구해 주고자, 부득이 군사를 이끌고 떠나게 되었소. 그러나 내가 이곳을 떠나도 여러분의 생활만은 종전과 다름없이 보호해 드릴 것이니, 그 점은 조금도 걱정하지 마시기 바라오."

"대왕께서 이곳을 떠나시면, 누가 저희들의 생활을 보호해 줄 수 있겠습니까?"

한왕은 대책을 강구하느라고 잠시 뜸을 두었다가, 문득 고개를 힘있게 들며 이렇게 말했다.

"나는 천하 대사를 바로잡기 위해 부득이 이곳을 떠나가야만 하오. 그러나 그 대신 승상을 여기에 머물러 있게 하여, 승상으로 하여금 여러분의 생활을 철저하게 보호해 드리도록 하겠소."

노인들은 그 말을 듣고 나서야 비로소 안도의 빛을 보였다. 그리하여 민심을 수습하고 나자, 한왕은 즉석에서 소하를 불러 노인들이 보는 앞에서 다음과 같은 '특별 행정 지시'를 내렸다.

"승상은 이제부터 백성들을 정성스럽게 다스려 나가되, 10리里를 1정亭으로 하여 정마다 정장亭長을 두고, 10정亭을 1향鄕으로 하여 향마다 세 사람의 향로鄕老를 두어 향로들로 하여금 행정을 운영해 나가게 하오. 세 명의 향로 중에서 한 사람은 행정을 담당하게 하고, 한 사람은 농사農事를 담당하게 하고, 한 사람은 송사訟事를 담당하게 하면, 백성들은 안심하고 안락하게 살아갈 수 있을 것이오."

진실로 한왕이 아니고서는 착안할 수 없는 민주적인 정치 철학이었다.

신기와의 재회

한신은 한왕보다 이틀 먼저 군사를 이끌고 출동했으나 잔도로는 가지 아니하고 진창陳倉으로 가는 지름길로 막바로 행군하였다. 진창으로 가는 지름길은 험준하기 이를 데 없었다. 양각산兩脚山은 골짜기가 너무도 깊어 군사들이 건널 수가 없었던 것이다. 선발대인 번쾌의 부대가 길을 닦아 놓기는 했지만, 골짜기를 메워 놓은 돌들이 물결에 휩쓸려 버려서, 천야만야한 절벽이 앞을 가로막고 있었다. 어쩔 수 없이 절벽과 절벽 사이에 밧줄을 걸쳐 놓고, 밧줄을 타고 기어서 건너갔다.

거기서 얼마쯤 더 가니, '한계탄寒溪灘'이라는 여울이 나온다. 지난날 한신은 대원수로 발탁되지 못한 것에 불만을 품고 밤도망을 치다가 소하에게 붙잡혀 다시 돌아오게 되었던 바로 그 한계탄에 다시 오게 된 것이었다.

한신은 한계탄을 보자 감개가 무량하여, 수하 장성들에게 이렇게 말했다.

"그날 밤 내가 이 여울을 건널 수만 있었더라면, 승상에게 붙잡히지 않고 고향에 돌아가 버렸을 것이오."

그러자 장성들은 입을 모아 말한다.

"그날 밤 원수께서 여울을 건너지 못하게 되신 것은, 하늘이 한나라를 돕기 위해 그러셨을 것이옵니다. 만약 그날 밤 원수께서 여울을 무사히 건너가셨더라면 저희들은 영원히 고향에 돌아가지 못하고, 파촉 땅에서 원한의 고혼이 되고 말았을 것이옵니다. 그런 의미에서 그 사실을 후세까지 영원히 알려 주기 위해, 산 위에 기념비를 세우기로 하십시다."

그리하여 장성들은 산 위에 '한나라 승상 소하가 한신을 맞아가기 위해 이곳에 이르다〔漢國丞相蕭何邀韓信至此〕'라는 기념비를 세웠다.

길은 갈수록 험하였다. 아름드리 나무들을 베어 버리고 칡덩굴을 좌우로 갈라 헤치며 얼마를 더 가니, 아미령娥眉嶺이라는 고개가 나온다. 지난날 한신이 단신으로 한왕을 찾아가다가, 신기辛奇라는 사람의 집에서 하룻밤 신세를 지며 결의형제結義兄弟를 맺은 일이 있었던 바로 그 아미령에 도달하게 된 것이었다. 한신은 또다시 감개가 무량하여 막료들에게 말한다.

"지난날 나는 한왕을 찾아가다가 아미령 고개 밑에 있는 '신기'라는 사람의 집에서 하룻밤 신세를 지며, 우리 두 사람은 결의형제를 맺은 일이 있었소. 우리 두 사람은 재회를 철석같이 맹세하고 헤어졌는데, 내가 여기에 왔으니 그 사람을 꼭 찾아봐야 하겠소."

그러자 대장 노관盧綰이 앞으로 나서며 말한다.

"그 집이 어디쯤 있는지, 제가 정확한 위치를 알아보고 오겠습니다."

얼마 후에 노관이 돌아오더니,

"신기라는 분이 살고 있던 집은, 지난 여름 홍수에 몽땅 떠내려가 버려서 지금은 집도 아무것도 없사옵니다."

하고 보고하는 깃이 아닌가.

한신은 신기의 집이 '홍수에 떠내려가 버렸다'는 소리를 듣고 깜짝 놀랐다.

"뭐야? 집이 홍수에 떠내려가 버렸다면, 사람은 어떻게 되었다고 합디까?"

"집은 없어졌지만 사람만은 무사하여, 신기라는 분은 지금 태백령太白嶺 고개 위에 살고 있다고 합니다."

"그러면 내가 직접 찾아가서 알아봐야 하겠소."

한신은 4, 5명의 군사를 거느리고 태백령 꼭대기로 말을 달려 올라가기 시작하였다. 얼마를 올라가고 있노라니까 우거진 숲 속에서 호랑이 한 마리가 나는 듯이 도망을 쳐오는데, 그 뒤로 사람이 활을 겨누고 쫓아온다. 그런데 그 사람이 바로 신기가 아닌가.

"앗! 당신은 신기 대인이 아니오?"

한신은 말을 급히 멈추며 큰소리로 외쳤다. 신기도 한신을 이내 알아보고, 땅에 엎드려 큰절을 올리며 말한다.

"한 장군을 다시 만나 뵙게 되어 무한히 기쁘옵니다."

한신은 말에서 뛰어내려, 신기의 손을 잡아 일으킨다.

"나는 지금 초나라를 치러 가는 길이오. 우리가 옛날에 약속한 대로, 신공도 나와 함께 전열戰列에 가담해 주시기를 바라오."

신기가 머리를 끄덕이며 대답한다.

"그러잖아도 초나라를 치기 위해 잔도를 보수하고 있다는 소문을 듣고 장군께서 머지않아 이곳을 통과하게 되리라고 짐작하고 있었습니다. 저는 그 소식을 듣고 장군 곁으로 달려가고 싶은 심정이 얼마나 간절했는지 모르옵니다. 그러나 늙은 어머님 때문에 하루하루 미루어 오다가, 뜻밖에도 오늘 이렇게 만나 뵙게 되어 한편 기쁘면서도, 한편으로는 약속을 지키지 못해 죄송스럽기 짝이 없사옵니다."

"무슨 말씀을! 어머님이 건강하시다니, 우선 어머님부터 찾아뵈어야 하겠소. 나와 함께 어머님을 뵈러 갑시다."

그러자 신기는 손을 설레설레 내저으며 사양한다.

"장군님은 지금 천하의 중책을 맡고 계시는 대원수이시옵니다. 그처럼 귀하신 어른을 어찌 누추한 모옥茅屋으로 모실 수 있으오리까."

한신은 그 말을 듣고 정색하며 신기를 나무란다.

"우리 두 사람은 형제지간인데, 신공은 지금 무슨 말을 그렇게 하시오. 대원수 아니라 대왕이 되었기로 어머님을 반드시 찾아뵈어야 하겠으니, 여러 말 말고 나를 당장 댁으로 인도해 주시오."

한신은 신기를 앞세우고 그의 집으로 향하였다. 고개를 넘어 험한 산골길을 5리쯤 달려오니, 산골짜기에 움막 같은 초가가 서너 채 보인다. 신기는 그중에서도 가장 초라한 집의 사립문을 밀고 들어서며,

"여기가 저희 집이옵니다."

하고 말한다. 한신은 움막 같은 집 안으로 들어가, 신기의 어머니에게 큰절을 올리며 말한다.

"어머님께서 저를 알아보실는지 모르겠습니다. 저는 수년 전에 어머님에게 많은 신세를 지고 떠났던 한신이옵니다."

80이 다 된 노파는 한신의 손을 정답게 움켜잡으며,

"오오, 내가 아무리 늙었기로 한 장군을 어찌 몰라보리오. 그러잖아도 한왕이 항우를 친다는 소문을 듣고, 나는 한 장군이 내 집을 다시 한번 찾아와 주기를 은근히 기다리고 있었다오."

노파는 거기까지 말하고 이번에는 아들을 쳐다보며,

"기야! 너는 지난날 한 장군과 결의형제를 맺을 때, 만약 한 장군

이 초나라로 쳐들어가게 되면 너도 한 장군을 따라 싸움터로 나가 겠노라고 약속한 일이 있지 않느냐. 남아일언男兒一言은 중천금重千 숲이니라. 한 장군이 오셨으니, 이제는 너도 무장을 갖추고 한 장군 을 따라나서야 할 게 아니겠느냐?"

하고 따지듯이 아들의 의사를 묻는다.

신기는 대답이 난처하였다. 늙으신 어머니를 산 속에 혼자 내버 려두고 싸움터로 나갈 수는 없기 때문이었다. 그리하여 머리를 긁 적이며,

"한 장군을 따라나서고 싶은 생각은 간절하옵니다마는……."

하고 말꼬리를 얼버무려 버렸다.

그러자 노파는 아들의 심정을 재빠르게 알아채고, 얼굴에 노기를 띠며 호되게 꾸짖는다.

"너는 무슨 못난 소리를 지껄여 대고 있느냐. 짐작컨대, 너는 늙 은 에미 때문에 싸움터로 나가기를 주저하고 있는 모양인데, 에미 가 아무리 소중하기로 대장부끼리의 약속을 배반한다는 것은 말도 안 되는 소리다. 네가 없기로 굶어 죽을 에미가 아니다. 여러 말 말 고 지금 당장 한 장군을 따라나서도록 하거라. 세상 만사에는 기회 라는 것이 있는 법이다."

신기는 어머니 앞에 머리를 깊이 숙였다.

"하오나, 늙으신 어머님을 이 깊은 산 속에 홀로 계시게 하는 것 은 자식 된 도리에……."

신기가 거기까지 말하자, 노파는 별안간 벼락 같은 호통을 지른다.

"돼먹지 않은 소리 그만 하거라. 에미의 심정을 그토록 몰라준다 면, 그게 어디 내 자식이냐. 대장부끼리의 약속을 지킬 줄 모르는 놈이 무슨 내 자식이냐 말이다."

신기는 그제야 어머니의 깊은 마음을 헤아리고 한신에게 머리를

수그리며 말한다.

"어머님의 말씀대로, 저도 오늘부터 싸움터로 데리고 나가 주시옵소서. 저도 나라를 위해 목숨을 걸고 싸울 것이옵니다."

한신은 두 모자의 대화를 듣고 형용하기 어려운 감동을 느꼈다. 그렇다고 늙은 어머니를 내버려 둔 채, 아들만 데리고 갈 수는 없었다. 그리하여 선후책善後策을 골똘히 강구해 보다가, 노파에게 이렇게 말했다.

"제가 어머님에게 부탁 말씀이 하나 있사옵니다."

노파는 적이 의아스러운 빛을 보이며 묻는다.

"장군께서 나 같은 늙은이에게 무슨 부탁이 있다는 말씀이시오?"

한신이 대답한다.

"어머님의 말씀대로, 아드님은 제가 싸움터로 데리고 나가기로 하겠습니다. 그 대신 제가 승상부丞相府에 특별히 부탁해 놓을 테니, 어머님께서는 남정南鄭으로 옮겨 가서 사시도록 하시옵소서. 남정에만 가시면 승상부에서 살림살이 일체를 돌봐 드릴 것이옵니다."

노파는 그 말을 듣고 펄쩍 뛸 듯이 놀란다.

"장군은 당치도 않은 말씀을 하고 계시오. 내가 무슨 공로가 있다고 나라에서 나의 살림살이를 돌봐 주게 하신다는 말씀이오?"

"어머님께서 공로가 계셔서 돌봐 드린다는 것이 아니옵고, 아드님은 우리가 꼭 필요한 사람이기 때문에 아드님을 데려가기 위해 어머님의 생활을 돌봐 드리려는 것이옵니다."

그러나 노파는 고개를 내젓는다.

"나는 아들을 팔아먹을 만큼 못난 늙은이는 아니오. 내 걱정은 말고, 어서 내 아들이나 데려다가 사람 구실을 제대로 하게 해주시오."

"어머님의 심정은 저도 잘 알고 있사옵니다. 그러나 제 입장으로서는 어머님을 홀로 내버려 두고 아드님만 데려갈 수는 없는 일이옵니다. 아드님도 후고後顧의 염려가 없어야만 전쟁터에서 마음놓고 싸울 것이니, 제 부탁을 꼭 들어 주셔야 하겠습니다."

노파는 그제야 납득이 가는지 고개를 끄덕인다.

"내 문제가 그렇게도 걱정되신다면 내가 남정으로 옮겨 가기로 할 테니, 저 애만은 꼭 데리고 나가 주시오."

그리고 이번에는 아들에게 말한다.

"기야! 장군의 말씀대로 나는 남정으로 이사를 가기로 할 테니, 너는 이제부터 한 장군 밑에서 커다란 공을 세우도록 하거라. 너도 잘 알고 있다시피, 우리 가문은 뼈대가 있는 집안이니 어떤 경우에도 조상의 명예를 더럽히는 사람이 되지 않도록 거듭 명심하거라."

신기는 어머니에게 큰절을 올리며 이렇게 하직을 고한다.

"불초 이제부터 출진出陣하여, 어머님의 가르치심에 부끄러움이 없는 자식이 되도록 최선을 다하겠습니다."

한신은 군정사軍政司를 불러 노파의 문제를 상세하게 지시한 뒤에, 본영으로 돌아오기가 무섭게 신기에게 군령을 내린다.

"선봉 대장 번쾌가 지금 대산관을 기습하려고 태백령에 새로운 길을 만들며 전진중이다. 그러나 번쾌 장군은 지리가 어두워 고생이 많을 테니, 그대가 지금 그리로 달려가 번쾌 장군을 도와주도록 하라. 이틀 후면 대산관을 기습할 수 있을 것 같지만, 만약 승산이 없다고 판단되거든 내가 갈 때까지 전투 태세를 갖추고 기다리고 있으라."

신기가 군령을 받들고 일선으로 달려나가자, 한신은 후속 부대장 하후영을 불러 별도의 군령을 내린다.

"장군은 지금부터 군사를 이끌고 선봉 부대의 뒤를 바짝 따라 출동하오. 그리하여 번쾌의 부대가 대산관에 기습을 감행할 때에는 직접 가담하지 말고, 등 뒤에 숨어 대세만 관망하시오. 모르면 모르되 번쾌 장군은 혼자서도 대산관을 어렵지 않게 함락시킬 것이오. 대산관을 함락시킨 뒤에는, 장한의 본거지인 폐구廢丘를 공략해야 하는데, 그때에는 장군이 선봉장이 되고 번쾌는 후속 부대가 되도록 하시오."

하후영이 군령을 받고 일선으로 출동하고 나자, 한신은 부관을 불러 물어 본다.

"대왕께서는 지금 어디쯤 오셨는지, 알고 있느냐?"

부관이 대답한다.

"연락병이 알려 온 바에 의하면, 대왕께서는 한계강寒溪江을 건너오고 계시는 중이라고 하옵니다."

"알았다. 그러면 우리도 안심하고 전진하자."

깊은 산 속을 얼마쯤 전진하다 보니 세 갈래 길이 나온다. 한신은 무슨 생각이 들었는지 그곳에서 말을 멈추고 막료 장수들을 둘러보며 말한다.

"지난날 나는 파촉으로 들어가다가 길을 잃어, 여기서 나무꾼에게 길을 물어 본 일이 있었소. 나무꾼은 친절하게도 길을 잘 가르쳐 주었소. 그런데 초나라 군사들이 나를 추격해 오고 있었으므로 나는 길을 다 묻고 나서는, 그가 초군 병사들에게 나의 행방을 알려 줄 것이 염려스러워 나에게 친절을 베풀어 주었던 그 사람을 그 자리에서 죽여 땅 속에 파묻어 버렸소. 지금 이곳에 다시 오게 되니, 그 사람의 원통한 넋을 풀어 주지 않고서는 그냥 지나갈 수가 없구려. 그 사람의 시체를 땅 속에서 파내어 장사를 정중하게 지내 주고 묘비墓碑도 세워 주고 싶으니, 여러분은 나의 심정을 이해해 주기 바라오."

한신의 간곡한 소원을 듣고, 장수들은 한결같이 감동하였다. 비록 부득이한 사정으로 무고한 사람을 죽이기는 했지만, 생명을 존엄하게 여기는 고차원의 의리감義理感에 모두들 감동을 아니 할 수가 없었던 것이다. 그리하여 장수들이 솔선하여 나무꾼의 시체를 파내어 장사를 지내고 묘비를 세워 놓으니, 한신은 그 묘비에 다음과 같은 비문碑文을 손수 써 넣었다.

파초 대원수 한신은, 의사義士 초부樵夫의 영전에 삼가 아뢰옵니다. 귀공은 난세에 태어나 생활이 군색한 관계로 초부로서 생계를 꾸려 나가던 선량한 백성이었습니다. 그런데 나는 귀공에게 길을 묻고 나서 초군에게 나의 행방이 알려질 것이 두려워 죄 없는 귀공의 목숨을 살해했으니, 이는 두고두고 양심에 괴로운 일이었습니다. 이에 장사를 정중히 지내 드리오니, 구천에 계신 귀공은 나의 경솔했던 죄과를 너그럽게 용서하소서.

그 비문을 읽어 보고, 모든 장수들이 한결같이 눈물을 흘렸다.

대산관 함락

파초 대원수 한신이 초나라를 치기 위해 번쾌·하후영 등의 맹장과 20만 대군을 앞세우고 태산 준령을 넘어 대산관으로 진격해 오고 있을 바로 그때, 대산관의 수비를 맡고 있는 초나라의 사정은 과연 어떠했는가.

대산관은 파촉에서 함양으로 들어오는 제1의 관문이었다. 대산관은 그처럼 중요한 요새인 까닭에, 일찍이 범증은 삼진왕의 한사람인 장한에게 '대산관을 물샐틈없이 수비하라'는 엄명을 내린 일이 있었다. 그리고 장한은 범증의 명령에 따라, 자기가 가장 신뢰하는 장평章平을 대산관 수비의 총책임자로 임명하였다.

장평은 평소부터 술을 좋아하고, 한신을 우습게 여겨 오고 있는 사람이었다.

'범증 군사는 소심하셔도 유분수지, 한신 따위가 무슨 용기로 감히 우리한테 쳐들어온다는 말인가. 번쾌가 지금 길을 보수중이라고는 하지만, 포중에서 여기까지의 천리 길을 보수하려면 적어도 1년은 걸릴 텐데 뭐가 두려워 벌써부터 물샐틈없는 경비를 하라는 말인가?'

그렇게 생각한 장평은, 관문 수비의 일익을 한나라에서 귀순해 온 요룡姚龍과 근무斳武에게 맡기게 되었다. 왜냐하면 그들은 귀순해 온 죄가 있는 까닭에, 한나라와 전쟁이 일어나면 자기네가 살아남기 위해서도 결사적으로 싸워 주리라고 믿고 있었기 때문이었다.

대산관 수비의 일익을 담당한 요룡과 근무는 뛸 듯이 기뻐하였다. 대산관은 이미 자기들이 점령해 버린 것이나 다름없다고 생각되었기 때문이었다.

그날 밤도 장평은 술을 마시며, 요룡과 근무를 불러 물어 본다.

"어떤가? 자네들은 대산관을 끝까지 수호할 자신이 있는가?"

"물론입니다. 대산관이 함락되는 날이면, 저희들은 꼼짝 못 하고 죽을 판이니 결사적으로 수호하겠습니다."

요룡의 뒤를 이어 근무가 말한다.

"첩자를 보내 적정敵情을 알아보았사옵는데, 적의 사정은 지금 엉망 진창이었습니다."

"엉망 진창이라니, 뭐가 엉망 진창이란 말인가?"

"적은 도로 보수에 희생자가 너무도 많이 생겨서 공사가 지지부진이라고 합니다."

"그건 그럴 테지. 바위를 굴려 내리고 벼랑에 다리를 놓으려면 희생자가 많이 생길 것은 당연한 일이 아니겠는가?"

"그렇습니다. 도로 공사가 언제 끝날지 모르니, 그들이 이리로 쳐들어온다는 것은 아무 근거도 없는 낭설이 아니겠습니까?"

요룡과 근무는 장평이 듣기 좋아할 소리만 계획적으로 늘어놓았다. 아니나다를까, 장평은 두 사람의 말을 듣고 무릎을 치며 좋아한다.

"과연 그대들의 말이 옳네. 유방이나 한신 따위가 어찌 감히 우리에게 쳐들어온단 말인가. 한신 따위를 대원수로 발탁한 사실을 보면, 유방이라는 자의 사람됨을 능히 알 수 있는 일이 아닌가. 자, 그런 의미에서 자네들도 오늘 밤은 나와 함께 술이나 마시세."

한신이 만여 명의 병력을 투입하여 쓰지도 않을 잔도를 대대적으로 보수하게 한 것은, 이미 말한 바와 같이 초나라의 경계심을 그쪽으로 집중시키기 위한 위장 술책이었다. 이른바 허허실실虛虛實實의 전법이었던 것이다. 그런데 초군 장수들은 그런 것도 모르고, 오직 그 방면에만 신경을 집중시켜 오고 있었다. 그도 그럴 것이, 한나라 군사들이 제아무리 용감하기로 새도 날아 넘지 못할 태산 준령을 직접 넘어오리라고는 상상조차 할 수 없는 일이기 때문이었다. 그러기에 초나라 장수들은 마음을 푹 놓고, 날마다 술만 마시고 있었던 것이다.

그로부터 며칠 후, 그날도 장평은 술을 마시고 있는데 첩자 하나가 숨가쁘게 말을 달려오더니,

"사령관님! 큰일났습니다. 한나라 군사들이 어디로부터 왔는지, 여기서 50리쯤 떨어진 산과 들에 한나라 군사들이 노도와 같이 진격해 오고 있는 중이옵니다. '선봉대장 번쾌先鋒大將 樊噲'라는 붉은 깃발을 앞세우고 적은 노도와 같이 몰려오고 있는데, 병력이 적어도 5만은 넘어 보였습니다."

하고 급히 아뢰는 것이 아닌가.

장평은 그 보고를 받고 소스라치게 놀라며, 요룡과 근무의 두 귀순 장수를 급히 불렀다.

요룡과 근무는 예사로운 표정으로 대답한다.

"그것은 잘못된 보고일 것이옵니다. 도로를 제대로 보수하려면 아직도 1년은 더 걸려야 할 텐데, 한나라 군사가 오기는 어디로 오겠습니까?"

"그래도 수많은 군사들이 '선봉대장 번쾌'라는 붉은 깃발을 앞세

우고 노도와 같이 몰려온다고 하지 않는가?"

요룡은 그 말을 듣고 나더니 대번에 짐작되는 점이 있는 듯, 고개를 끄덕이며 이렇게 말한다.

"아, 알겠습니다. 저들이 그런 깃발을 앞세우고 몰려온다면, 번쾌 장군도 도로를 보수하기에 지쳐서 저희들처럼 투항投降을 해오는 것이 분명합니다. 그렇다면 우리에게는 그야말로 커다란 경사입니다."

"그렇다면 우리는 군사를 발동하지 않아도 괜찮다는 말인가?"

"적이 투항을 해오는데, 무슨 필요로 군사를 발동하겠습니까. 우리는 조금만 더 기다려 보는 것이 좋을 것 같사옵니다."

바로 그때 별안간 멀리로부터 함성이 요란스럽게 들려오더니, 한나라 군사들은 북을 울리고 징을 두드리며 초군 본영을 향하여 벌떼처럼 몰려오고 있는 것이 아닌가. 말할 것도 없이 선두에서 비호처럼 달려오고 있는 장수는 번쾌 장군이었다.

장평은 혼비 백산하여 무장을 갖추며 요룡과 근무에게 명한다.

"사태가 매우 위급하게 되었다. 내가 나가 적장을 막아 낼 테니 그대들은 사대문을 굳게 걸어 잠그고, 삼진왕들에게 응원군을 급히 청하라!"

요룡과 근무는 거짓 귀순을 해온 적장들인데, 그들더러 사대문을 지키라고 하니 그 결과가 어떻게 될 것인가.

장평은 3천 기의 장병을 거느리고 관문을 나와, 용감 무쌍하게 번쾌를 향하여 달려나갔다. 그러자 번쾌가 마주 달려오며 큰소리로 외친다.

"장평은 듣거라. 소위 삼진왕이라는 장한·사마흔·동예의 세 놈들은 항우로 하여금 진나라 군사 20만 명을 죽이게 하고 나서, 자기들만 부귀와 영화를 누리고 있는 악독한 놈들이다. 이제 그들에게 천벌을 가하기 위해 천병天兵이 도래했으니, 너는 성문을 열고 곱게 항복하여라. 그렇지 않으면 네 목숨이 남아나지 못할 것이다."

장평도 왕년의 맹장인지라, 그는 크게 웃으면서 번쾌를 꾸짖는다.

"번쾌 듣거라. 유방은 한왕으로 봉책封冊되어 파촉으로 들어갔으면 그것으로 만족할 일이지, 어찌하여 주제넘게 군사를 일으켜 목숨을 헌신짝같이 버리려고 하느냐. 목숨이 아깝거든 지금이라도 당장 물러가거라."

번쾌는 크게 분노하여 장검을 휘두르며 장평에게 덤벼들었다. 장평은 장창을 번쩍이며 싸움할 기세를 보인다. 용호상박龍虎相搏의 맹렬한 전투가 20여 합이나 계속되었다.

그러나 번쾌는 늙고 장평은 젊은 장수인지라, 싸움이 거듭될수록 번쾌가 불리하였다. 그리하여 30합 가까이 싸우다가, 번쾌가 말머리를 돌려 쫓기기 시작하였다.

그러자 장평은 맹렬하게 추격해 오며, 하늘이 무너질 듯한 함성을 지른다.

"번쾌야! 네가 가면 어디로 가느냐. 이 칼을 받아라!"

장평의 칼이 번쾌의 머리 위에 떨어지려는 바로 그 순간, 신기辛奇가 번개같이 달려나와서 장평의 칼을 옆으로 후려갈기며 외친다.

"장평아! 용기가 있거든 나와 싸우자."

신기가 싸움을 가로맡아 장평과 싸운다. 두 사람의 싸움은 맹렬하게 전개되었다. 그런데 신기는 날아가는 호랑이도 때려잡는 날쌘 사람인지라, 싸움이 계속될수록 장평이 불리하였다.

장평은 10여 합쯤 싸우다가 불리함을 깨닫고, 성안으로 급히 쫓겨 들어가 성문을 굳게 닫아 버린다.

이에 번쾌가 전군에 공격령을 내린다.

"들어라! 모든 군사는 철포鐵砲와 화전火箭을 성안으로 집중 사격

하라!"

철포는 천지를 진동하며 연속적으로 발사되었고, 화전은 불꽃을 튀며 성안으로 빗발처럼 날아 들어갔다.

그러나 대산관은 워낙 난공 불락의 요새인 데다가 맹장들도 많아서 아무리 공격을 퍼부어도 성안의 적은 끄떡도 하지 않았다. 번쾌가 한나절 동안이나 공격을 퍼붓다가 마침내 실의에 빠져 버린 바로 그때 누군가가,

"대원수께서 내림하신다!"

하고 외치는 소리가 들려왔다. 한신이 멀리서부터 막료들과 함께 말을 달려오는 것을 보자, 번쾌와 신기가 부랴부랴 마중을 나왔다.

그리하여 지금까지의 전황을 상세하게 보고하니 한신은,

"적진 속으로 들어간 요룡과 근무는 지금 어떻게 되었소?"

하고 묻는다. 번쾌가 대답한다.

"그들은 장평을 감쪽같이 속여 지금은 적진 속에서 장평의 심복 부하로 잠재潛在하고 있는 중이옵니다."

한신은 그 말을 듣고 소리 내어 웃으며,

"위장 귀순한 우리 편 장수들을 심복 부하로 쓰고 있다니, 장평의 사람됨을 가히 알 만하구려. 하하하……. 그건 그렇고, 대산관을 빨리 함락시켜야 하겠는데, 무슨 묘책이 없겠소?"

하고 번쾌의 계획을 묻는다.

"글쎄올시다. 철포와 화전으로 총공격을 퍼부어 보기도 했습니다마는, 적이 워낙 사대문을 굳게 걸어 잠근 채 일절 응전을 해오지 않아서 애를 먹고 있는 중이옵니다."

한신은 모든 장수들을 거느리고 산으로 올라가, 사방의 지세地勢를 면밀히 살펴보았다. 그리고 나서 새로운 명령을 내린다.

"때마침 동풍이 강하게 불어오고 있으니, 산에 불을 질러 모든 연

기가 대산관 성 안으로 몰려 들어가게 하시오. 그리고 그와 때를 같이하여 수많은 화전을 성 안으로 쏘아 보내, 성 안이 불바다가 되게 하시오."

명령 일하, 밀림이 요란스럽게 타오르며 검은 연기가 성안을 뒤덮고, 빗발치듯 날아오는 화전으로 성안은 아비규환을 이루었다.

장평이 크게 당황하며 어쩔 줄을 모르고 있는데, 한신이 성 밖에서 큰 소리로 외친다.

"장평 장군에게 할말이 있으니, 그대는 성루城樓에 올라와 나의 말을 들으라."

이윽고 장평이 성루로 올라오는데, 그의 호위를 맡고 있는 장수는 요룡과 근무 그리고 그들과 함께 거짓 귀순한 백여 명의 한나라 군사들이 아닌가. 한나라 군사와 결사적으로 싸워 줄 군인은 귀순 용사들밖에 없다고 생각되어, 장평은 그들을 숫제 자신의 호위 부대로 삼았던 것이다.

한신은 그 광경을 보고 속으로 크게 웃었다. 그러나 겉으로는 시치미를 떼고, 자못 장엄한 목소리로 장평에게 외친다.

"장평 장군은 들으라. 항우는 포악하기 짝이 없는 인물인지라 처음에는 관중왕의 자리를 가로채더니, 나중에는 의제義帝를 시해하고 제위帝位까지 찬탈함으로써 천하의 민심을 완전히 잃어버렸다. 이에 한왕께서는 크게 노하시어, 천의天意를 바로잡으시고자 마침내 의병을 일으켜 왔다. 천망이 회회나 소이불루〔天網恢恢疎而不漏〕임을 그대는 잘 알고 있을 것이 아닌가. 이번 싸움의 성패는 이미 기정 사실이니, 그대는 성문을 활짝 열고 순순히 투항하라. 만약 내 말을 거역하면 그대는 목숨이 살아 남지 못할지니라."

산천이 쩡쩡 울리도록 기운찬 호령이었다. 한신의 기세가 등등할수록 장평은 화가 치밀어 올랐다. 그리하여 성루에서 한신을 굽어 보면서 악이라도 쓰듯 큰소리로 욕설을 퍼붓는다.

"비겁자 한신은 듣거라. 너는 주둥아리 재주가 좋은 덕택에 유방을 속여 대원수가 되었다고는 하지만, 젊었을 때부터 남의 사타구니 아래로만 기어다니던 천하의 비겁자가 아니냐. 그처럼 비겁한 네놈이 어찌 감히 천하의 명장인 나더러 항복을 하라는 말이냐. 지금이라도 목숨이 아깝거든 썩 물러가거라."

장평이 그와 같은 호기를 부리고 있는 바로 그 순간, 그를 호위하고 있던 요룡과 근무가 별안간 덤벼들어 장평을 땅바닥에 쓰러뜨리기가 무섭게 전신에 결박을 지었다.

"앗! 너희들이 이게 무슨 짓이냐?"

"이놈아! 정신을 똑똑히 차려라. 우리들은 네놈을 잡으러 온 위장 귀순병이었다는 것을 아직도 모르겠다는 말이냐?"

장평이 눈 깜짝할 사이에 포로가 되어 버리자, 성 안의 초군 병사들은 성루로 몰려와 장평을 탈환해 가려 하였다.

바로 그때, 성문이 활짝 열리며 한나라 군사들이 성 안으로 노도와 같이 몰려드는 바람에 초군은 뿔뿔이 도망을 치기에 정신이 없었다.

그리하여 요룡과 근무는 장평을 생포함으로써 대산관을 쉽게 함락시키는 데 커다란 전공을 세웠다. 그런데 알고 보면, 요룡과 근무라는 사람은 실상인즉 번쾌의 부장인 주발周勃과 진무陳武였다. 번쾌는 한신의 명령에 의하여, 주발과 진무를 귀순병으로 가장시켜 장평에게 위장 투항을 하게 했던 것이다.

한신은 대산관을 점령하고 나자, 장평을 계하階下에 꿇어앉혀 놓고 호되게 꾸짖는다.

"그대와 그대의 족형族兄인 장한 등은 폭군 항우에게 충성을 다하며 천병天兵의 내림來臨을 거부하고 있으니, 그 죄는 참형에 처해 마땅하도다. 그러나 주구走狗들의 목을 베어, 나의 깨끗한 칼을 더럽힐 생각은 추호도 없노라."

그리고 군정사를 불러 명한다.

"이 자를 당장 끌어내어 옥에 가두오."

대산관을 완전히 점령해 버린 그 다음날 후방으로부터,

"대왕께서 대군을 거느리고 내림하신다."

하는 전갈이 왔다.

한신은 모든 대장들을 거느리고 성문 밖까지 영접을 나왔다. 그리하여 대왕 앞에 부복하여 큰절을 올리며 아뢴다.

"신 파초 대원수 한신은 출병 직전에 맹세를 올린 대로 대산관을 완전 점령하고, 이제 관문 앞에서 대왕 전하를 영접하게 되었음을 다시없는 영광으로 생각하옵나이다."

한왕은 크게 기뻤다. 그리하여 말에서 내려 한신의 손을 친히 잡아 일으키며 말한다.

"삼진三秦의 관문인 대산관을 이처럼 쉽게 점령한 장군의 수훈殊勳은 청사에 길이 빛날 것이오."

한신은 한왕을 성 안으로 모시고 들어와, 대산관을 점령하기까지의 경과를 소상하게 품고하였다.

한왕은 한신의 보고를 듣고 있던 중, 주발과 진무가 귀순병으로 가장하여 장평의 호위 대장이 되었다는 이야기를 듣고는 포복 절도하면서 말한다.

"소위 성주城主라는 위인이 가짜 귀순병을 호위 대장으로 기용했다는 것은, 일찍이 어느 나라 역사에서도 찾아볼 수 없는 일일 것이오. 주발과 진무의 위장 전술이 그만큼 절묘했던 증거이니, 그 사실도 청사에 특기할 만한 일이오."

한신은 머리를 조아리며 아뢴다.

"성은이 망극하옵나이다. 대산관은 생각보다도 쉽게 점령했사오나, 정작 삼진왕들을 모두 정복하려면 전도가 아직도 요원하옵니다."

한왕은 고개를 좌우로 흔들며,

"무슨 말씀을……! 원수가 하고자 하는 일이면 무슨 일인들 불가능하겠소. 난공 불락으로 유명한 대산관을 단숨에 점령시켜 버려서 삼진왕들은 지금쯤 간담이 서늘해 치를 떨고 있을 것이오."

"삼진왕들은 모두가 백전 노장들이옵니다. 따라서 장평 따위와는 문제가 다르옵니다."

"삼진왕들이 제아무리 백전 노장이기로, 원수의 탁월한 지략을 누가 당해 낼 수 있겠소. 나는 원수의 승리를 절대로 믿으오."

한왕의 뛰어난 점은, 사람을 한번 믿게 되면 철두 철미하게 믿어 주는 점이었다.

한신은 감격 어린 어조로 말한다.

"신은 이제부터 폐구성廢丘城을 공략하여 우선 장한을 생포해 버릴 생각이오니, 대왕께서는 당분간 이곳에 머물러 계시며 승상부에 급히 연락하시와 구휼미救恤米를 많이 보내 주도록 명령을 내려주시옵소서. 점령 지구에서 무엇보다도 긴급한 일은, 대왕께서 백성들에게 은덕을 많이 베풀어 주시는 일이옵니다."

그리고 한신은 옥중에 있는 장평을 불러 내어 귀 하나만을 잘라 내었다. 그리고 나서,

"너를 죽이지 않고 살려 보낼 테니, 지금부터 폐구성으로 돌아가 장한에게 '순순히 항복하도록' 일러라. 만약 나의 권고를 듣지 않으면, 장한도 너처럼 생포하여 한쪽 귀를 베어 낼 테니, 그 말도 잊지 말고 분명하게 일러라."

하고 말하며 장평을 즉석에서 석방해 주었다.

모든 장수들은 장평을 살려 돌려보내는 것이 크게 불만이었다.

그러나 한신은 장한을 분노하게 만들려고 계획적으로 그런 술책을 쓰고 있었던 것이다. 한신은 장평을 석방하고 나서, 즉시 예하 부대에 새로운 군령을 내린다.

"우리는 이제부터 폐구성으로 진격을 개시한다. 이번에는 부대를 교체하여 하후영 장군과 신기 장군이 선봉 부대가 되고, 지금까지 선봉 부대였던 번쾌 장군은 후속 부대가 되라. 그리하여 폐구성으로 총진격하라."

숨 돌릴 사이도 없을 만큼 신속하고도 과감한 전략이었다.

장한章邯의 자만

삼진왕三秦王의 한 사람인 옹왕雍王 장한章邯은 어느덧 나이가 60, 인생 60이면 권태감이 가끔 느껴질 나이다.

장한은 연령에서 오는 권태감을 떨쳐 버리기 위해, 가끔 산과 들로 말을 달린다. 아무리 따분할 때라도, 달리는 말에 채찍을 가하며 산을 넘고 들을 달려 나가노라면, 전신에 젊음이 용솟음쳐 오르며 기분이 상쾌해지는 것이었다.

이날도 말을 한바탕 달려 태산 준령을 넘고 나니, 속옷에 땀이 흥건하게 젖어들었다. 그러나 오늘은 웬일인지 여느 날처럼 기분이 그다지 상쾌하지 않았다.

'말을 이만큼 달렸으면 기분이 상쾌해질 텐데, 오늘은 웬일일까? 어쩌면 이것도 나이 탓인가?'

장한은 푸른 초원을 가볍게 달리며 문득 그런 생각을 해보았다. 인생 60이면 아무래도 노경老境에 가깝다. 생각하면 언제나 생사를 걸고 싸움터에서만 살아온 60평생이었다. 젊었을 때에는 진황秦皇을 위해 백만 대군을 질타하며 전운戰雲 속에서 살아 왔었고, 진황에게 미움을 사게 되고부터는 항우에게 투항하여 천군 만마를 지휘하며 맹장으로 이름을 떨쳐 온 장한이었다. 파란만장한 생애를 살아온 덕택에, 지금은 '옹왕雍王'이라는 영광의 자리를 누리고 있는 중이다.

장한은 말을 가볍게 달려 나가다가 '공성 명축 신퇴천지도功成名逐身退天之道'라는 옛 글귀가 문득 머리에 떠올랐다.

'이제 앞으로는 내가 직접 싸워야 할 일은 전연 없을 것이다. 한왕 유방이 한신을 앞세우고 쳐올지 모른다는 소문이 떠돌고 있기는 하지만, 그것은 1, 2년 후에나 있을까말까 한 일이 아닌가. 내 비록 늙었다고는 하지만, 한신 따위는 애당초 상대가 되지 않는다!'

장한은 그와 같이 한가로운 생각을 하며 집으로 돌아오고 있는데, 문득 지평선 저쪽으로부터 인마가 쏜살같이 달려오더니, 장한의 앞에서 말을 급히 멈추며,

"큰일났사옵니다. 한나라 군사들이 지금 대산관으로 쳐들어오고 있다는 전갈이 왔사옵니다."

하고 아뢰는 것이 아닌가. 장한은 약간 놀라기는 하면서도, 그 말을 믿으려고 하지 않았다.

"그게 무슨 소리냐. 한나라가 잔도를 보수하려면 아직도 1년은 더 걸려야 할 텐데, 그들이 어디로부터 왔다는 말이냐?"

"어디로부터 왔는지는 모르오나, 수십만 대군이 지금 대산관으로 노도와 같이 쳐들어오고 있어서, 장평 장군은 응원군을 요청해 왔사옵니다."

"말도 안 되는 소리 그만 하거라. 한나라 군사들이 내습해 올 길은 오직 잔도가 있을 뿐인데, 하늘에서 내려오기 전에는 그들이 어디로부터 왔다는 말이냐?"

마침 그 때 또 한 사람의 인마가 급히 달려오더니,

"옹왕 휘하! 대산관이 함락되었사옵니다."

하고 알리는 것이 아닌가.

"대산관이 함락되다니, 그게 무슨 소리냐?"

장한은 소스라치게 놀라며 다급하게 반문하였다. 그도 그럴 것이, 금성철벽金城鐵壁 같은 대산관이 함락되었다는 것은 믿을 수 없는 일이기 때문이었다.

"대산관이 함락된 것은 사실이옵나이다. 어디로부터 왔는지는 모르오나, 한군漢軍이 성 안을 삽시간에 불바다로 만드는 바람에, 아군은 싸워 보지도 못하고 성을 고스란히 빼앗기고 말았습니다. 그 통에 장평 장군께서는 포로가 되셨습니다."

"뭐야? 장평 장군이 포로까지 되었다고?"

장한은 사태가 지극히 위급해졌음을 그제야 깨닫고, 역양櫟陽에 있는 적왕翟王 동예와 고노高奴에 있는 색왕塞王 사마흔에게 각각 사람을 보내 위급한 사실을 급히 알렸다. 그리고 여마통呂馬通과 손안孫安 두 대장을 불러 군령을 내린다.

"장평 장군이 한신에게 대산관을 빼앗겼다고 한다. 지금 당장 대산관을 탈환하러 나가야겠으니, 전군을 긴급 출동케 하라!"

싸움은 크게 벌어질 형세였다. 그리하여 7만 군사가 출동 태세를 서두르고 있는데, 때마침 장평이 불쌍한 모양으로 오고 있었다. 포로가 되었다고 하던 장평이 헐레벌떡 달려와, 장한의 앞에 엎드려 울면서 아뢴다.

"대산관을 적에게 빼앗겼사오니, 소장에게 참형을 내려주시옵소서."

장한은 모든 일이 그저 놀랍기만 하였다.

"아니, 적에게 포로가 되었다고 하던 그대가 무슨 재주로 이렇게 왔는가?"

"한신은 소장의 한쪽 귀만을 잘라 내고 저를 살려서 돌려보내 주었습니다."

"뭐야! 귀만 베어 내고, 그냥 돌려보내더라구?"

그제야 깨닫고 보니, 장평은 한쪽 귀가 없어진 대신에 상처에서는 붉은 피가 흘러내리고 있었다. 그 광경을 보는 순간, 장한은 형용하기 어려운 치욕감이 느껴져 자기도 모르게 이를 바드득 갈았다.

'한신이란 놈, 어디 두고 보자.'

장한은 분노에 전신을 와들와들 떨며,

"도대체 그놈들이 어디로부터 왔으며, 그대는 어떻게 했기에 철통 같은 성을 그처럼 쉽게 빼앗겼단 말인가?"

하고 따져 물었다.

"한신은 20만 군사를 거느리고 태백령太白嶺을 곧바로 넘어와 진창陣倉으로부터 기습해 왔사옵니다."

"뭐야? 그 험준한 태산 준령을 곧바로 넘어왔다고……?"

장한은 너무도 뜻밖의 사실에 눈을 커다랗게 뜨고 놀라다가, 문득 머릿속으로 이렇게 개탄하였다.

'범증 군사께서는 일찍이 한신이란 놈을 높이 써주지 않으면 후일에 반드시 커다란 화근禍根이 되리라고 말씀하시더니, 그놈이 기어코 우리에게 덤벼 왔구나. 그러나 한신이란 놈을 내가 때려잡고야 말리라.'

장한은 비장한 각오로 출동을 서둘렀다. 장한이 노구老軀를 이끌고 정도征塗에 오르려고 하자, 대장 호지胡地가 앞으로 나와 아뢴다.

"한신은 위계僞計가 뛰어난 효장驍將입니다. 옹왕께서는 각별히 조심하시옵소서."

장한은 그 말에 모욕감을 느껴 화를 발칵 내며 호지를 꾸짖는다.

"그대는 못난 소리 그만 하오. 60평생을 싸움터에서만 살아온 나요. 역전 노장인 내가 한신 같은 과부胯夫에게 속는다는 것은 생각조차 할 수 없는 일이오. 한신이라는 겁쟁이를 내 손으로 생포하여 그놈의 귀를 베어 놓고야 말 테니, 두고 보시오."

한신의 귀를 베어 내겠다고 한 것은, 장평에 대한 보복을 해주겠다는 뜻임은 말할 것도 없다. 그리하여 용감무쌍하게 성문을 나서려고 하는데 비마飛馬가 급히 달려오더니,

"한대군漢大軍이 20리 밖에 진격을 해오고 있는 중이옵니다."

하고 알리는 것이 아닌가. 아무려나 장한도 그 보고에는 기겁을 아니 할 수가 없었다.

"뭐야? 적이 어느 새 20리 밖에 진격해 오고 있다고?"

"그렇습니다. 선봉장 하후영이 파죽지세로 진격해 오다가 20리 밖에서 진진陣을 치고, 전투 태세를 새롭게 가다듬고 있는 중이옵니다."

아닌게아니라, 선봉장 하후영은 폐구를 향하여 질풍같이 진격해 오다가 장한이 출동중이라는 정보를 접하자, 일단 그곳에 진을 치고 대오를 정비하고 있었던 것이다. 바로 그 때, 한신이 달려와 하후영에게 다음과 같은 전략을 일러 준다.

"장한은 맹장 중에서도 맹장이오. 따라서 힘으로 싸워서는 이기기 어려울 것이니, 계교를 써서 사로잡도록 하오."

그리고 몇 가지 비책秘策을 일러 주었다. 하후영은 한신의 지시를 받고 폐구성으로 출동해 오노라니까, 장한이 어느 새 비호같이 달려나오며, 하후영에게 벼락 같은 소리로 외친다.

"유방이란 놈은 파촉왕으로 책봉되었으면 그것으로 만족할 일이지, 무슨 욕심에서 남의 국경을 함부로 침범하느냐. 지금이라도 곱게 물러가지 않으면, 한 놈도 살려 두지 않으리로다."

하후영이 크게 웃으며 응답한다.

"항우란 놈은 관중왕의 자리를 빼앗고 나서, 의제까지 시해한 천하의 역적놈이 아니냐. 우리는 무도無道를 정복하고자 인의의 군사를 일으켜 왔노라. 그대에게 일편의 양심이라도 있다면 정의의 칼

을 곱게 받아야 할 형편이거늘, 무슨 염치로 여기까지 달려나와 주둥아리를 함부로 놀리고 있느냐!"

이에 장한은 크게 노하여, 장창을 천둥치듯 하며 질풍처럼 덤벼 나왔다. 하후영도 장검을 휘두르며 응전을 하는 수밖에 없었다.

장한과 하후영 사이에 용호상박의 백병전이 벌어졌다. 장한은 워낙 소문난 맹장이지만, 하후영도 누구 못지않은 용장인지라, 자욱한 먼지 구름 속에서 장창과 장검이 날카롭게 부딪치는 금속성만이 번개치듯 들려올 뿐 승부는 좀처럼 나지 않았다.

10합, 20합, 30합……, 숨가쁜 혈전이 계속되다가 하후영이 별안간 쫓기기 시작하니, 장한은 군사를 휘몰아쳐 나오며 맹렬히 추격하였다. 하후영은 쫓겨 오기를 10여 리. 그러나 산 아래까지 쫓겨 오자, 장한은 그 이상은 쫓아오려고 하지 않았다.

그러자 하후영은 산 위에서 장한을 굽어보며 약을 올린다.

"장한은 듣거라. 너는 닭 쫓던 개가 지붕만 바라보는 격이로구나. 그러고도 네가 무슨 맹장이라는 말이냐!"

장한은 악이 받쳤다.

"이 못난 놈아! 패군지장敗軍之將은 싸움을 논하는 법이 아니다. 여기까지 쫓겨 온 주제에, 무슨 염치로 주둥아리를 함부로 놀려 대느냐."

"누가 누구더러 패군지장이라는 말이냐. 나는 젊고, 너는 껍데기만 남은 늙은이가 아니냐."

장한은 그 이상 참을 수가 없어 또다시 질풍같이 덤벼들었다. 하후영은 또다시 10여 합을 싸우다가 깊은 숲 속으로 쏜살같이 쫓겨들어가 버린다. 장한은 이제야말로 놓칠세라 하고 숲 속으로 깊숙이 쫓아 들어왔다. 그리하여 잡힐 듯 잡힐 듯 쫓겨 가는 하후영을 정신없이 쫓아가고 있는데, 홀연 맞은편 숲 속으로부터 한신이 군사를 몰고 달려나오며 큰 소리로 외친다.

"장한 장군! 잘 만났소이다. 그러잖아도 여기서 장군을 기다리고 있었소이다. 지금이라도 곱게 항복을 하는 것이 어떻겠소?"

장한은 한신을 보자 분노가 새삼스레 치밀어 올라서,

"남의 사타구니 아래로 들락거리던 이 비겁한 놈아! 네 목숨은 오늘로 끝장인 줄 알아라!"

하고 외치며 무서운 기세로 덤벼들었다. 한신은 4, 5합쯤 싸우다가 말을 달려 쫓기기 시작하니, 계포季布와 계항季恒의 두 부장이 3천 기를 이끌고 장한을 쫓아오며 간한다.

"한신이란 놈은 우리를 유인하기 위해 거짓 쫓기고 있음이 분명합니다. 우리는 추격을 단념하고 돌아가는 것이 좋을 것 같사옵니다."

그러나 장한은 자신만만하였다.

"그대들은 무슨 못난 소리를 하고 있는가. 10만 명이 한꺼번에 덤벼 와도 말머리를 돌릴 내가 아니다."

그리고 다시 추격을 계속하는데, 홀연 비마飛馬가 돌풍처럼 달려오더니 장한에게 급히 아뢴다.

"한신과 하후영이 도망가는 곳을 알아냈습니다."

장한은 그 소리에 귀가 번쩍 뜨였다.

"거기가 어디냐. 그놈들을 한꺼번에 생포하게 빨리 알려라!"

비마가 대답한다.

"한신과 하후영은 혼비백산하여 무작정 도망치다가 산중에서 길을 잃어, 오도가도못하고 방황하는 중이었습니다. 빨리 추격해 가시면 그들을 쉽게 생포할 수가 있을 것이옵니다."

"그렇다면 나를 그리로 빨리 인도하여라!"

"한신과 하후영은 저기 보이는 저 숲 속에서 헤매고 있었습니다."

비마가 손을 들어 가리키기가 무섭게 장한은 달리는 말에 박차를 가하며 그 쪽으로 달려가기 시작하였다.

장한에게 그처럼 중대한 정보를 알려 준 비마는 도대체 누구였을까. 문제의 비마는 한신이 보낸 사람이었다. 한신은 장한을 유인하기 위해 부하 한 사람을 적으로 가장시켜 장한에게 거짓 정보를 제공하게 했던 것이다. 그러나 장한은 워낙 흥분되어 있었기 때문에, 비마의 거짓 정보를 그대로 믿고 깊은 숲 속으로 덮어놓고 달려 들어갔다.

한신이 도망갔다는 곳은 험악한 산골짜기였다. 게다가 좌우에는 수목이 울창하여 앞이 내다보이지 않았다. 장한은 한신과 하후영을 생포하고 싶은 욕망에서 무작정 앞으로 달려나갔다. 그러나 아무리 달려가도 사람은 그림자도 보이지 않았다.

'아차! 내가 그놈의 위계僞計에 빠진 것은 아닐까?'

그런 불안감이 번개같이 떠올라 말을 멈추며 뒤를 돌아다보니, 아군 장병들은 부지런히 따라오고 있건만 적의 무리는 그림자도 보이지 않았다. 문득 깨닫고 보니, 어느 새 날이 저물어 산골짜기에는 어둠이 깔리기 시작하는 것이 아닌가.

'이거 안 되겠다. 빨리 철수하지 않았다가는 큰일나겠다.'

장한은 급히 회군령을 내렸다. 그리하여 깊은 산골짜기를 절반쯤 빠져나왔을 바로 그때, 홀연 산상에서 철포 소리가 요란스럽게 울려 오더니, 그것을 신호로 사방에서 불길이 솟아오르기 시작하였다. 그리하여 그 불길은 동서 사방에서 삽시간에 불바다가 되어 버리는 것이 아닌가. 초군은 눈 깜짝할 사이에 불바다에 포위되어 버린 것이다. 장한은 크게 당황하여,

"불을 뚫고 나가라!"

하고 불호령을 내렸다.

그러나 불길이 워낙 맹렬하여, 초군은 이리 쫓기고 저리 쫓기다

가 불에 타죽으며 아비규환을 이루었다.

장한은 이러고 있을 때가 아니다 싶어 단신으로 불바다를 뚫고 달려 나오려니까, 계포와 계항이 급히 돌아오며,

"저기 보이는 오솔길로 넘어가면 봉령鳳嶺으로 나가게 됩니다. 거기까지 가면 우리 군사들이 있을 것이옵니다."

하고 알린다.

세 사람은 투구를 깊숙이 눌러 쓰고 결사적으로 말을 몰아 나갔다. 장한은 계포와 계항의 부축을 받아가며 고개를 두 개씩이나 넘어오니 그제야 마음이 놓였다. 수많은 전쟁을 겪어 왔지만, 이날처럼 곤욕을 당해 보기는 생전 처음이었다.

고개 위에서 살펴보니, 저 멀리 들판에 수십 호의 인가人家가 달빛에 바라보인다. 그러나 밤이 깊어 마을은 적막하기 이를 데 없었다.

"산을 넘어오시느라고 몹시 피곤하시겠습니다. 인가에 들러, 잠시 쉬어 가시면 어떠하겠습니까?"

계포가 그렇게 말하자, 장한은 고개를 설레설레 젓는다.

"인가에 적이 잠복해 있을지도 모르니, 차라리 산신당山神堂 안에서 쉬어 가기로 하세."

세 사람이 산신당 안으로 들어와 잠시 쉬고 있노라니까, 문득 한 무리의 군사들이 달려오고 있는 소리가 들린다.

혹시나 적이 아닌가 싶어 가슴을 죄며 귀를 기울여 엿듣고 있노라니까,

"옹왕께서 반드시 이리로 피해 오셨을 텐데, 아무데도 보이지 않으니 웬일일까?"

하고 말하는 소리가 들려오는데, 그 목소리는 초군 대장 여마통의 음성이 분명하였다. 장한은 너무도 반가워 산신당에서 뛰어나오며 여마통에게 외쳤다.

"이 사람아! 나 여기 있네. 내가 이리로 올 줄을 어떻게 알고, 군사를 이리로 몰고 왔는가?"

여마통은 횃불로 장한을 확인해 보고, 크게 기뻐하며 대답한다.

"장평 장군께서 말씀하시기를 '옹왕이 승리에 도취하여 한신의 위계에 빠져 있을지도 모르니, 빨리 봉령으로 가 보라'고 해서 이리로 왔습니다."

"고맙네. 자네가 와 주어서 이제는 걱정이 없게 되었네."

"적이 또다시 출격해 올지도 모르니, 빨리 폐구로 돌아가셔야 합니다."

장한은 여마통과 함께 폐구로 총총히 돌아오다가, 중도에서 장평과 손안도 만나게 되었다. 그들 역시 장한을 구출하려고 2천 기의 병력을 거느리고 급히 달려오고 있던 중이었다. 그리하여 장한은 구사 일생으로 폐구에 무사히 돌아올 수 있게 되었다.

그러나 폐구에 돌아와서 병력을 점검해 보니, 2만 명의 병력 중에서 겨우 3천 명밖에 남지 않았다.

'아아, 나로서는 일생 일대의 대참패였다. 그러나 한신 따위에게 끝까지 패할 내가 아니다. 오늘의 패배를 거울삼아 한신에게 무릎을 꿇게 할 날이 반드시 있으리라. 나는 최후의 승리를 확신해 의심치 않는다.'

장한은 절치 부심하며, 적왕 동예와 색왕 사마흔에게 그간의 경과를 소상하게 알려 주었다. 그리고 마지막으로 다음과 같은 말을 전하는 것을 잊지 않았다.

"이제부터라도 우리 세 사람이 힘을 합하면, 한신을 때려잡기는 손바닥을 뒤집기보다도 쉬운 일이오. 우리들은 더욱 견고한 협동 작전을 펴나가기로 합시다."

장한은 아직도 한신을 우습게 여기고 있었던 것이다.

자만이 부른 패배

구사일생으로 폐구성에 무사히 돌아온 장한은, 성문을 굳게 걸어 잠그고 안도의 한숨을 쉬었다. 전비戰備가 갖추어질 때까지는 싸움을 아니 할 생각이었던 것이다.

그러나 한나라 군사들은 어느 새 폐구로 몰려와 성채城砦를 겹겹이 둘러싸고, 큰 소리로 갖은 욕설을 퍼부어댔다.

"장한이란 놈 듣거라. 네가 명장이라고 하기에 무슨 명장인가 했더니, 도망을 잘 치는 명장이었구나."

"장한이란 놈아! 너는 진나라 군사 20만 명을 항우의 손에 생매장시켜 버리고 너만은 부귀와 영화를 독점하고 있으니, 그게 바로 명장의 소행이더냐. 입이 있거든 말을 해보고, 용기가 있거든 싸우러 나와라."

누가 들어도 너무나 모욕적인 욕설이었다. 장한은 참고 견디다 못해 자리를 박차고 일어난다.

"갑옷과 투구를 이리 가져 오너라. 내 당장 달려나가, 저놈들을 모조리 죽여 없애리라."

그러자 손안이 급히 달려와 간한다.

"한신은 대왕을 노엽게 하려고, 부하들을 시켜 계획적으로 욕설을 퍼붓고 있음이 분명합니다. 한신의 위계에 빠지면 큰일이오니, 응원군이 올 때까지는 참고 계셔야 합니다."

들고 보니 그도 그럴 성싶어, 장한은 이를 갈며 분노를 참고 있었다. 그런지 얼마가 지나자, 적도 이제는 욕설을 퍼붓기에 지쳐 버렸는지 여기저기서 포소리만이 은은하게 들려올 뿐 사방이 조용해졌다.

"놈들이 갑자기 잠잠해졌으니, 웬일이냐?"

"아무리 욕설을 퍼부어도 반향反響이 없으니까, 저들도 이제는 진이 빠진 모양입니다. 제가 적정敵情을 살펴보고 오겠습니다."

부장 하나가 한나절이나 걸려 적정을 염탐하고 돌아오더니,

"적병들은 싸움에 지쳐 버렸는지, 모두들 갑옷과 투구를 벗어 던지고 그늘에서 낮잠을 자고 있사옵니다."

하고 아뢰는 것이 아닌가.

"뭐야? 놈들이 낮잠을 자고 있다고?"

장한은 몸소 망루望樓에 올라 적의 형편을 직접 살펴보았다. 아닌 게아니라, 적병들은 저마다 웃통을 드러낸 채 나무 그늘에서 낮잠에 곯아떨어져 있었다.

장한은 그 광경을 보고 크게 기뻐하며, 대장들을 불러 놓고 말한다.

"한신은 지난날의 승리로 크게 교만해진 것이 분명하다. 일찍이 무신군武信君 항량項梁이 나와 싸웠을 때, 그는 초전에 대승해 교만에 빠져 있다가, 그날 밤 정도定陶에서 나에게 크게 패한 일이 있었다. 지금의 한신이 바로 그와 같은 교만에 빠져 있으니 우리는 오늘 밤 적에게 야간 기습을 감행해야 하겠다."

그러자 계포가 덩달아 찬성하고 나온다.

"참으로 옳으신 말씀입니다. '적이 피로에 빠져 있을 때를 놓쳐

서는 안 된다'고 병서에도 분명히 씌어 있사옵니다."

그날 밤……. 장한은 야간 기습을 감행하려고 전군에 비상 소집
령을 내렸다. 그러자 대장 손안이 급히 달려와 장한에게 간한다.

"한신은 위계가 특출한 사람입니다. 저들이 나태한 듯이 보임은
우리를 속이기 위한 위장 전술입니다. 그것을 모르고 야습을 감행
하다가는 큰일나시옵니다."

장한은 화를 내며 손안을 꾸짖는다.

"무슨 소리! 지난날 실패한 것은 내가 승리를 과신했기 때문이었
지 한신이 잘했기 때문은 아니었다. 나는 한신의 실력을 잘 알고 있
으니, 무엇을 두려워할 것이냐. 오늘 밤의 기습은 예정대로 단행하
겠다."

그리고 대장들을 모두 소집해 놓고 다음과 같은 작전 명령을 내
린다.

"계포와 계항은 각각 3천 기를 가지고 자시子時를 기하여 북문으
로 달려나가, 적을 좌측으로부터 공격하라. 여마통과 손안은 각각
5천 기를 거느리고 서문으로 달려나가 적의 중군中軍을 때려부수
라. 나는 5천 기를 거느리고 전투에 직접 가담하리라."

이리하여 장한은 만반 태세를 갖추고, 자시가 되기만 기다리고
있었다.

한편, 한신은 장한의 부아를 워낙 지독하게 돋우어 놓았기 때문
에, 이날 밤 반드시 야습을 해오리라는 것을 확신하고 있었다. 그러
기에 그에 대비하기 위해, 우선 중군을 일단 5리 밖으로 후퇴시켜
놓은 뒤에, 번쾌와 시무에게는 3천 기씩을 주어 북진北陣을 지키게
하고, 하후영과 주발에게는 4천 기씩을 주어 남진南陣을 지키게 하
고, 신기와 근흠에게는 3천 기씩을 주어 좌변左邊에 매복해 있게 하
고, 관영과 노관에게는 각각 5천 기씩을 주어 중군 우변에 매복해

있게 하면서, 다음과 같은 군령을 내렸다.

"적은 우리 중군에 야습을 감행해 왔다가, 우리 군사가 한 명도 없음을 알면 크게 당황하여 급히 철수하게 되리라. 전군은 그때를 놓치지 말고, 일제히 궐기하여 총공격을 퍼부어라. 오늘 밤 우리는 상상 이상의 대승을 거두게 될 것이다."

한신의 작전 계획은 물샐틈없이 치밀하였다. 장한은 그런 줄도 모르고, 자시를 기해 자기 자신이 선두에서 기습을 감행해 오기 시작하였다.

그러나 기습을 해온 것까지는 좋았으나, 정작 중군으로 쳐들어와 보니 막사幕舍들은 즐비하게 늘어서 있어도, 적병은 하나도 보이지 않았다.

'아차! 속았구나!'

장한은 가슴이 철렁해 오는 패배감을 느끼며,

"전군은 일순도 지체 말고 총철수하라!"

하고 벼락 같은 철수령을 내렸다.

사태가 그렇게 되고 보니, 초군의 사기는 말이 아니었다. 그리하여 저마다 불평을 하며 술렁거리고 있는데, 홀연 산상에서 포소리가 요란스럽게 들려오더니 그것을 신호로 한나라 군사들이 어둠 속에서 함성을 울리며 벌떼처럼 몰아쳐 오는 것이 아닌가.

초군은 크게 당황하여 사방으로 흩어지기 시작하였다. 그러나 이리 가면 적의 함성이 앞을 가로막고, 저리 가면 적의 꽹과리 소리가 울려오는 것이 아닌가. 초군은 그야말로 독 안에 든 쥐와 다름이 없어서, 저희끼리 부딪쳐 엎어지고 자빠지고 하는 바람에 아비규환의 수라장을 이루고 말았다. 그나 그뿐이랴. 한나라 군사들이 사방에서 화전火箭을 몰박아 쏘아 대는 바람에, 초군 병사들이 비명을 지르며 쓰러져 죽는 소리가 천지를 진동할 지경이었다.

장한이 대장들의 엄호를 받으며 가까스로 포위망을 뚫고 나온 것만도 천만 다행이었다. 그러나 포위망을 뚫고 나와 급히 도망을 치고 있노라니까, 이번에는 좌우에 매복해 있던 적병들이 들고일어나 공격을 맹렬하게 퍼부어 오는 것이 아닌가.

장한은 악에 받쳐 이번에는 목숨을 걸고 싸우기 시작하였다. 그러나 장한이 제아무리 천하장사라도, 사방에서 벌떼처럼 덤벼드는 수백 수천의 군사들을 혼자서 막아낼 수는 없었다. 장한은 싸울 때까지 싸우다가, 팔과 어깨를 수없이 창에 찔리는 바람에 마침내 도망을 치기 시작하였다.

한편, 계포와 계항은 북문으로 나와 야습에 가담하려고 달려오다가 도중에 매복해 있던 번쾌와 시무의 군사에게 오히려 역습을 당하여 지리 멸렬하게 되었다. 그러나 대장 손안만은 이날 밤의 야습이 잘못된 계책인 것 같아, 그는 군사를 거느리고 서문을 나오면서 여마통에게 이렇게 말했다.

"오늘 밤의 야습은 암만해도 적의 위계에 빠지는 것 같으니, 우리들은 중도에 일단 진을 쳐놓고 적의 동태를 면밀하게 살펴본 연후에 행동을 개시하기로 합시다."

대장 손안은 성품도 치밀하려니와 병법에도 매우 밝은 사람이었다. 이날 밤의 야습 계획을 적극적으로 반대하고 나섰던 사람도 바로 손안 장군이었다. 그러나 동료의 한 사람인 여마통은 반대하며 말한다.

"작전 명령을 받았으면 그대로 시행할 일이지, 행동을 맘대로 변경하는 것은 군령에 배치背馳되는 일이 아닐까요?"

손안은 고개를 가로저으며 말한다.

"대장이라는 사람은 군령을 받았다고 반드시 곧이곧대로만 실천해야 하는 것은 아니오. 무릇 대장이란 전장에 임했을 때에는, 무엇

보다도 중요한 임무가 적을 알고 나를 알아야 하는 일이오. 옹왕께
서는 한신을 무신군武信君과 똑같은 인물로 취급하고 계시지만 내
가 보기에는 한신의 용병술用兵術은 무신군과는 하늘과 땅의 차이
요. 옹왕은 그 점을 모르시고 오늘 밤 야습을 감행하지만 오늘 밤의
싸움은 위험 천만한 싸움이라고 생각하오."

손안의 말을 들어 보니 그도 그럴 성싶어, 여마통은 손안의 의견
에 즉시 동의하였다. 그리하여 숲 속에 진을 쳐놓고 적의 동태를 면
밀하게 감시하며 우군友軍과 연락을 취하려고 하는데, 홀연 비마가
달려오더니,

"큰일났습니다. 선봉 부대가 적의 위계에 빠져 전멸되다시피 하
였습니다. 옹왕만은 포위망을 뚫고 일단 탈출에 성공했으나 귀로에
또다시 적을 만나 행방불명이 되었다고 합니다."

하고 숨가쁘게 알려 주는 것이 아닌가. 손안은 그 보고에 대경 실색
하였다.

"옹왕이 행방불명이 되다니, 그게 무슨 소리냐. 옹왕이 생포라도
되셨다면, 그야말로 큰일이 아니냐. 옹왕을 구출하기 위해 급히 출
동해야 하겠다."

손안은 자기가 거느리고 있는 부대에 긴급 출동령을 내렸다. 여
마통도 서둘러 출동하며 묻는다.

"옹왕을 구출하려면 어디로 가야 하겠소?"

손안이 즉석에서 대답한다.

"모든 생물은 귀소본능歸巢本能이 있는 법이오. 옹왕이 도망을 쳤
다면 폐구로 오실 것이 분명하니, 우리는 그 방면으로 가봐야 하오."

손안과 여마통은 그 방면으로 군사를 몰아쳐 나갔다. 아니나다를
까, 얼마를 달려가다 보니, 장한은 몇몇 장수들의 엄호를 받으며 정
신없이 쫓겨 오고 있었다. 전신이 피투성이가 되어 숨을 헐떡거리

며 달려오는 꼴이 불쌍하기 이를 데 없었다. 그나 그뿐이랴. 그의 등 뒤에서는 많은 적군들이 맹렬히 추격을 해오고 있었다.

손안과 여마통은 피투성이가 되어 버린 장한을 보자, 적개심이 전신에 용솟음쳐 올랐다. 그리하여 적을 향하여 맹수처럼 돌진해 나갔다. 그러자 이게 웬일일까. 적진 속에서 돌연 징소리가 요란스럽게 울리더니, 맹렬히 추격해 오던 적군은 별안간 후퇴를 해버리는 것이 아닌가. 진두 지휘를 하고 있던 한신이 별안간 후퇴령을 내렸기 때문이었다. 그로 인해 장한은 포로 신세를 면하고 폐구에 무사히 돌아올 수가 있었다.

한나라 군사들은 장한을 생포하지 못한 것이 못내 불만스러워, 대장 장창張蒼이 한신에게 노골적으로 불평을 털어놓는다.

"우리가 조금만 더 추격했으면 장한을 생포할 수 있었는데, 대원수께서는 무엇 때문에 급작스럽게 후퇴령을 내리셨습니까. 적의 응원군이 그렇게도 두려우셨습니까?"

그러자 한신은 빙그레 미소를 지으며 조용히 대답한다.

"자네는《손자병법》을 읽어 보지 못했는가. 적을 몰아쳐 나갈 때에도 도망갈 구멍만은 반드시 열어 줘야 하는 법이네. 그렇지 않으면 궁한 쥐는 도리어 고양이를 물게 되는 법〔窮鼠嚙猫〕일세."

역시 한신 같은 명장이 아니고서는 실천하기 어려운 전법이었다.

동예와 사마흔

　장한은 폐구성으로 무사히 돌아오기는 하였다. 그러나 몸에 상처가 너무도 심하여, 당분간은 싸울 자신이 없었다. 그리하여 전군에 다음과 같은 대응책을 선포하였다.

　"아군은 일절 싸울 생각을 말고, 성문을 굳게 걸어 잠근 채 오직 지키기만 하라. 적은 미구에 또다시 대거하여 공격해 오리라. 그러나 우리 성은 워낙 금성철벽金城鐵壁이기 때문에, 그냥 내버려 두어도 결코 함락되는 일은 없을 것이다."

　왕년에 천하를 주름잡던 장한으로서는 너무도 굴욕적인 대응책이었다.

　바로 그 다음날, 한나라 군사들은 폐구성을 겹겹이 포위하고 본격적으로 공격을 퍼붓기 시작한다. 그들의 공격은 놀랍도록 치열하였다. 그러나 장한 자신이 말한 바와 같이, 폐구성은 사방이 험준한 산으로 둘러싸여 있는 데다가, 백수 대강白水大江이 폐구성을 물로 에워싸고 있어서, 단순한 무력 공격만으로는 도저히 함락시킬 수가 없었다.

　대장 숙손통叔孫通과 장창張蒼 등은 아무리 공격을 퍼부어도 효과가 없음을 깨닫고 대원수 한신에게 품한다.

"지금처럼 공격을 해서는 폐구성을 함락시킬 가망이 없사옵니다. 게다가 사마흔과 동예의 응원군까지 달려오면, 우리는 점점 불리해질 것 같으니, 원수께서는 새로운 계책을 강구해 주시옵소서."

한신은 고개를 끄덕이며 대답한다.

"그러잖아도 지금 새로운 계책을 강구하고 있는 중이오. 폐구성을 닷새 안에 함락시킬 계책을 강구중이니, 조금만 더 기다려 주시오."

그리고 한신은 대장 조참曹參을 아무도 모르게 높은 산 위로 데리고 올라갔다. 그리하여 멀리 바라보이는 폐구성을 손으로 가리키면서, 조참에게 다음과 같은 설명을 들려주었다.

"지금 여기서 보는 바와 같이, 폐구성은 백수 대강의 두 줄기물로 에워싸여 있소. 산에서 흘러 내려오던 강물이 두 줄기로 갈리면서, 한 가닥 물은 폐구성의 동쪽으로 흘러가고 있고 다른 한 가닥 물은 폐구성의 서쪽으로 흘러가고 있다는 말이오. 내 말 알아듣겠소?"

"예, 알겠습니다."

한신은 말을 다시 계속한다.

"우리가 단순히 무력만 퍼부어서는 폐구성을 함락시킬 가망이 없으니까, 이제는 부득이 물로써 적을 함락시킬밖에 없겠소. 장군에게 군사 3천 명을 줄 테니, 장군은 이제부터 그들로 하여금 모래주머니를 만들게 하여, 동서 양 물줄기의 물을 가로막는 보洑를 높이 쌓아올리도록 하시오. 때마침 장마 직후여서 물이 무척 풍부하므로 보를 높이 쌓았다가 일시에 터뜨려 버리면, 모든 물이 폐구성 안으로 한꺼번에 몰려 들어가, 우리는 애써 싸우지 않고도 적을 순식간에 어육魚肉으로 만들어 버릴 수가 있을 것이오."

실로 한신이 아니고는 누구도 착상할 수 없는 기상천외한 계략이었다.

한신은 조참에게 백수 대강에 보를 쌓으라는 명령을 내려놓고 나서 이번에는 숙손통을 불러, 다음과 같은 군령을 내린다.

"폐구성을 포위하고 있는 군사들은 앞으로 닷새 동안은 계속 적에게 공격을 퍼붓도록 하시오. 그러다가 닷새째 되는 날 자시子時가 되거든 군사들은 한 명도 남지 말고 모두들 산상으로 철수하도록 하시오."

수공작전水攻作戰의 비밀을 은폐하기 위해서 축제공사築堤工事가 완성될 때까지는 공격을 계속적으로 퍼붓게 하려는 위계 전술偽計 戰術이었던 것이다.

한편, 장한은 일절 싸울 생각은 아니 하고 성안에서 농성籠城만 하고 있었다. 그러나 적의 화살이 공중으로부터 빗발처럼 쏟아져 내려오는 데는 불안감을 금할 길이 없었다. 그런데 엿새째 되는 날 새벽이 오자, 갑자기 화살은 하나도 날아오지 아니하고 적진은 죽은 듯이 조용해졌다. 장한은 크게 의심스러웠다.

"적진이 별안간 조용해졌으니, 이게 웬일이냐?"

"적은 화살이 떨어져서 숫제 철수를 해버린 것이 아닙니까? 제가 알아보고 오겠습니다."

장수 하나가 망루에 올라가 적정을 살펴보고 오더니,

"개미떼처럼 들끓고 있던 그 많은 군사들이 밤 사이에 어디로 갔는지, 지금은 한 놈도 보이지 아니합니다."

하고 보고한 후, 덧붙여 말한다.

"아무리 공격해도 소용이 없으니까, 기진 맥진하여 깨끗이 철수해 버린 것이 확실합니다."

장한은 그 보고를 듣고 무릎을 치며 기뻐하였다.

"그러면 그렇지! 제까짓 것들이 제아무리 공격을 해본들, 결코 함락될 우리 성이 아니다. 이제는 모두들 마음놓고 편히 쉬도록 하거라."

장한의 입에서 그런 말이 떨어진 지 얼마 후의 일이었다. 홀연 어디서부터인지 홍수가 노도처럼 밀려오기 시작하더니, 성 안이 삽시간에 물바다가 되어 버리는 것이 아닌가.

"이게 웬 물이냐!"

군사들은 난데없는 홍수에 허우적거리며 우왕좌왕 어쩔 줄을 몰랐다. 홍수는 시시각각으로 불어나 도도하게 흘러오는 물결에 인마가 둥둥 떠내려갈 지경이고 보니, 성 안은 글자 그대로 아비 규환의 지옥이었다.

날은 멀쩡하게 개어 있건만 난데없는 홍수가 엄습해 오고 있는 괴이한 그 현상! 그것은 백수 대강의 물을 닷새 동안이나 가두어 두었다가 일시에 보를 무너뜨려 놓은 데서 오는 인위적인 대홍수였건만, 장한은 그것을 전연 모르고 있었다.

아무러나 장한은 영문 모를 홍수에 쫓겨 몇 사람의 장수들과 함께 북문으로 달려나와 도림성桃林城으로 피난을 가는 수밖에 없었다.

한신은 산 위에 숨어서, 장한이 도망가는 광경을 지켜보고 있었음은 말할 것도 없다. 한신은 장한이 폐구성을 포기하고 도림성으로 쫓겨 가는 광경을 산상에서 바라보고 회심의 미소를 지으며 조참에게 명한다.

"장한은 폐구성을 포기하고 도림으로 쫓겨 갔으니, 이제는 성안의 물을 빨리 뽑아 버리도록 하오. 내가 입성入城을 하고 나서, 대왕 전하를 폐구성으로 모셔 와야 하겠소."

이리하여 한신은 폐구성을 수공 작전으로 점령하고 나서 한왕을 모셔다 놓고, 창고에 쌓여 있는 곡식을 백성들에게 푸짐하게 나눠주었다. 그러자 오랫동안 가혹한 수탈收奪에 시달려 오던 백성들은 한왕의 성덕을 저마다 입을 모아 찬양하였다.

한편, 역양櫟陽에 있는 색왕 사마흔은 장한이 폐구성을 빼앗기고 도림성으로 쫓겨 갔다는 소식을 듣고 크게 놀란다. 그리하여 대장 이지李芝를 불러 긴급 대책을 강구한다.

"한신이 폐구성을 점령했다니, 이제는 우리한테 덤벼 올 게 아닌가. 저들은 군사가 많고 우리는 병력이 적으니, 이를 어찌했으면 좋겠소?"

이지가 대답한다.

"우리 힘으로는 부족하므로 고노성高奴城으로 사람을 보내 적왕(翟王:동예)과 합동 작전을 펴면서, 항왕項王에게 구원병을 요청하는 길밖에 없을 것이옵니다."

그리하여 동예와 항우에게 사람을 보내 놓고 좋은 기별이 있기를 고대하고 있는데 돌연 비마가 달려오더니,

"한나라 군사들이 지금 유가진劉家鎭으로 진격해 오고 있는 중이옵니다."

하고 알리는 것이 아닌가. 사마흔은 크게 놀라며,

"한나라 군사들이 어느 새 유가진까지 진격해 왔다는 말이냐? 여기서 유가진까지는 거리가 얼마나 되느냐?"

"백 리 거리밖에 안 되옵니다."

"그렇다면 우리도 앉아서 당할 수는 없으니, 마주 달려나가 중도에서 섬멸시켜 버려야 하겠다."

사마흔은 대장 경창耿昌과 오륜吳倫을 선봉장으로 삼아 1만 군사를 거느리고 50리 밖에 나가 진을 치게 하고, 사마흔은 자신도 1만 군사를 이끌고 30리 밖까지 나와 후진後陣을 지키고 있었다.

한편, 한신은 대군을 거느리고 역양으로 진군해 오다 보니, 저 멀리 산중에 적의 무리가 진을 치고 있는 것이 보였다. 자기가 이제부터 정벌하려는 사마흔의 군사임은 말할 것도 없었다. 한신은 행군

을 멈추고 몸소 진두로 달려나와, 적신을 향해 이렇게 외쳤다.

"사마흔 장군은 들으시오. 한나라 군사는 본시가 천명天命이어서 우리가 가는 곳에는 적이 없는 법이오. 그런데 장군은 어찌하여 순순히 항복할 생각을 아니 하고, 우리와 정면으로 싸우려고 하오. 이는 천명에 어긋나는 일임을 왜 모르시오."

그야말로 적의 기세를 말로써 꺾어 버리려는 오만 불손하고도 모욕적인 공갈이었다. 사마흔은 후방에 진을 치고 있었기 때문에 한신의 공갈을 직접 듣지는 못했다. 그러나 선봉 대장 경창과 오륜은 협박 공갈에 크게 분노하여, 한신에게 마구 덤벼들었다.

한신이 4, 5합쯤 싸우다가 몸을 뒤로 피하니, 번쾌와 주발이 번개처럼 달려나와 싸움을 가로맡았다. 경창과 오륜도 녹록치 않은 장수들인지라, 네 장수의 싸움은 불을 뿜는 듯이 격렬하였다. 쫓고 쫓는 격렬한 싸움이 30여 합쯤 계속 되었을 무렵 번쾌가 돌연 장검을 휘둘러 경창의 목을 날려 버리니, 오륜은 크게 놀라 말머리를 돌려 도망을 치기 시작하였다. 도망가는 적을 그냥 내버려 둘 한신이 아니었다.

"적을 가차없이 추격하라."

한신이 대군을 이끌고 30리나 추격해 오니, 사마흔이 1만 기를 이끌고 마주 달려나오며 한신에게 외친다.

"한신은 듣거라. 옹왕(장한)은 어쩌다가 잘못하여 폐구성을 너에게 빼앗겼지만, 너 같은 과부胯夫에게 성을 빼앗길 나는 아니다. 마음만 먹으면 너 같은 놈은 당장이라도 사로잡을 수 있다는 사실을 알아라."

한신이 웃으면서 대답한다.

"너는 장한의 졸개가 아니냐. 나는 장한조차 대번에 정벌해 버렸거늘, 네가 주제넘게 무슨 큰소리를 치고 있느냐?"

한신의 입에서 그 말이 떨어지기가 무섭게, 사마흔은 장창을 꼬나잡으며 한신에게 덤벼들었다. 한신이 사마흔을 상대로 5, 6합쯤 싸우고 있는데, 번쾌와 주발이 또다시 말을 달려나와 싸움을 가로맡았다. 그리하여 10여 합을 더 싸우다가, 사마흔이 힘에 겨워 도망을 치고 있는데 홀연 신기와 관영이 앞길을 가로막으며 마주 달려오고 있는 것이 아닌가. 사마흔은 포위망을 필사적으로 뚫고 성문 앞까지는 무사히 돌아올 수 있었다. 그러나 한나라 군사들은 어느 사이에 성을 점령해 버렸는지, 그들은 사마흔을 보자 성벽 위에서 입을 모아 이렇게 놀려 대고 있었다.

"역양성은 이미 함락되었으니, 성주는 빨리 항복이나 하시오."

사태가 그렇게 되고 보니, 사마흔은 전신에 힘이 쪽 빠져 자기도 모르게 그 자리에 털썩 주저앉아 버렸다.

"아아, 나도 어쩔 수 없이 항복을 해야 한다는 말인가."

사마흔의 입에서 그와 같은 한탄이 나오기가 무섭게, 한나라 군사들은 벌떼처럼 덤벼들어 사마흔의 몸에 결박을 지었다.

그리하여 한신의 앞에 꿇어앉혀 놓으니, 한신은 사마흔의 결박을 손수 풀어 주며 부하들에게,

"이 어른을 나와 똑같은 상좌上座로 모셔 올려라!"

하고 정중하게 대해 주는 것이 아닌가.

사마흔은 패군지장인 자기를 그처럼 깍듯이 존대해 주는 영문을 알 길이 없었다. 그리하여 한신에게 배복拜伏하며 말한다.

"망국의 포로인 나를 무슨 까닭으로 이처럼 정중하게 대해 주십니까?"

한신은 사마흔을 대청마루로 모셔 올려다가 동등하게 대좌하여, 조용히 말한다.

"장군은 진나라 때부터의 명장으로서, 지금은 왕위에까지 오르신

분이오. 장군이 만약 과거의 잘못을 깨닫고 우리에게 귀순만 해주신다면, 그로써 전쟁도 피할 수 있을 것이고 백성들도 잘 살 수 있게 될 것이오. 만약 장군이 귀순만 해준다면, 장군과 나 사이에 신분의 고하가 어찌 있을 수 있겠소이까?"

사마흔은 한신의 간곡한 설득에 크게 감동되어 감격의 눈물을 흘리며 대답한다.

"원수께서 나를 그처럼 후하게 대해 주시니, 내 어찌 보답이 없을 수 있으오리까. 이제부터는 초를 버리고 한왕을 위해 원수의 명령에 따르기로 하겠나이다."

한신은 크게 기뻐 사마흔의 손을 마주 잡으며 다시 말한다.

"장군이 이제부터 한왕을 위해 공로를 세우신다면, 후일에 또다시 왕위에도 오르실 수 있으오리다."

"이제부터는 한왕을 위해 무슨 일이라도 다할 결심이니, 원수는 명령만 내려주소서."

"고맙소이다. 나는 이제 앞으로 장군의 활약에 많은 기대를 걸겠습니다."

한신은 거기까지 말하고 잠시 뜸을 두었다가, 이번에는 사마흔을 정면으로 마주 보며 말한다.

"우리가 역양성을 점령했다고는 하지만, 내가 아직 정식으로 입성은 하지 않았습니다. 나는 승자요, 장군은 패자라고는 하지만 우리가 이미 뜻을 같이하기로 맹세했으니 우리 사이에 승자와 패자의 구별이 어찌 있으오리까. 역양성의 주인은 어디까지나 장군이었으니까, 오늘의 입성식入城式에는 장군도 나와 함께 입성해 주시면 고맙겠소이다."

"……"

너무도 뜻밖의 요청에 사마흔은 얼른 대답할 바를 몰랐다. 그러자 한신이 다시 말한다.

"역양성은 이미 한나라의 영토요, 우리 두 사람은 모두가 한왕의 신하이니 조금도 거북하게 여길 일이 아니라고 생각됩니다. 부디 나의 요청을 들어주소서."

한신은 사마흔이 한나라에 귀순한 사실을 세상에 널리 알리고, 또한 사마흔의 위신도 세워 주고 싶어서 일부러 그런 제안을 한 것이었다. 그리하여 그날의 입성식에는 한신과 사마흔이 똑같은 자격으로 참석하였다. 그리고 한신은 입성식이 끝나는 대로 백성들에게 한왕의 이름으로 많은 구휼미를 나눠 주었다. 백성들은 구휼미를 받아 가며 저마다 "한왕 만세!"를 외치니, 사마흔도 크게 깨달은 바 있어 말한다.

"한왕께서 덕망이 높으신 분이라는 소문은 많이 들어 왔지만, 백성들이 한왕을 이처럼 사모하고 있을 줄은 미처 몰랐습니다. 저도 오늘부터 한왕에게 모든 충성을 바치겠습니다."

그러자 한신이 말한다.

"장군은 한왕을 위해 애써 주셔야 할 일이 꼭 하나 있소이다."

"제가 한왕을 위해 꼭 해야 할 일이 있다면 그 일은 어떤 일이옵니까?"

사마흔이 진지한 얼굴로 묻자, 한신이 대답한다.

"지금 우리의 당면 과제는 적왕 동예를 귀순시키는 일이오. 우리가 고노성으로 쳐들어가면 동예는 반드시 항전을 해올 것인데, 그렇게 되면 피차간에 인명 피해가 막대할 것이오. 문제를 해결하는 데 반드시 전쟁만이 최선의 방법은 아니오. 그러니까 장군께서 동예에게 서한을 보내 스스로 귀순을 해오도록 권고해 주시면 고맙겠소이다."

사마흔이 즉석에서 대답한다.

"그것은 어렵지 않은 일이옵니다. 동예와 저는 친분이 두터운 사이이므로, 제가 이해로써 설득하면 반드시 들어 줄 것이옵니다."

그리하여 사마흔은 동예에게 '항복 권고문'을 써서 대장 이지를 일부러 보냈는데, 항복 권고문의 내용은 다음과 같았다.

색왕 사마흔은 삼가 적왕 동예 휘하에 글월을 올리옵니다.

우리 두 사람은 옛날에는 모두가 진나라 장군이었건만, 진황秦皇이 무도하여 초군의 손에 패망하는 바람에 우리들은 옹왕(雍王:장한)을 따라 초패왕에게 귀순했던 것은 모두가 어쩔 수 없는 일이었습니다. 그런데 한왕은 성품이 관인대도寬仁大度한 데다가, 천하의 민심이 오직 그분에게만 쏠려 있는 형편입니다. 항왕項王은 그분에게서 관중왕의 자리를 억지로 빼앗고 나서, 한왕을 파촉 땅으로 쫓아 보내기까지 했던 것입니다. 그러나 천명天命이라는 것은 어쩔 수가 없는 법이어서, 이제 한신 장군은 한왕을 받들고 동정東征해 왔는데, 알고 보니 한신 장군의 용병술은 손자孫子나 오자吳子보다도 더욱 뛰어나서, 대산관을 순식간에 점령하고 폐구성도 수공 작전으로 쉽게 점령해 버렸습니다. 이에 본인은 하늘의 뜻에 따라 이미 한왕에게 귀순하여 왕작王爵과 다름없는 대우를 받고 있는 중입니다. 그러고 보면 귀왕 혼자만이 고립해 있는 형편인데, 끝까지 버티기는 도저히 불가능할 것 같으니, 귀왕도 나와 같이 귀순하여 여생의 운명을 나와 함께 해주시기를 간곡히 부탁드립니다. 나의 신임하는 대장 이지를 일부러 보내 이 글월을 전하오니, 기쁜 회답을 꼭 보내 주소서.

그 당시 동예는 한나라 군사가 쳐들어온다는 소식을 듣고, 30리 밖에 진을 쳐 한신과의 싸움에 대기중이었다. 동예는 진중에서 사마흔의 서한을 받아 보고 열화같이 노하며,

"나는 한신과 한 번 싸워 본 일도 없는 사람인데, 싸워 보지도 않은 나더러 항복을 하라는 것은 말도 안 되는 소리다. 이 따위 글월을 가지고 온 저놈을 당장 쫓아내어라!"

하고 불호령을 내리며, 이지의 눈앞에서 사마흔의 서한을 갈기갈기 찢어 버렸다.

무장의 기개로서는 당연한 분노였는지 모른다. 그러나 국가의 흥망은 감정으로 해결될 일은 아니다. 이지는 죄인 취급을 당하는 데 크게 반발하며, 동예에게 정면으로 대들었다.

"장군을 위해 진실로 개탄해 마지못할 일이오. 장군은 냉정하게 생각해 보시오. 장한 장군과 사마흔 장군이 모두 한나라에 귀순해 버려서, 이제는 장군을 도와줄 사람은 아무도 없게 되었소. 그런데 2, 3만 명의 병력과 3, 4명의 대장만 가지고 한나라의 수십만 대군을 어떻게 당해 내겠다는 말이오. 게다가 장군은 지략에 있어서는 한신을 당해 내지 못하고 용맹에 있어서는 번쾌를 당해 내지 못하오. 만약 이번 싸움에서 지는 날이면 장군은 집도 잃고 나라도 잃을 텐데, 그때에는 몸을 어디다 의탁할 생각이란 말이오."

동예는 모욕감을 견디지 못하고 몸을 떨며, 부하들에게 벼락 같은 호령을 내린다.

"여봐라! 저놈을 당장 결박을 지어놓아라. 내 당장 적진으로 달려나가 한신과 번쾌를 한꺼번에 사로잡아다 놓고, 그들이 보는 앞에서 저놈의 목을 베어 버리리라."

이지는 결박을 당하고 나서도 동예를 여전히 비웃는다.

"한신과 번쾌를 생포해 오기는커녕 그들의 졸병 한 명이라도 잡아 오면, 나는 기쁜 마음으로 장군의 손에 죽어 주리다. 보나마나 싸움이 붙기만 하면, 장군은 대번에 한신의 손에 사로잡히는 신세가 되어 버리고 말 것이오."

동예는 더욱 화가 동하여,

"내, 네놈에게 나의 용맹을 직접 보여 주고야 말겠다."

하고 큰소리를 치고 나서, 즉시 유림劉林과 왕수도王守道의 두 장수들과 함께 3만 군사를 이끌고 한나라 진영으로 달려나갔다.

한편 이지의 수행원들은 이지가 영창營舍에 갇히는 꼴을 보고 황망하게 돌아와, 한신과 사마흔에게 모든 사실을 자세하게 고했다.

한신은 이야기를 다 듣고 나서, 소리 내어 웃으며 말한다.

"세상에 무지無智처럼 무서운 만용은 없는가 보구나. 내 기필코 동예를 사로잡아 보여 주리라."

마침 그때 부관이 급히 달려들어와 한신에게 아뢴다.

"동예가 3만 군사를 이끌고 5리 밖까지 접근해 와서, 원수와 직접 승부를 결하자고 호기를 부리고 있사옵니다."

그때 번쾌가 달려들어오며 말한다.

"동예라는 자가 소장을 생포해 가겠노라고 호언장담을 하고 있다고 합니다. 바라옵건대, 원수께서는 소장으로 하여금 그자를 생포해 오도록 허락해 주시옵소서."

한신은 미소를 지으며 묻는다.

"동예를 생포하려다가 거꾸로 생포를 당하게 되면 어떡하지요?"

"원수께서는 무슨 말씀을? 어떤 일이 있어도 그자를 생포해 오고야 말겠습니다."

"직접 싸워서는 생포하기가 어려울 것이니, 내가 일러 드리는 대로 하시오."

그리고 한신은 번쾌에게 귀엣말로 작전 계획을 소상하게 일러 주었다. 번쾌는 한신의 비밀 지령을 받고 나자, 일선으로 나가는 대신에 사마흔을 찾아와 사마흔의 감정을 이렇게 건드려 주었다.

"동예라는 자가 장군의 서한을 읽어 보고 많은 사람들이 보는 앞에서 갈가리 찢어 버렸다고 하니, 세상에 그런 모욕적인 일이 어디 있겠소. 게다가 장군이 가장 총애하는 이지 장군까지 돌려보내 주지 않고 옥에 가두어 두었다고 하니, 동예를 우리가 생포라도 해오지 않으면 장군의 위신이 말이 아닐 것이오."

사마흔은 머리를 무겁게 끄덕이며 대답한다.

"아닌게아니라, 동예가 나를 이렇게까지 모욕할 줄은 나 역시 몰랐소이다. 사태가 이렇게 되고 보니, 동예를 내 손으로 사로잡아 오고 싶은 생각이 간절하지만, 어떻게 해야 생포해 올 수 있을지 모르겠구려."

"그 방법은 지극히 간단하지요."

그리고 번쾌는 한신에게서 들은 계략을 사마흔에게 이렇게 일러 주었다.

"장군의 아드님 한 분을 볼모로 잡아 우리들 백여 명이 한밤중에 동예의 진영으로 귀순해 가는 형식을 취하면 됩니다. 그러면 동예는 우리들의 귀순을 기꺼이 받아 줄 것이니, 다음날 장군께서 아드님을 빼앗으려고 공격해 오셨을 때, 저희들이 내부에서 들고일어나 동예를 생포해 버리면 될 것이 아니겠소이까?"

사마흔은 그 계략을 듣고 크게 감탄하며 말한다.

"그야말로 절묘한 계책이오. 다행히 동예는 나의 맏아들 동식董式의 얼굴을 잘 알고 있으니까, 그러면 그 애한테 결박을 지어서 끌고 가도록 하시오."

번쾌는 크게 기뻐하며, 그날 밤 백여 명의 정병들과 함께 동식을 볼모로 앞세워 동예의 진영으로 넘어갔다. 그리하여 동예에게 볼모를 내보이며 말한다.

"저희들은 본시가 초나라 백성이었는데, 사마흔 장군이 항복하는 바람에 마지못해 한나라에 끌려갔던 병사들이옵니다. 그러나 고향에 돌아가고 싶은 생각이 날이 갈수록 간절하여 비밀리에 한나라를 탈출할 생각이었는데, 때마침 사마흔 장군의 맏아들 동식이 야간 순시를 나왔기에, 동식을 볼모로 잡아 이 곳으로 넘어온 것이옵니다. 바라옵건대, 장군께서는 저희들의 충정을 생각하시어 부하로 받아 주시옵소서."

동예는 그 말을 듣고 크게 기뻤다. 그리하여 볼모로 잡혀 온 동식을 눈앞에 세워 놓고 호되게 꾸짖는다.

"네놈의 아비는 나와 함께 항왕을 충성스럽게 받들어 온 덕택에 왕작王爵의 지위까지 누리고 있었다. 그런데 이제 와서 구주舊主를 배반하고 한나라로 변심해 갔으니, 내 기필코 네놈의 아비를 생포하여 팽성에 계신 항왕에게 선물로 바치기로 하겠다."

다음날 아침, 사마흔은 한나라의 상징인 붉은 기를 높이 들고 동예의 진영으로 달려왔다. 그리하여 동예를 보고 큰 소리로 꾸짖어 말한다.

"그대는 어찌하여 천하 대세를 그렇게도 모르는가. 항우는 진황제를 죽이고 진나라의 군사들까지 죽였으니 우리들의 진짜 원수는 항우가 아니고 누구란 말이냐. 그럼에도 불구하고 그대는 나의 충고의 서한을 갈기갈기 찢어 버리고, 이지를 잡아 가두었을 뿐만 아니라 나의 아들까지 생포해 갔으니, 이 무슨 어리석은 짓이란 말이냐. 더구나 그대는 한신 장군을 죽이고 번쾌를 생포하겠다고 장담했다고 하는데 만약 싸움이 시작되면 그대는 대번에 생포되고 말 것이다."

동예가 크게 웃으며 대답한다.

"번쾌라는 자가 어떤 놈인지, 그자를 보기만 하면 대번에 사로잡아 보일 테니 번쾌라는 자를 빨리 내보내라."

동예의 입에서 그 말이 떨어지기가 무섭게 동예의 등 뒤에서 기회를 노리고 있던 번쾌가 번개같이 달려나와 동예를 말 위에서 끌어내려 땅바닥에 쓰러뜨리며 외친다.

"한나라의 대장군 번쾌는 바로 여기 있다는 것을 알아라. 네가 항복하지 않으면 그대로 죽여 버리기로 하겠다."

동예는 번쾌의 얼굴을 바라보고 기절 초풍하였다. 어젯밤에 동식을 볼모로 잡아 귀순해 왔던 바로 그 사람이 한나라의 맹장 번쾌였을 줄은 꿈에도 몰랐던 것이다.

동예의 부장 유림劉林과 왕수도王守道가 그 사실을 알자, 칼을 뽑아 들고 번쾌를 죽이려고 덤벼들었다. 그러자 번쾌와 시무가 유림과 왕수도를 한칼에 찔러 죽인다.

번쾌와 사마흔이 동예를 역양으로 끌고 오니, 한신이 동예를 타일러 말한다.

"그대는 본시가 진나라의 장성이 아니었는가. 따라서 그대가 진나라의 원수인 초나라를 도와 한나라와 싸운다는 것은 도리에 어긋나는 일이다. 지금이라도 회개를 하면 모르거니와, 그렇지 않으면 참형에 처하리로다."

그러자 번쾌가 앞으로 나서며 한신 장군에게 품한다.

"일시적인 과오는 누구에게도 있을 수 있는 일이오니, 원수께서는 동예에게 특별 은총을 내리시어 한왕에게 귀순할 기회를 주소서. 동예는 반드시 우리에게 귀순할 것이옵니다."

다른 사람 아닌 번쾌가 동예를 변호하고 나오자, 동예는 아무 말도 못 하고 번쾌에게 큰절을 올리며 참회의 눈물만 흘린다. 한신은 그 광경을 목격하고, 번쾌에게 회심의 미소를 지어 보였다.

이리하여 삼진왕의 마지막 사람이었던 동예마저 귀순함으로써 삼진은 깨끗이 평정되었다.

명장의 최후

한왕은 고노성高奴城에 입성하자, 한신의 공로를 크게 치하하며 말한다.

"삼진왕의 거점인 폐구·역양·고노의 세 성을 단시일에 모두 평정할 수 있었던 것은, 오로지 원수의 탁월하신 계책 덕택이었소. 내가 워낙 불민하여 원수의 대재大才를 미처 모르고 있었는데, 승상은 진작부터 원수의 탁월한 재능을 알고 계셨으니 참으로 부끄러운 일이오."

한신이 머리를 조아리며 대답한다.

"우리가 삼진을 쉽게 평정할 수 있었던 것이 어찌 신의 공로라고 말할 수 있으오리까. 모든 것은 대왕 전하의 천위天威의 덕택인 줄로 아뢰옵니다."

"무슨 말씀을! 원수의 겸허하신 마음가짐에 거듭 탄복이 있을 뿐이오."

그리고 한왕은 말머리를 돌려,

"우리가 삼진을 평정했으니, 이제는 함양을 평정해야 할 게 아니오. 함양은 언제쯤 공략하시려오?"

하고 물었다. 한신이 대답한다.

"함양을 취하기는 그다지 어려운 일은 아닌 줄로 알고 있사옵니다. 그러나 장한은 폐구를 버리고 지금 도림桃林에 칩거중이므로, 우리 군사가 모두 함양으로 떠나 버리면 장한은 폐구성을 다시 탈환해 우리의 보급로를 차단할 위험이 농후합니다. 그렇게 되면 일이 크게 벌어질 것이므로, 대왕께서는 당분간 이곳에 머물러 계시면서 민심을 수습해 주소서. 그러면 신이 도림에 은거중인 장한을 먼저 처치하고 나서 함양으로 떠나갈 것이옵니다."

다음날 한신은 조참 · 주발 · 시무 · 신기의 네 대장들과 함께 1만 군사를 이끌고 도림으로 향하였다.

이때 장한은 전상戰傷을 치료하면서 팽성에서 응원군이 오면 폐구성을 탈환할 계획을 세우고 있었는데, 어느 날 돌연 한신이 1만 군사를 거느리고 직접 쳐들어오고 있다는 소식이 들리는 게 아닌가. 장한은 크게 분노하여 대장들에게 말한다.

"한신이라는 과부胯夫가 폐구성을 빼앗고 나더니 승리에 재미를 붙여서 여기까지 쳐들어온다고 하니, 이번만은 그대들이 힘을 모아 설욕을 해줘야 하겠다."

대장 손안이 출반주하며 아뢴다.

"우리는 아직 전쟁 준비가 되어 있지 못하오니, 응원군이 올 때까지는 성을 지키고만 있는 것이 어떠하겠습니까. 섣불리 싸우려 하다가는 오히려 적의 술책에 말려들기 쉬울 것이옵니다."

손안의 말은 지극히 옳은 말이기는 하였다. 그러나 팽성에 여러 차례 응원군을 요청했음에도 불구하고, 응원군이 언제 와 줄는지 전연 모를 일이 아닌가. 장한은 얼른 결단을 내리지 못했다. 그는 오랫동안 깊은 생각에 잠겨 있다가, 문득 얼굴을 들며 말한다.

"응원군을 급히 보내 주도록 팽성에 여러 차례 요청했건만, 항왕은 이 순간까지도 응원군을 보내 주지 않고 있소. 어쩌면 거리가 먼 관계로 응원군이 지금 오고 있는 중인지도 모르지만, 그러나 그들이 와 주기를 기다리고만 있을 수는 없는 형편이오. 왜냐하면 그들이 오기 전에 적에게 초위를 당하면, 우리는 군량 부족으로 꼼짝 못하고 포로가 되어 버리고 말 것이오. 그러니까 우리가 이롭기 위해서는 되도록 빨리 승부를 결해야 하겠소."

이리하여 장한은 여마통·계포·계항·손안의 네 장수와 함께 5천밖에 안 되는 군사를 거느리고 비장한 각오로 성을 나와 적진을 향하여 출동하였다. 한신은 장한을 보자, 가까이 다가오며 큰소리로 외친다.

"장한 장군은 폐구성을 빼앗겨 버린 주제에, 아직도 우리와 싸울 용기가 남아 있는가! 목숨만은 살려 줄 테니 순순히 항복을 하는 것이 어떠하겠는가!"

장한은 조롱을 당하는 것 같아 분노가 머리끝까지 치밀어 올라서,

"이 쓸개 빠진 과부놈아! 용기가 있거든 우리끼리 겨뤄 보자."

하고 외치며 한신에게 질풍같이 덤벼들었다.

그러자 조참과 주발이 등 뒤에서 번개같이 달려나와 싸움을 가로맡아 양군 사이에는 치열한 격전이 전개되었다. 그러나 중과부적衆寡不敵! 장한은 싸움이 오래 계속될수록 불리함을 깨닫자, 말머리를 돌려 도림성으로 도망을 치기 시작하였다. 한신이 그 광경을 보고 붉은 깃발을 높이 흔들자, 뒤에서는 조참과 주발이 맹렬히 추격해 오는데, 홀연 전방에서는 신기와 시무가 많은 군사로써 퇴로를 가로막고 나서는 것이 아닌가.

독 안에 든 쥐의 신세가 되어 버린 장한은 계포·계항 등과 함께 결사적으로 싸웠다. 그러나 싸우면 싸울수록 만신창이가 되어 마침내 몸을 가눌 수가 없게 되자, 장한은 맹장답게 자기 목에 칼을 찔

러 비장하게도 자진自盡하고 말았다. 진실로 군인으로서 부끄럼 없는 최후였다. 장한이 죽고 나자 계포와 계항은 최후까지 싸움을 계속하다가 적의 칼에 목이 달아나 버렸고, 여마통과 손안은 백기를 높이 들어 항복하였다.

한신은 휴전령을 내림과 동시에, 여마통과 손안을 가까이 불러 말한다.

"그대들은 천명을 알고 순순히 항복을 해주어서 고맙소. 장한 장군도 항복만 했으면 목숨은 건질 수 있었겠는데……."

손안이 대답한다.

"장한 장군은 자신의 용맹을 너무도 과신한 탓으로 오늘의 비운을 초래하게 된 것이옵니다."

한신이 여마통에게 묻는다.

"도림성에는 병력이 얼마나 남아 있는가?"

여마통이 대답한다.

"도림성을 지키고 있는 군사는 4, 5백 명뿐이옵니다. 그러나 그들은 군량 부족으로 모두가 굶주려 있기 때문에, 제가 대원수를 모시고 들어가면 무조건 대원수에게 굴복할 것이옵니다."

한신이 여마통과 손안을 앞세우고 붉은 깃발을 휘날리며 도림성으로 다가오니, 과연 군사들은 성문을 활짝 열어 놓고 쌍수를 들어 한신을 환영해 주었다. 한신은 성안으로 들어오자 굶주린 백성들과 굶주린 군인들에게 구휼미를 골고루 나눠 주어 민심을 안정시킨 뒤에 고노성으로 다시 돌아와 한왕에게 아뢴다.

"장한을 처치함으로써 후환이 없게 되었으니, 이제는 안심하고 함양을 공략할까 하옵니다. 그런데 출진하기에 앞서 대왕전에 특별히 앙탁할 말씀이 있사옵니다."

한왕은 한신의 공로를 거듭 치하하며,

"무슨 일인지 어서 말해 보오. 원수의 부탁이라면 내 어찌 마다하겠소."

"황은이 망극하옵나이다. 실은 이번에 제가 잡아 온 여마통과 손안이 비록 적장敵將이기는 하오나, 그들은 재능이 비상할 뿐만 아니라 우리에 대한 충성심도 의심할 점이 없사옵니다. 그러므로 그들 두 사람을 특별히 장성將星으로 발탁했으면 싶사오니 대왕께서 윤허를 내려주시옵소서."

한왕은 그 말을 듣고 적이 놀란다.

"포로로 잡아 온 적장을 장성으로 발탁하다뇨, 그게 무슨 말씀이오? 지난번에 장평이 대산관에서 가짜 귀순병을 호위 대장으로 썼다가 우리한테 완패당한 일이 있는데, 원수께서는 그 일을 어느 새 잊어버리셨단 말씀이오?"

적의 포로를 장성으로 등용하자는 데 반대하는 것은 너무도 당연한 일이었다. 그러나 한신은 자신을 가지고 말한다.

"그 일을 신이 어찌 잊어버렸으오리까. 그러나 그 일과 이번 일과는 성질이 근본적으로 다르옵니다."

"뭐가 어떻게 다르다는 말씀이오?"

"함양을 공략하려면 그들을 반드시 이용하지 않고서는 안 되겠기 때문이옵니다. 특별히 앙청하오니, 대왕께서는 신을 믿으시고 꼭 윤허를 내려주시옵소서."

한왕은 그제야 고개를 끄덕이며 말한다.

"원수께서 그처럼 말씀하시니, 내 어찌 끝까지 반대야 하겠소. 나는 원수만 믿으니 원수가 알아서 생각대로 하시오."

이리하여 한신은 여마통과 손안을 그날로 한나라의 장군으로 임명하였다. 포로로 잡아온 적장들을 장성으로 발탁하여 무엇에 쓰려는지, 그 내막은 오직 한신 자신만이 알고 있는 깊은 계략이었다.

함양 재입성

함양咸陽!

이미 여러 차례 말한 바와 같이 함양은 관중關中의 요새要塞다. 그러기에 '함양을 점유하는 자만이 천하를 호령할 수 있다'는 말이 옛날부터 전해 내려오고 있을 정도다.

그러나 초패왕 항우는 오로지 금의환향錦衣還鄕을 하겠다는 단순한 생각에서 아부亞父 범증의 간곡한 충고조차 무시해 버린 채, 수도를 기어코 팽성으로 옮겨 가고 말았다.

최고 통치자인 항우가 머나먼 팽성으로 떠나 버렸으니, 함양의 방위 태세가 소홀해졌을 것은 너무도 당연한 일이었다.

함양은 국가 안보상 절대적인 요충지임에도 불구하고, 지금에 와서는 사마이司馬移와 여신呂臣의 두 장수가 겨우 1만 명밖에 안 되는 군사로써 지키고 있을 뿐이었다.

그런데 어느 날 비마가 달려오더니,

"한나라 군사들이 어느 새 삼진을 평정하고 이제는 함양으로 쳐올 기세를 보이고 있습니다."

하고 전하는 것이 아닌가.

사마이와 여신은 크게 놀라 그 사실을 팽성에 급히 알리며, 응원 군을 시급히 보내 주기를 요청하였다. 그러나 함양에서 팽성까지는 머나먼 2천여 리, 말을 아무리 빨리 달려도 내왕에 보름이 걸리는 거리였다. 그러기에 응원군이 빨리 와 주기를 학수 고대하고 있던 어느 날 비마가 달려오더니,

"한나라의 10만 군사가 어느 새 부풍扶風을 지나 30리 밖에까지 육박해 오고 있는 중이옵니다."

하고 알려 주는 것이 아닌가.

사마이와 여신은 크게 당황하여 상의한다.

"우리가 1만 명밖에 안 되는 병력으로 10만 대군과 당당하게 싸울 수는 없는 일이 아닌가?"

"누가 아니래! 더구나 한신은 전술이 출중하여 삼진을 대번에 평정했다고 하거든!"

"그나 그뿐인가. 백성들은 한왕이 온다는 말을 듣고, 저마다 한왕을 은근히 환영하는 기색을 보이고 있거든."

"그러니까 우리들은 팽성에서 응원군이 올 때까지는 성문을 굳게 걸어 잠그고 수비만 해야 할 거야. 그러노라면, 범증 군사께서 무슨 비상 대책을 강구해 주시겠지."

사마이와 여신은 그날부터 성문을 폐쇄하고 오직 수비 태세만 갖추고 있었다.

한편, 한신은 함양에 도착하는 길로 첩자들을 통해 적정敵情을 소상하게 알아보았다. 그리고 마음속으로 이렇게 생각하였다.

'함양성은 워낙 난공불락의 철옹성인 까닭에, 순전히 무력으로 공략하려다가는 희생자만 많이 낼 뿐 승리를 거두기는 매우 어려울 것이다. 그렇다면 함양을 공략하는 데 있어서는 고차원의 책략을 쓰지 않으면 안 되겠구나.'

그렇게 판단한 한신은,

"여마통 장군을 이리 불러라."

하고 명한다. 여마통이 부름을 받고 달려오자, 한신은 조용히 입을 열어 말한다.

"그대가 아니면 안 될 긴급한 일이 하나 생겼네."

여마통은 그 말을 듣고 크게 감격하였다.

"무슨 말씀인지는 모르오나, 원수께서 명령만 내려주시면 소장은 목숨을 걸고 책임을 완수하겠습니다."

"고마운 말씀이네."

"실상인즉, 소장은 귀순해 온 이후로 원수님의 각별한 총애를 받아오면서도 아직까지 이렇다 할 공을 세우지 못하여 심히 괴롭게 여기고 있는 중이옵니다. 무슨 명령을 내려주시더라도 물불을 가리지 않고 책임을 다하겠습니다."

한신은 회심의 미소를 지으며 고개를 끄덕여 보인다.

"그대는 폐구성에 부임해 올 때에, 항우의 이름으로 발행한 병부兵符를 받아 가지고 왔을 텐데, 그 병부를 아직도 가지고 있는가?"

하고 물었다. 여마통이 대답한다.

"이제는 필요치도 않은 물건이오나, 아직까지 가지고 있기는 하옵니다."

한신은 그 말을 듣고 크게 기뻐하며,

"그렇다면 그 병부를 이용해 자네에게 중대한 시정을 맡겨야 하겠네."

"무슨 일이온지 명령만 내려주시옵소서."

"그대는 이제부터 초장楚將으로 변복을 하고, 그대와 함께 귀순해 온 부하들을 데리고 함양성으로 달려가 수문장에게 병부를 내보이면서, '우리는 항왕께서 파견한 응원군이다'라고 속이게. 그러면 그들은 성문을 열고 환영할 것이 분명한데 우리 군사들이 그 부근에 미리 매복해 있다가, 성문을 열어 주기만 하면 성안으로 노도와 같이 몰려 들어가 함양성을 일거에 점령해 버릴 생각이네. 만약 그 일이 성공하는 날이면 모든 공로는 그대에게 돌릴 테니, 그대는 최선을 다해 주게."

실로 교묘하기 짝 없는 위계 전술이었다. 여마통은 크게 기뻐하며 대답한다.

"소장은 맹세코 책임을 다하겠습니다."

여마통은 재삼 다짐을 하다가 문득 얼굴에 실망의 빛을 띠며,

"병부를 가지고서는 저들을 속이기 어려운 문제가 하나 있사옵니다."

하고 말하는 것이 아닌가.

"병부를 보여 주기만 하면 그만인데, 거기에 어떤 어려움이 있다는 말인가?"

여마통이 대답한다.

"원수께서도 알고 계시겠지만, 모든 병부에는 그것을 발행한 날짜가 들어 있사옵니다. 제가 가지고 있는 병부에는 3년 전의 날짜가 들어 있사옵니다. 그런 병부를 가지고 저들을 속이려다가는 우리의 비밀이 대번에 탄로날 것이 아니옵니까?"

한신은 그 말을 듣고 깜짝 놀라며,

"아차, 내가 거기까지는 미처 생각을 못 했었네그려. 그야말로 천려일실千慮一失이었는걸. ……그 문제는 그것대로 해결할 방책이 있을 것 같으니, 그대는 지금 곧 집에 돌아가 그 병부를 가져오도록 하게."

여마통은 집으로 달려가 병부를 곧 가져왔는데, 그 병부에는 "大楚王 二年 三月 十日"이라는 3년 전의 날짜가 선명하게 적혀 있었다.

한신은 병부를 검사해 보고 나서 말한다.

"음……. 날짜가 이렇게 틀린 병부로 저들을 속이려고 했으니, 하마터면 큰일날 뻔했는걸."

그리고 생각을 골똘하게 해보다가, 문득 부관을 불러 명한다.

"우리 부대에 이병李昞이라는 기사技士가 있지 않은가. 그 사람을 곧 이리 불러오너라."

이병이라는 사람은 문서를 변조하는 데 비상한 재주를 가진 사람이었다. 한신은 이병을 불러다가 자세한 사정을 말해 주고 나서,

"'大楚王 二年 三月 十日'을 '大楚王 五年 五月 十七日'로 감쪽같이 고쳤으면 싶은데 가능하겠는가?"

하고 물었다.

"그것은 지극히 쉬운 일이옵니다."

이병은 그렇게 대답하고 나서 몇 가지의 약물을 써 가며 글자를 변조해 놓았는데, 그야말로 누가 보아도 속지 않을 수 없도록 감쪽같았다.

한신은 크게 기뻐서 변조된 병부를 여마통에게 내주며 군령을 내린다.

"이 병부를 가지면 귀신도 속일 수 있을 것이니, 여 장군은 이제부터 패릉覇陵을 돌아서 함양성으로 가도록 하라. 그동안에 우리는 번쾌·주발·근흠·시무 등의 네 장수들을 성 밖에 잠복해 있게 했다가, 성문이 열리기만 하면 3만 군사로써 몰려 들어가 함양성을 순식간에 점령해 버리고 말 것이다."

여마통은 군령을 받고 나자, 비밀리에 경수涇水를 건너 패릉으로 돌아 나왔다. 팽성에서 함양으로 오려면 패릉이라는 곳을 반드시 거쳐야 하기 때문에, 적을 속이기 위해서는 일부러 그 곳으로 돌아와야 했던 것이다.

여마통의 부대는 패릉에서부터는 초나라의 검은 깃발을 드높이 휘날리며 당당하게 함양성을 향하여 진군하였다.

척후병들이 그 광경을 보고 사마이에게,

"팽성에서 이제야 응원군이 오고 있사옵니다."

하고 알리니 사마이와 여신은 너무도 기뻐 망루에 올라와 직접 확인까지 하였다. 이윽고 여마통은 성문 앞에 당도하여 성 안에다 대고 큰소리로 외친다.

"우리 부대는 항왕의 명령을 받고 범증 군사의 지시에 따라 팽성에서 함양을 구하러 왔소. 성문을 빨리 열어 주시오."

사마이가 성 안에서 대답한다.

"팽성에서 왔다면 항왕의 병부를 가지고 왔을 테니, 병부를 보여 주시오. 병부를 보기 전에는 성문을 열어 주지 못하겠소이다."

"항왕께서 내려주신 병부가 여기 있으니, 이 병부를 보고 나서 성문을 빨리 열어 주오."

여마통은 자신 만만하게 말하며, 문틈으로 문제의 가짜 병부를 들여보내 주었다. 사마이와 여신은 여마통의 병부를 엄밀하게 검토해 보았다. 그런데 병부에 찍혀 있는 옥새玉璽와 발부 날짜 등등에 하나도 하자瑕疵가 없지 않은가. 이에 사마이와 여신은 신지무의信之無疑하고 성문을 활짝 열어 주며,

"어서 오십시오. 많은 군사를 거느리고 먼 길을 오시느라고 수고가 많으셨습니다."

하고 반갑게 맞아들였다. 여마통은 성안으로 군사를 몰고 들어오며 사마이에게 말한다.

"후속 부대가 곧 도착할 테니, 성문을 닫지 말고 기다려 주시오."

"아니 성문을 열어 놓고 기다리라니, 그게 무슨 말씀이시오?"

"후속 부대가 곧 대거하여 나타날 테니, 그런 줄 알고 있으라는

말이오."

여마통의 입에서 그 말이 채 떨어지기도 전에, 저 멀리 숲 속에 잠복해 있던 번쾌 · 주발 · 근흠 · 시무 등이 3만 군사를 몰아쳐 노도와 같이 성 안으로 몰려들기 시작하였다. 그들은 성 안으로 들어오기가 무섭게 사마이와 여신을 순식간에 생포해 놓고, 성문 위에 붉은 깃발을 드높이 게양하면서 모든 군사들에게 이렇게 선포하였다.

"우리는 한나라의 대장군 번쾌와 주발이다. 누구든지 항복하는 자는 살려 주고 항거하는 자는 그 자리에서 죽일 테니, 모두들 알아서 처신하라!"

사태가 그 지경에 이르고 보니, 초나라 군사들은 기가 질려 버려서, 무기를 내던지고 땅에 엎드리며 살려 주기를 애원했다.

그리하여 한신은 관중의 요충인 함양성을 거짓말처럼 쉽게 점령해 버릴 수가 있었던 것이다.

한신은 그날로 한왕에게 특사를 보내 그 사실을 알렸다. 한왕은 너무도 기뻐 그 다음날로 함양에 달려왔다.

한왕이 함양성에 도착할 때에는 성안의 백성들은 모두들 거리로 달려나와서, "한왕 만세! 만만세"를 외치는 소리가 천지를 진동할 지경이었다. 한왕은 유서 깊은 함양 성안을 골고루 둘러보며 감격스럽게 말한다.

"나는 진작부터 관중왕이 되었을 것인데, 항우에게 배신을 당하는 바람에 함양 입성이 이렇게도 늦어졌구나. 사필귀정事必歸正이라는 말이 결코 헛된 말이 아님을 이제야 깨달았노라."

진나라 때의 궁전들을 깨끗이 수리해 놓고 한왕이 궁전으로 처소를 옮기자, 한신은 문무 백관을 거느리고 입궐하여 하례를 올리니 한왕은 문무 백관들의 하례를 받으며 떨리는 목소리로 말한다.

"내 오늘의 기쁨을 누릴 수 있게 된 것은 대원수를 비롯하여 문무 백관 여러분들이 심혈을 기울여 나를 보필해 주신 덕택이오. 오늘은 연락을 크게 베풀어 여러분의 노고를 마음껏 위로해 드리겠소이다."

이리하여 이날 밤의 연락은 과거의 어떤 연락보다도 성대하게 베풀어졌다.

장량과의 재회

그로부터 며칠 후.

한신은 어느 날 조회석상朝會席上에서 한왕에게 머리를 조아리며 아뢴다.

"우리가 함양성은 점령했습니다마는, 서쪽에는 서위왕西魏王 위표魏豹가 평양平陽에 버티고 있고, 남쪽에는 하남왕河南王 신양申陽이 낙양洛陽에 버티고 있사옵니다. 그들은 모두가 항우와 가까운 사람들이므로, 만약 항우가 군사를 일으켜 오기만 하면 그들은 항우와 협동 작전을 전개할 것이 분명합니다. 그렇게 되면 우리는 적을 삼면으로 맞아 싸워야 하게 될 것이옵니다."

한왕은 그 말을 듣고 크게 걱정스러웠다. 한왕 자신도 내심으로는 은근히 그 점을 걱정해 오고 있었는데, 정작 한신으로부터 분명하게 지적을 받고 나니 더욱 불안스러웠던 것이다. 한왕은 침통한 어조로 말한다.

"함양이 우리 손에 함락되었다는 소식을 들으면, 항우가 군사를 일으켜 올 것이 분명한 일이오. 우리 입장으로서는 적을 삼면으로 맞아 싸운다는 것은 매우 불리한 일이니, 그것을 미연에 방지할 무슨 방도가 없겠소?"

"글쎄올시다. 초나라와 지리적으로 가까운 제齊나라가 이즈음 급속도로 강대해지고 있는 형편이므로, 항우가 이쪽으로 오지 못하게 하려면 누군가가 나서서 항우로 하여금 제나라를 치게 만들고 우리는 그 사이에 위표와 신양을 우리 편으로 돌려놓으면 좋을 것 같사옵니다."

한왕은 그 말을 듣고 매우 기뻐하며,

"그거 참 묘책이오. 그러면 항우를 설득하여 제나라를 치게 만들 사람이 누가 있겠소?"

하고 물었다. 한신이 대답한다.

"항우를 설득할 만한 지혜를 가진 사람은 오직 장량 선생 한 분이 계실 뿐이옵니다."

"오오, 장자방 선생! 그 어른이라면 어떤 일이라도 해내실 수 있을 것이오. 그러나 그 어른은 천하를 주유중周遊中이어서, 지금 어디 계시는지를 알아야 말이죠."

"비밀리에 사람을 놓아 알아보면, 지금쯤 어디 계신지를 알아낼 수는 있을 것이옵니다."

"그러면 지금부터라도 장량 선생이 계신 곳을 알아보기로 합시다."

한왕은 장량에게 간곡한 친서를 써 가지고, 많은 사람을 놓아 장량의 행방을 알아보게 하였다.

다행히 장량의 행방은 쉽게 알아낼 수 있었다. 장량은 한왕의 친서를 받아 보고, 그 편에 다음과 같은 회신을 보내왔다.

신 장량은 하늘 아래 어디를 가도 대왕 전하에 대한 사모의 마음에는 추호도 변함이 없사옵니다. 더구나 간곡하신 친필을 받자오니 금방이라도 달려가고 싶은 마음 간절하오나, 부득이한 사정으로 남전藍田에서 신풍新豊을 거처 열흘쯤 후에나 알현하고자 하오니 널리 혜량해 주시옵소서.

한왕은 장량의 회신을 받아 보고 어쩔 줄 모르도록 기뻐하였다. 한왕이 장량의 편지를 한신에게 보여 주니, 한신도 크게 기뻐하며 품한다.

"장량 선생이 오시려면 아직도 10여 일은 더 기다려야 하므로, 그 동안에 하남왕 신양에게 사람을 보내, 그가 우리에게 귀순해 오도록 설복을 시켜 보는 것이 어떠하겠습니까. 하남왕 신양과 서위왕 위표만 우리 편으로 돌려놓으면, 설령 항우가 덤벼 오더라도 결코 겁낼 것이 없사옵니다."

한왕은 즉석에서 찬동한다.

"그거 참 좋은 생각이오. 그러면 누구를 보내 신양을 설복시켜 보는 것이 좋겠소?"

"중대부中大夫 육가陸賈는 본시가 위나라 태생인 데다가, 변설辯舌도 능하려니와 하남왕과는 개인적인 친분도 두터운 사람입니다. 그러므로 육가를 보내는 것이 좋을 것 같사옵니다."

그리하여 즉석에서 육가를 불러 하남왕을 설복시키도록 부탁하니, 육가가 머리를 조아리며 아뢴다.

"지난날 대왕께서 진나라를 평정하셨을 때, 신은 함양에서 대왕을 처음 만나 뵈옵고부터 오늘날까지 3년 동안 부모님과 처자식조차 내버려 둔 채 줄곧 대왕만 따라다녔습니다. 다행히 부모님과 처자식들이 지금도 낙양에 그냥 살고 있으니, 신이 낙양에 가서 신양을 설복해 볼 것은 물론이옵고, 가능하면 서위왕 위표도 설득해 보기도 하겠습니다."

한왕은 육가의 충정을 고맙게 여겨, 황금 10근을 하사하며 잘 다녀오도록 간곡히 당부하였다.

육가가 함양을 떠나 낙양에 있는 옛집으로 돌아오니, 부모와 처자들이 크게 기뻐하였다. 육가는 부모님에게 큰절을 올리며,

"소자 불효막심하여 오랫동안 부모님을 모시지 못했사온데, 그간에 고초가 얼마나 많으셨사옵니까?"

하고 사죄하니 늙은 아버지가 기쁨의 눈물을 흘리며 말한다.

"네가 집을 떠난 그날부터 우리 집안은 끼니를 끓여 먹기가 어렵도록 곤궁했다. 하남왕께서 그 사정을 아시고 고맙게도 다달이 시량柴糧을 꼭꼭 보내 주셔서 지금은 아무 걱정 없이 지내오고 있는 중이다. 그러므로 하남왕의 신세가 태다하니, 너는 지금 당장 하남왕을 찾아뵙고 고맙다는 인사를 여쭙도록 하여라!"

육가가 옷을 갈아입고 하남왕을 찾아가 인사를 올리니, 신양은 크게 기뻐하면서 육가에게 묻는다.

"육 대부가 한왕을 따라가신 이후로, 나는 세상사를 같이 의논할 사람이 없어 얼마나 쓸쓸했는지 모르오. 다행히 돌아와 주셔서 얼마나 반가운지 모르겠구려. 육 대부가 3년 동안이나 가족을 버리고 한왕만 따라다닌 걸 보면, 한왕이라는 사람이 보통 인물이 아닌 것 같은데 육 대부가 보시기에 한왕은 어떤 인물입디까?"

육가가 대답한다.

"한마디로 말씀드리면, 한왕은 인덕仁德이 넘쳐서 한번 만나 보면 발길을 돌리기가 어려운 어른이시옵니다."

육가의 찬사를 듣고 신양은 감탄의 고개를 끄덕이며 말한다.

"한왕이 덕이 많은 사람이라는 말은 나도 많이 들어 왔지만, 그렇게까지 인덕이 후한 사람인 줄은 미처 몰랐구려."

육가가 다시 말한다.

"한왕은 얼마 전에 삼진을 평정하고 함양성까지 점령했사온데,

어디를 가나 한왕이 나타나시기만 하면 백성들은 기쁨으로 그분을 환영하는 것이었습니다. 더구나 한왕의 휘하에는 만고의 명장인 한신 장군이 있으므로, 한왕은 머지않아 천하의 주인이 되실 것이 분명합니다."

신양은 그 말을 듣고 마음이 크게 움직였는지, 육가에게 이렇게 고백했다.

"실상인즉 나도 한왕을 사모하는 마음이 간절하여 오래 전부터 한왕에게 귀순해 볼까 하는 마음이 없지 않았다오."

육가는 그 말을 듣고 신바람이 나서,

"참으로 잘 생각하셨습니다. 평소부터 그런 생각을 품고 계셨다면, 차제에 한나라에 귀순을 단행해 버리시는 것이 어떠하겠습니까?"

하고 확답을 재촉하였다. 그러나 신양은 고개를 가로 흔들며,

"내가 아무리 한나라에 귀순하고 싶어도, 그것만은 안 될 말이오."

하고 명백히 거절하는 태도로 나오는 것이 아닌가.

"생각을 품고 계시면서 단행을 못 하시는 이유가 어디 있사옵니까?"

"생각해 보시오. 항우라는 사람은 성미가 워낙 포악하기 때문에, 내가 자기를 버리고 한왕에게 귀순했다는 소리를 들으면, 그날로 대군을 몰고 와서 나를 여지없이 유린해 버릴 것이오. 그러니 내가 어떻게 한왕에게 귀순을 할 수가 있겠소. 나는 죽으나 사나 항우를 배반하지는 못할 것이오."

사정을 들어 보니 귀순을 무리하게 권고할 수가 없어, 육가는 말머리를 이렇게 돌렸다.

"사정이 그러시다면 귀순까지는 못 하시더라도, 만약 한나라 군사들이 쳐들어오더라도 정면으로 싸우지는 마시옵소서."

"글쎄, 그런 일이란 그때를 당해 봐야 알 일이지, 지금은 뭐라고

대답할 수가 없는 일이오."

육가는 신양을 설득하는 데 실패하자, 함양으로 돌아올 면목이 없었다. 게다가 오랜만에 만난 가족들이 한사코 못 떠나게 붙잡는 바람에 지체하면서 낙양에 머무르고 있었다.

그런 사정을 알 턱 없는 한왕은, 육가가 언제까지나 돌아오지 않는 것이 몹시 걱정스러웠다.

'육가가 하남왕을 설복시키러 갔는데 열흘이 넘도록 돌아오지 않으니, 혹시 무슨 불상사라도 생긴 것은 아닌가.'

그런 걱정에 싸여 있는 어느 날, 돌연 "장량 선생이 오늘 중으로 돌아오신다"는 전갈이 날아오자 어쩔 줄 모르게 기뻐하며 만조에 긴급 명령을 내렸다.

"장량 선생을 정중히 영접하게 만조 백관들은 모두들 긴급 출두하라."

문무 백관들이 한 명도 빠짐없이 입조入朝하자, 한왕은 장량을 영접할 절차를 구체적으로 논의한다.

"장량 선생이 지금 신풍新豊으로부터 돌아오시는 중이라고 하니, 조참과 관영은 수레를 가지고 20리 밖까지 마중을 나가고, 한신 장군은 설구薛歐·진패陳沛 등과 함께 주효상酒肴床을 차려서 5리 밖까지 영접을 나가도록 하오. 영접 절차에 예절을 벗어나는 일이 있어서는 안 되오. 나는 여타의 백관들과 함께 승덕문承德門 앞에서 장량 선생을 몸소 맞아들이기로 하겠소."

영접 절차 하나만 보아도 한왕이 장량을 얼마나 존경하고 있는가를 가히 짐작할 수 있었다. 이윽고 장량이 수레를 타고 승덕문 가까이 다가오니, 한왕은 두 손을 벌리고 달려나오며 말한다.

"장량 선생! 어서 오십시오. 선생이 이곳을 떠나가신 이후로, 나는 선생께서 하루속히 돌아오시기를 주야로 고대하고 있었습니다."

장량은 땅에 엎드려 큰절을 올리며 품한다.

"신 장량이 부득이한 사정으로 오랫동안 신금宸襟을 번거롭게 해 드리와 죄송 망극하옵나이다."

"선생께서는 무슨 말씀을! 원로에 오시느라고 수고가 많으셨으니, 어서 대전으로 오르십시다."

한왕은 장량의 손을 대전으로 이끌어 올렸다. 한왕이 용상에 정좌하자, 장량은 새삼스레 큰절을 올리며 그간의 사정을 품고하는 것이었다.

"대왕 전하! 신은, 몸은 비록 멀리 떨어져 있었사오나 마음만은 언제든지 대왕을 지척에 모시고 있었사옵니다. '마음이 지척咫尺이면 천 리도 지척'이란 말은 신을 두고 한 말이 아니었는가 싶사옵니다. 지난날 파촉으로 들어가시는 노상에서 대왕 전하에게 작별을 고할 때, 신은 세 가지의 중대한 약속을 드린 바가 있었사옵니다. 첫째는 항왕으로 하여금 도읍을 팽성으로 옮겨 가도록 꾸미는 일이었사옵고, 둘째는 육국六國으로 하여금 초나라를 배반하게 만드는 일이었사옵고, 셋째는 초나라를 때려부술 대원수의 인재를 물색하여 보내 드리는 일이었사옵니다. 이제 그 세 가지 일을 모두 뜻대로 실현시키고, 이미 약속드린 대로 함양에서 다시 만나 뵙게 되어 신은 무한히 기쁘옵니다."

한왕은 감격의 눈물을 흘리며 말한다.

"우리가 함양에서 이렇게 다시 만나게 된 것은 모두가 선생의 덕택입니다. 이 공훈을 금석金石에 새겨서 세세 대대로 전해 내려가도록 하겠습니다."

"대왕께서는 황공하옵게도 무슨 과찬의 말씀을!"

대왕에게 귀환 인사를 끝내고 대궐을 물러나오니, 한신이 모든 장수들을 원수부에 대기시켜 놓고 장량을 기다리고 있었다. 한신은 장수들과 함께 장량에게 큰절을 올리며 말한다.

"소장은 선생의 천거로 한왕에게 발탁되와 다소의 공적을 이루어 놓았사옵는데, 이는 모두가 선생의 은총 덕택이옵니다."

장량이 웃으며 대답한다.

"원수가 이 나라의 위덕威德을 만천하에 떨치게 해주신 것은 대왕의 홍복洪福이시오."

다음날 아침 어전 회의가 있었을 때, 육가가 낙양에서 돌아오지 않는다는 말을 듣고 장량은 단정적으로 이렇게 말한다.

"육가가 낙양에 간 목적은, 신양을 설복하려는 데 있지 아니하고 가족들을 만나려는 데 있었을 것이옵니다. 더구나 위표는 콧대가 대단히 높은 사람인데, 육가가 그를 어떻게 설복시킬 수 있으오리까?"

한왕은 그 말을 듣고 적이 걱정한다.

"그러면 선생께서는 그 일을 어찌했으면 좋겠다고 생각하십니까?"

"신양과 위표를 신이 직접 찾아가서, 우리에게 귀순해 오도록 애써 보겠습니다. 그들을 귀순시켜 놓은 뒤에, 한신 원수가 군사를 몰고 동진東進하면 천하 대사는 순조롭게 풀려 나갈 것이옵니다."

그러자 한신이 즉석에서 찬동하며 말한다.

"육가는 부모 처자를 만나 보고 싶어 낙양에 돌아갔을 뿐 선생이 아니시면 신양과 위표를 도저히 설복시킬 수가 없을 것이옵니다."

한왕은 그 말을 듣고 탄식을 하면서,

"선생은 바로 어제 돌아오셨는데, 어찌 또다시 먼 곳으로 떠나시라고 할 수 있겠소?"

그러자 장량이 머리를 조아리며 아뢴다.

"천하의 형세가 몹시 혼돈한 이때에, 신이 어찌 일신의 안일安逸만 도모하고 있을 수 있으오리까. 대왕을 만나 뵙기가 무섭게 또다시 작별을 고하기가 저 역시 안타깝기는 하옵니다. 그러나 매사에는 때가 있는 법이오니, 대왕께서는 먼 장래를 생각하시어 쾌히 윤허를 내려주시옵소서."

장량의 청원은 간곡하기 이를 데 없었다.

"선생께서 그처럼 말씀하시니, 선생을 끝까지 붙잡고 늘어질 수는 없는 일이구려. 이제 앞으로 어떤 계략을 쓰시려는지, 떠나시기 전에 선생의 계략이나마 알려 주고 떠나시면 고맙겠소이다."

장량은 머리를 조아리며 대답한다.

"신에게는 지금 두 가지의 계략이 있사옵니다. 첫째는 육국六國을 부추겨서 초나라를 배반하도록 만드는 일이옵고, 둘째는 항우에게 그럴듯한 표문表文을 보내 항우로 하여금 제齊나라를 치게 하는 것이옵니다. 제나라는 항우가 눈엣가시처럼 고깝게 여기는 강대국인 까닭에 조금 부추겨 놓으면 항우는 반드시 제나라를 치게 될 것이옵니다. 그러면 그들이 전쟁을 하고 있는 기회에 신은 평양과 낙양으로 달려가 위표와 신양을 이해利害로 설득하여, 모두 우리 편으로 돌려놓을 생각이 옵니다."

한왕은 장량의 심오한 계략을 듣고 거듭 감탄하였다. 그리하여 장량은 즉석에서 항우에게 올리는 표문을 작성하여 팽성으로 보내고, 자기 자신은 5, 6명의 종자從者만 거느리고 비밀리에 평양으로 떠났다.

허위의 표문

그 무렵, 팽성에 도읍하고 있는 초나라의 형편은 어떠했던가. 초패왕 항우는 진나라를 거꾸러뜨리고, 진도秦都 함양성을 점령하고 나자 기세가 자못 등등하였다. 그리하여 서울을 팽성으로 옮긴 뒤에는 자기 자신을 '황제 폐하'라고 자칭하면서, 날마다 술과 계집으로 세월을 보내고 있었다.

"만고의 강국인 진나라조차 거꾸러뜨린 나에게 이제 어느 놈이 감히 덤벼 올 것인가?"

그와 같은 자존자대自尊自大의 망념妄念에 빠져 버린 항우였으니, 그때부터 그가 걸어갈 길은 오직 술과 계집이 있을 뿐이었던 것이다. 그리하여 초나라의 대궐에서는 낮이나 밤이나 주연酒宴과 가무歌舞가 끊일 때가 없었다.

군사 범증은 그 점을 매우 못마땅하게 여겨, 여러 차례 간언을 올렸건만 초패왕 항우는 그때마다 코웃음을 치면서,

"시세時勢가 태평성대인데, 어찌 연락을 즐기지 않을 수 있으리오. 아부亞父는 쓸데없는 걱정 마시고, 날마다 나처럼 연락이나 즐기도록 하소서."

하고 오히려 향락을 권장할 지경이었다.

그러한 어느 날, 시종이 달려 들어오더니,

"황제 폐하! 한왕 유방이 포중襃中에서 군사를 일으켜 오고 있다는 정보가 들어왔사옵니다."

하고 알리는 것이 아닌가.

항우는 때마침 계집들과 더불어 주연을 즐기고 있던 중인지라, 그와 같은 보고를 귓등으로도 들으려고 하지 않았다.

"쓸데없는 소리 작작 하거라. 파촉에서 나오는 잔도를 모조리 불살라 버렸는데, 제까짓 유방이 무슨 재주로 군사를 일으켜 온다는 말이냐!"

그로부터 며칠 후 삼진왕들로부터,

"한왕이 대군을 거느리고 공략해 오고 있으니, 폐하께서는 응원군을 급히 보내 주시옵소서."

하는 요청이 연달아 날아오지 않는가. 그리하여 응원군을 보내 주려고 준비를 하고 있는데 이번에는 비마가 달려오더니,

"삼진성은 말할 것도 없고 함양성조차도 모두 적에게 점령되어 버렸다고 하옵니다. 한나라 군사들은 광활한 영토를 모두 점령하고 나자, 한신은 여세를 몰아 지금은 동진東進을 해오고 있는 중이라고 합니다."

하고 알려 왔다.

초패왕 항우는 그 보고를 받자, 크게 놀라며 분노하였다. 그리하여 이를 와드득 갈며 큰소리로 중얼거린다.

"한신이라는 과부胯夫가 무슨 지혜로써 삼진과 함양을 모두 점령했단 말이냐. 내 당장 달려나가 한왕을 생포하고, 한신이란 놈은 목을 베어 나의 울분을 풀리라. 여봐라! 곧 출진할 테니, 모두들 출동 준비를 서둘러라."

항우가 급작스럽게 출진한다는 소식이 전해지자, 범증이 부리나케 달려와 아뢴다.

"황제 폐하! 한신이라는 장수는 결코 얕잡아 볼 인물이 아니옵니다. 그러기에 신은 일찍이 '한신을 대담하게 발탁하시어 중용重用하시든가, 그렇게 하지 않으시려거든 차라리 죽여 없애자'고 진언進言했던 것이옵니다. 그런데 폐하께서는 한신을 그냥 내버려 두셨다가 결국은 오늘날 이처럼 커다란 우환을 당하게 되시는 것이옵니다."

항우는 그 말을 듣고 노골적으로 비웃는다.

"아부는 한신 따위에게 왜 그처럼 겁을 내시오. 삼진왕들이 한신에게 성을 빼앗긴 것은, 한신의 지략이 뛰어났기 때문이 아니라 삼진왕 자신들이 무능했기 때문이었다는 사실을 알아야 하오. 그러기에 이번에는 내가 직접 나가서 유방과 한신을 모두 다 곤죽을 만들어 놓을 테니, 아부는 조금도 걱정하지 마시오."

항우가 그와 같은 호언 장담을 하고, 일선으로 막 출발하려고 하는데,

"한韓나라의 장량 선생으로부터 사람이 편지를 가지고 왔사옵니다."

하고 알린다.

"뭐야? 장량이 편지를 보내 왔다구? 그 편지를 이리 가져오너라."

장량의 표문을 즉석에서 뜯어 보니, 그 사연은 다음과 같았다.

한나라의 우생愚生 장량은, 삼가 초황제 폐하에게 글월을 올리옵니다. 우생은 지난날 폐하의 은덕으로 고국에 무사히 돌아와, 국왕의 장례를 치르고 나서부터는 할 일 없이 명산 대천으로 떠돌아다니고 있으니, 이 또한 황제 폐하께서 염려해 주신 덕택인 줄로 알고 있사옵니다. 근자에 한왕이 우생과 더불어 천하를 도모해 보고자 우생을 부른 일이 있었사

오나, 우생은 그 부름에 응하지 않았습니다. 그랬더니 이번에는 제齊나라가 천하를 도모해 볼 생각에서 제왕이 우생에게 사람을 보내 왔사옵니다. 물론 우생은 그 부름에도 응하지 않을 것이옵니다. 그런데 황제 폐하를 위해 우생이 생각해 보옵건대, 한왕 유방은 워낙 야망이 작은 사람인 까닭에 그는 함양을 수중에 넣은 것으로써 만족스럽게 여기고 있겠지만, 제왕은 워낙 야망이 크기 때문에 반드시 초나라까지 넘겨다볼 것이 분명합니다. 그러므로 폐하께서는 그와 같은 우환을 미연에 방지하시기 위해, 지금 당장 군사를 일으켜 제나라를 완전히 제압해 버리시는 것이 상책일 것 같사옵니다. 제왕은 원대한 야망을 소신대로 펴나가기 위해 육국 원수들에게 격문檄文을 돌린 일이 있사옵는데, 천만 다행하게도 그 격문의 사본이 우생에게 입수되었기에 참고삼아 동봉하오니, 폐하께서는 일독하시고 초나라의 장래를 위해 과감한 조치를 취하시도록 하시옵소서. 폐하의 무운 장구武運長久를 빌며 이만 줄이옵니다.

한국韓國 유객 장량 상서

장량이 항우에게 그와 같은 표문을 보낸 목적은, 항우로 하여금 한나라를 치지 아니하고 제나라를 치게 하려는 데 있었음은 말할 것도 없다. 장량이 그 표문 속에서 '한왕은 야망이 작은 사람'이라고 형편없는 인물로 취급하였고, "제왕은 원대한 야망가이기 때문에 반드시 초나라를 치게 되리라"고 표현한 것은, 항우의 경계심을 그쪽으로 돌려놓으려는 모략이었던 것이다.

그러나 강포强暴하기만 할 뿐으로 성격이 단순하고 지혜가 부족한 항우는 장량의 모략 표문을 읽어 보고, 장량의 충성을 오히려 고맙게 여기기까지 하였다.

'장량이 아니면 누가 나에게 이처럼 중대한 정보를 제공해 줄 것인가.'

항우는 장량의 충성을 고맙게 여기며, 이번에는 그가 보내 온 '제왕齊王의 격문檄文'을 읽어 보기 시작하였다. 제왕이 각국 원수들에게 보냈다는 격문의 내용은 다음과 같았다.

제왕 전영田榮은, 양왕梁王 진승陳勝을 비롯하여 육국 제왕六國諸王 휘하에 글월을 보내오. 옛날부터 일러 오기를 '사람이 황제의 지위에 오르려면 무엇보다도 덕德이 있어야 한다'고 하였소. 그런데 자칭 '황제 폐하'라고 일러 오는 항적(項籍:항우의 본명)이라는 자는, 일찍이 의제義帝와의 약속을 어기고 유방에게서 '관중왕關中王'의 자리를 빼앗았을 뿐만 아니라 마침내는 의제까지 자기 손으로 죽여 버렸소. 이는 천도天道를 반역한 행위이니, 어찌 천벌이 없을 수 있으리오. 이에 본인은 항우를 토벌하여 천도를 바로잡고자 하는 바이니, 육국 제왕들께서도 다 같이 군사를 일으켜 성업 완수에 적극 협조해 주시기를 간곡히 바라오.

항우는 제왕의 격문을 읽어 보고 주먹으로 용상을 두드리며 분노한다.

"내 일찍이 전영이라는 자를 제왕에 봉해 주었고 진승이라는 자를 양왕梁王에 봉해 주었거늘, 그자들이 배은 망덕하게 반란을 일으켜 천하를 도모하고자 하다니, 이는 그냥 내버려 둘 수 없는 일이다. 이에 나는 한왕 유방을 치기 전에 그놈들부터 쳐 없애겠다."

자기가 키워 놓은 후백들에게 배반을 당하게 된 셈이니, 항우가 격노하는 것도 무리는 아니었다. 그러나 군사 범증이 조용히 아뢴다.

"폐하! 장량이 간곡한 편지와 함께 이런 격문을 보내 온 것은 그의 위계僞計임이 분명합니다. 한왕과 장량은 둘도 없는 심우心友이옵니다. 장량은 지난날 폐하의 은총을 입었다고는 하오나, 그때에도 장량의 마음은 한왕에게 있었던 것이옵니다. 지금 한왕은 함양을 점령하고 있는 중인데, 폐하께서 함양에 쳐들어가려고 하심을 알고, 장량은 폐하의 공격을 제왕에게 돌려 버리려고 이런 위계의 표문을 보내 왔음이 분명합니다."

범증은 불세출의 지략가인지라, 장량의 위계를 정확하게 간파하고 있었다. 항우가 조금만 지혜로운 군주였다면, 범증의 충고대로 장량의 표문을 재검토해 보았어야 옳을 일이었다. 그러나 항우는 성품이 워낙 우직하고도 거친 인간이므로, 그는 대뜸 이렇게 말했다.

"아부는 모르시는 말씀이오. 장량은 본시부터 뜻이 나에게 있는 사람이오. 그는 몸이 허약하여 수양을 하느라고 명산 대천으로 떠돌아다니기는 하지만, 그가 어찌 나를 버리고 한왕을 따라가겠소. 그가 나에게 중대한 정보를 제공해 준 것만 보아도, 그의 충정을 알 수 있는 일이 아니오? 그러니까 나는 제나라와 양나라를 먼저 토벌하고, 한나라는 그 다음에 정벌하기로 하겠소."

범증이 한숨을 쉬며 다시 간한다.

"장량은 워낙 위계가 능한 자이므로, 그자를 믿으시면 아니 되옵니다. 한왕을 먼저 평정시켜 놓고 나서 제나라는 그 다음에 치는 것이 올바른 순서일 줄로 아뢰옵니다."

그러나 항우는 고개를 가로 흔든다.

"제나라와 한나라를 모두 다 정벌해 버릴 판인데, 거기에 무슨 순서가 있겠소. 내 생각대로 우선 제나라부터 쳐부수고 나서 한나라는 그 다음에 쳐부수기로 하겠소이다."

그리고 항우는 우선 제나라를 쳐부수려고 대군을 발동하였다.

한편 장량은 항우가 대군을 거느리고 제나라로 출동했다는 정보를 받고 크게 기뻐하며, 자기 자신은 즉시 위魏나라로 달려가 서위왕西魏王 위표魏豹에게 면담을 신청하였다. 위표는 장량의 면담 요청을 받고 대부大夫 주숙周叔과 상의한다.

"장량이 나를 만나자고 하는데, 무슨 일로 찾아왔을 것 같소?"

대부 주숙이 대답한다.

"장량은 유명한 세객說客입니다. 그는 옛날의 소진蘇秦이나 장의 張儀보다도 더욱 뛰어난 변설가라고 들었습니다. 그는 필시 한왕을 위해 대왕을 설득하려고 왔을 것이 분명합니다."

"만약 장량이 그런 일로 나를 설득하러 왔다면, 나의 보검寶劍으로 대번에 목을 쳐버리는 것이 어떠하겠소?"

주숙이 고개를 가로 흔들며 말한다.

"장량은 명성이 워낙 혁혁한 인물인 까닭에, 항왕조차도 함부로 죽이지 못했던 것이옵니다. 그러므로 대왕께서는 장량을 어디까지나 정중하게 대해 주시되, 그가 무슨 소리를 하든 간에 들어 주지는 마시옵소서."

"그거 참 좋은 생각이오. 그러면 장량을 그냥 만나 보기만 하겠소."

위표는 장량을 불러들여 수인사를 나누고 나자, 대뜸 이렇게 물어 보았다.

"선생은 한왕의 신하인 줄로 알고 있는데, 무슨 용무로 나를 찾아오셨소이까?"

장량이 조용히 대답한다.

"저는 한왕漢王의 신하가 아니옵고, 한왕韓王의 신하이옵니다."

위표가 다시금 따지듯이 묻는다.

"선생이 한韓의 사람임은 나도 잘 알고 있소이다. 그러나 선생은 옛날부터 한왕漢王을 사모해 오고 있는 것만은 사실이잖소."

장량이 대답한다.

"한왕漢王이 진나라를 정벌할 때에 제가 한왕韓王의 명령을 받고 한나라를 도와 드린 것은 사실입니다. 그러나 진나라를 평정하고 나자, 저는 즉시 고국으로 돌아와 버리고 말았습니다."

"그런 분이 오늘은 무슨 용무로 나를 찾아오셨소이까?"

이에 장량은 머리를 정중하게 숙이며 말한다.

"위왕께서도 알고 계시다시피, 한왕은 지금 함양을 점령하고 있으면서 사람을 보내 저를 여러 차례 부르셨습니다. 저는 세상을 등지고 살아오는 까닭에 한왕의 부름에 응할 생각은 추호도 없었사오나 옛날의 은총을 저버릴 수가 없어 함양에 잠깐 들러 인사만 여쭙고 다시 본국으로 돌아가는 길이옵니다. 그런데 이 곳을 지나가다 보니 모든 사람들이 대왕의 성덕盛德을 극구 찬양하고 있었으므로, 저는 그냥 지나쳐 버릴 수가 없어 잠깐 경의敬意만이라도 표하고 싶어 실례를 무릅쓰고 찾아뵙게 된 것입니다."

위표는 그 말을 듣고 크게 기뻤다. 그리하여 주안상을 차려 내오게 하여 정중하게 대접하며 묻는다.

"오늘날의 천하 대세를 관망하건대, 육국이 난립해 있는 데다가 양대 강국인 초나라와 한나라가 제각기 봉강통일封疆統一의 야망을 품고 분쟁을 거듭해 오고 있는데, 선생은 장차 어느 나라가 봉강통일의 대열을 성취할 수 있을 것 같소이까?"

장량은 오랫동안 심사묵고하는 척하다가, 조용히 입을 열어 말한다.

"천하 대세의 흥망을 누가 감히 예언할 수 있으오리까. 그러나 모든 정세를 종합적으로 판단해 볼 때, 한나라는 흥하고 초나라는 망할 것 같사옵니다."

"그 이유는?"

"한왕 유방은 성품이 관인후덕寬仁厚德한 데다가, 천문학상으로도 오성五星이 한나라에 상취相聚하여 있으니, 그것은 하늘이 그를 돕고 있는 증거입니다. 한왕은 이미 삼진三秦을 평정하고 함양까지 점령했는데, 이번에 함양에 잠깐 들러 보았더니 인근 각지에서 제후들이 앞을 다투어 귀순해 오고 있었습니다. 제나라와 양나라는 세력이 강대한 나라임에도 불구하고, 그들 역시 머지않아 한나라와 손을 마주 잡을 기미를 보이고 있었습니다. 제나라와 양나라조차도 그런 형편이니, 그 밖의 군소 국가들이야 천하 대세의 흐름에 어찌 순응하지 않을 수가 있으오리까."

위표는 장량의 말을 듣고 크게 놀라며 다시 묻는다.

"만약 한나라가 그처럼 흥하게 되면, 초나라의 장래는 어떻게 되리라고 생각하시오?"

장량은 조용히 대답한다.

"초나라의 항왕은 성품이 우직하고도 강포하여 '관중왕'의 자리를 억지로 빼앗고 나서는 의제까지 죽이고 자기 자신을 '황제 폐하'라고 자칭해 오는 바람에, 천하의 인심을 송두리째 잃어버렸습니다. 자고로 천하의 인심을 잃어버린 사람은 망하지 않는 법이 없다는 말이 있습니다."

위표는 그 말에 겁을 먹고 시퍼렇게 질린다.

"선생의 말씀대로라면, 한왕이 천하의 군주가 되실 것은 틀림이 없을 것 같구려. 나는 항우에게서 관작官爵을 받기는 했지만 항우의 그늘을 떠나 독립한 지가 이미 오래요. 천하 대세가 한왕에게 기울어졌다면 나 역시 한왕의 그늘에 들어가고 싶은데, 선생은 나를 위해 그 길을 인도해 주실 수 있겠소?"

"대왕께서 만약 한왕에게 귀순하기만 하시면, 한왕은 대왕을 무겁게 쓰실 것이 틀림없사옵니다. 소생은 대왕의 성덕을 흠모하고 있는 만큼, 그런 일이라면 기꺼이 도움이 되어 드리겠습니다."

그러자 아까부터 병풍 뒤에서 두 사람의 대화를 엿듣고 있던 대부 주숙이 위표 앞으로 달려나오며 큰소리로 외친다.

"대왕께서는 장량의 궤변에 넘어가셔서는 아니 되시옵니다. 만약 지금 하신 말씀이 누설되면 항왕은 대군을 일으켜 우리나라를 쑥밭으로 만들어 버리고 말 것입니다."

장량은 그 말을 듣고 크게 웃었다.

"하하하, 주숙 대부께서는 무슨 말씀을 하고 계시오."

그러자 주숙은 장량에게 정면으로 대든다.

"귀공은 무엇 때문에 웃으시오?"

장량이 웃으며 대접한다.

"대부는 어찌하여 강약과 천하의 정세에 그렇게도 어두우시오? 항우의 성품을 그렇게도 모르시는 데는 정말로 놀랐소이다."

"강약이란 무엇을 말하는 것이오?"

"강약의 구별을 모르신다니, 내가 설명해 드리지요. 일찍이 진나라의 명장이었던 옹왕雍王 장한章邯은 20만 군사로써 함양을 수비하고 있었으니까, 귀국과는 비교도 안 될 만큼 강한 장수였소. 그렇건만 한신 장군은 단 한 번의 싸움으로써 폐구성을 빼앗고, 장한의 목까지 베어 버렸소. 그 옛날 항우는 장한과 아홉 번이나 싸워서 간신히 승부를 결한 데 비기면, 누가 강하고 누가 약하다는 것은 자명自明한 일이 아니오?"

주숙은 고개를 기울이며 다시 묻는다.

"그건 그렇다 치고, 내가 천하의 권세에 어둡다는 말은 무슨 뜻이오?"

장량이 주숙에게 다시 말한다.

"대부가 천하 대세에 어두운 점을 말씀드릴 테니 들어 보시오. 무릇 천하 대세가 변화하려면 '때[時]'와 '세勢'라는 두 가지의 원리가 조화를 이루어 나가야 하는 법이오. 그런데 지금은 '때'와 '세'가 서로 조화를 이루지 못해 모두가 유동적이오. 다시 말해서 누가 천하의 주인이 되느냐 하는 문제가 아직은 유동적이라는 말씀이오."

주숙은 그 말에 대해 즉석에서 반발하고 나온다.

"선생의 말씀대로 천하 대세가 유동적이라면, 역발산 기개세의 영웅인 항왕을 도와서 그를 천하의 주인으로 삼았으면 될 게 아니오?"

장량이 대답한다.

"매우 좋은 말씀이오. 그러나 항왕은 자기 자신의 용맹만 믿고 천명天命을 깨닫지 못한 사람이오. 그는 천하를 도모하려는 야망은 있어도 천하를 도모할 지략이 없는 것이 결점이란 말이오. 그는 관중關中을 버리고 도읍을 팽성으로 옮겨 감으로써 중심적인 위치에서 완전히 벗어난 사람이 되어 버렸소."

"그러면 선생은 한왕이 천하의 주인이 돼야 옳다는 말씀인가요?"

주숙의 감정적인 반격에, 장량은 조용히 손을 내저으며 다시 말한다.

"대부는 나의 말에 오해를 하고 계시는구려. 나는 다만 천하의 추세를 객관적으로 논평했을 뿐이지, 누가 천하의 주인이 돼야 옳고 누구는 천하의 주인이 되어서는 안 된다고 말하는 것은 아니오. 그점은 오해가 없기를 바라오."

그러자 이번에는 위표가 장량에게 묻는다.

"선생은 한왕 유방을 어떻게 보고 계시는지, 선생의 견해를 들어보고 싶소이다."

"대왕께서 부탁하시니 모든 것을 솔직히 말씀드리지요. 제가 보기에는, 한왕은 관상학상으로 보아도 제왕帝王의 상相을 선천적으로 타고나신 분이오. 게다가 천품이 관인대도寬仁大度하여 가는 곳마다 민심이 그분에게로 몰리오. 함양을 점령하는 데 피를 한 방울도 흘리지 않았으니, 그 어찌 '때'를 얻고 '세'를 얻은 어른이라고 아니 할 수 있으오리까?"

주숙은 아직도 반발심이 솟구쳐 올라서 다시 이렇게 따진다.

"그러나 군세軍勢에 있어서는 초나라가 한나라보다 우세한 편이 아니오?"

장량이 웃으며 대답한다.

"물론 지금으로 보아서는 한나라보다 초나라가 훨씬 우세한 편이지요. 그러나 항왕은 남의 조그만 잘못까지 책할 줄은 알아도, 커다란 은혜를 모르는 사람이오. 제나라와 양나라는 지금까지 항왕을 많이 도와 왔건만, 항왕은 지난날의 의리를 무시하고 지금 대군을 일으켜 제와 양을 치고 있는 중이오. 항왕은 그 두 나라를 정벌하고 나면 그 다음에는 이 나라로 쳐들어올 것인데, 그때에는 무슨 힘으로 항우를 막아낼 수 있겠소."

장량은 마침내 비수로 가슴을 찌르는 듯한 말을 토해 놓았다. 위표는 청천벽력 같은 장량의 말을 듣고, 주숙과 함께 소스라치게 놀란다.

"항왕이 대군을 일으켜 제나라와 양나라로 쳐들어가다뇨? 그게 무슨 말씀이시오?"

장량은 눈을 커다랗게 떠 보이며 대답한다.

"대왕께서는 그 사실을 아직도 모르고 계셨던가요? 두고 보십시오. 제나라와 양나라는 머지않아 항왕의 손에 쑥밭이 되고 말 것입니다. 그 다음에는 귀국이 항왕의 손에 쑥밭이 되어 버릴 차례라는 것을 아셔야 합니다."

"선생은 무슨 얼토당토않은 엄포의 말씀을……"

위표가 말은 그렇게 하면서도 등골이 오싹해 오는 공포감에 잠겨 있는데, 때마침 장수 하나가 급히 달려 들어오더니 큰소리로 이렇게 아뢰는 것이 아닌가.

"큰일났습니다. 초패왕이 대군을 일으켜 제나라와 양나라로 쳐들어갈 채비를 서두르고 있다고 하옵니다."

"뭐야? 그러면 장량 선생의 말씀은 모두가 사실이었단 말이냐?"

위표는 몹시 당황하여 이번에는 장량의 손을 덥석 붙잡으며 애원하듯 말한다.

"장량 선생! 우리가 한왕에게 귀순만 하면, 한왕은 어떤 경우에도 우리를 도와주실 것 같소이까?"

장량은 웃으며 대답한다.

"한왕은 하늘을 대신하여 불의를 정벌하는 어른이시오. 그토록 정의로우신 어른께서 어찌 자기한테 귀순해 온 선량한 나라를 도와주지 아니하겠소이까. 귀순만 하시면 한왕께서는 크게 기뻐하시며, 그때부터는 어떤 고난이라도 함께하실 것이 분명합니다."

위표는 그 말에 구세주를 만난 듯이 기뻐하며,

"그러면 한왕 앞으로 보내는 항표降表를 써드리고 공물貢物도 많이 보내 드릴 테니, 장량 선생이 수고스러우신 대로 한왕 전하에게 직접 전해 주실 수 없겠소이까?"

하고 말하였다. 장량은 내심 쾌재를 부른다.

"나라를 구하시겠다는데, 제가 어찌 도와 드리지 못하겠다고 말할 수 있으오리까. 그러나 그런 중대한 일에 제삼자인 제가 나선다는 것은 경우에 벗어나는 일이죠. 그러니까 주숙 대부를 보내신다면, 저도 같이 따라가서 모든 일이 원만히 해결되도록 조언助言은 해드리겠습니다."

장량은 주숙의 마음까지 돌려놓으려고 일부러 주숙을 끌어들였다. 그리하여 주숙은 항표와 많은 공물을 가지고 장량과 함께 함양으로 한왕을 만나러 떠났다.

일행이 함양에 도착하자, 장량은 한왕을 먼저 만나 지금까지의 경과를 상세하게 보고하니, 한왕은 춤이라도 출 듯이 기뻐하며 말한다.

"선생이 아니시면 그처럼 어려운 일을 누가 성사시킬 수 있었겠소이까. 주숙이라는 사람이 위왕의 항표를 가지고 왔다니, 지금 곧 만나 보기로 하지요."

주숙은 대궐로 들어와 한왕에게 큰절을 올리다가, 한왕의 얼굴이 신선처럼 거룩하고도 우아함에 깊은 감명을 받았다.

'과연 한왕은 장량의 말대로 제왕지상帝王之相임이 분명하구나. 항왕을 만났을 때에는 공포감에 몸이 떨려올 지경이었는데, 한왕은 마냥 인자하게만 느껴지니, 천하의 주인은 저런 사람이어야 할 것이 아니겠는가.'

주숙은 마음속으로 그런 생각을 하며 위표의 항표를 내놓았는데, 그 내용은 다음과 같았다.

서위왕 표는, 삼가 한나라 대왕 전하에게 항표를 올리옵니다. 대왕께서는 워낙 인덕이 품성하시와 삼진을 평정하시자, 인근 제후들이 모두가 초패왕을 등지고 한결같이 대왕 앞으로 귀순해 왔다 하오니, 진실로 축하의 말씀을 올리옵니다. 모든 물줄기는 흐르고 흘러서 결국에는 대해大海로 들어가듯이, 본인도 이제부터는 대왕의 어명을 충실히 받들고자 하오니, 대왕께서는 본인과 위나라의 민초들을 기꺼이 받아들여 주시옵기를 간절히 바라옵니다.

한왕이 위표의 항표를 읽어 보고 무척 기뻐하니, 주숙이 머리를 조아리며 아뢴다.

"대왕께서 말[馬]을 좋아하신다 하옵기에 '백벽白璧'이라는 이름의 명마도 한 필 끌고 왔사옵니다. 마음에 드실는지 한번 시승試乘을 해보아 주시옵소서."

한왕은 워낙 말을 좋아하는지라 주숙과 함께 밖으로 나와 말을

타 보니, 전신이 눈처럼 하얀 '백벽' 이라는 말은 과연 명마 중에서
도 명마였다.

한왕은 너무도 기뻐 주숙에게 융숭한 연락을 베풀어 주었다. 그
리고 다음날 아침 주숙이 돌아가려고 하자, 한왕은 위표에게 보내
는 답신答信을 손수 써주었는데, 그 내용은 다음과 같았다.

한왕은 서위왕 족하에게 친서를 보내오. 나는 귀왕의 명성을 들어 온
지 이미 오래오. 귀왕은 주왕周王의 후예로서 위나라 백성들에게 많은
인덕을 베풀고 있다는 사실도 잘 알고 있소이다. 그 후에 길을 잘못 들
어 초패왕과 손을 잡았다기에 매우 유감스럽게 여기고 있었는데, 이제
기왕의 잘못을 깨닫고 우리와 생사의 운명을 같이 하겠다니, 진실로 고
맙고도 기쁜 일이오. 이제 앞으로 우리는 함양을 중심으로 천하를 하나
로 통일하여, 생사와 고락을 같이하고 부귀와 영화를 함께 누려 가도록
합시다. 우리가 머지않은 장래에 한자리에서 만나, 이 기쁨을 함께 나눌
날이 있기를 바라오.

실로 친밀감과 우악감이 넘치는 친서였다. 서위왕 위표는 한왕의
친서를 읽어 보고 춤이라도 출 듯이 기뻐하며 말한다.

"아아, 한왕이라는 사람이 이렇게도 위대한 어른임을 나는 왜 이
제야 알게 되었을까."

신양申陽과 육가陸賈

장량은 서위왕西魏王 위표魏豹를 귀순시켜 버렸으니, 이제는 하남
왕河南王 신양申陽을 귀순시켜야 할 차례였다.

위표는 성품이 고지식하고도 직선적이어서 꼬임수를 쓰기가 매
우 용이하였다. 그러나 하남왕 신양은 사람됨이 약아빠진 데다가
이해 득실에 밝아서 위표처럼 쉽게 설복될 것 같지 않았다. 게다가
신양의 측근에는 육가陸賈라는 재주꾼이 붙어 있으므로, 장량은 신
양을 설득하기가 매우 어려울 것임을 미리 각오하고 있었다.

이러나저러나 하남왕까지 내 편으로 돌려놓지 않으면 대사를 도
모하는 데 많은 지장이 있을 것 같아서 장량은 한왕에게,

"신은 하남왕 신양을 귀순시키기 위해, 오늘로 길을 다시 떠나가
겠습니다."

하고 작별을 고했다. 한왕은 안타깝도록 섭섭하게 여기며 말했다.

"나는 언제든지 선생과 함께 있고 싶은데, 이번에도 오시자마자
또다시 떠나 가셔야만 합니까?"

"황은이 망극하옵나이다. 신 역시 대왕 전하 슬하에서 항상 모시

고 싶사오나, 천하 대시를 순조롭게 도모하기 위해서는 부득이 동분서주東奔西走하지 않을 수가 없는 형편이옵니다."

한왕은 장량의 두 손을 꼭 잡고 감격과 감사의 눈물을 짓는다.

"내가 선생을 얻게 된 것은 하늘이 내려 주신 은덕이오. 우리가 천하를 도모하고 나거든 선생은 언제까지나 내 곁을 떠나지 말아주소서."

장량은 두 번 절하고 한왕의 앞을 물러나오자, 곧 번쾌와 관영 두 대장을 불러 명한다.

"나는 이제부터 하남왕 신양을 귀순시키러 떠나는 길이오. 신양은 이해에 밝을 뿐만 아니라 몹시 약아빠진 사람이기 때문에 자칫 잘못하다가는 나 자신이 그들의 손에 생포되어, 팽성으로 끌려가게 될지도 모르오. 그러므로 그대들에게 군사 3천 기를 줄 테니 팽성으로 가는 길목에 매복해 있다가, 만약 내가 팽성으로 끌려가게 되거든 중도에서 나를 탈출시키도록 하시오."

그러고 보면 장량 자신은 생포될 것을 각오하고 비장한 길을 떠나는 것이 분명하였다. 그러나 장량은 태연스럽게 그 한 마디만 남기고 5, 6인의 종자를 거느리고 낙양으로 신양을 만나러 떠났다.

그로부터 며칠 후, 하남왕 신양은 대부인 육가와 함께 국정을 의논하고 있는데 근시近侍가 들어오더니,

"한왕의 신하인 장량이라는 사람이 대왕을 만나 뵙겠다고 찾아왔사옵니다."

하고 아뢰는 것이 아닌가. 신양은 매우 괴이하게 여기며,

"장량이 나를 만나러 왔다고……? 육 대부! 장량이 무슨 일로 나를 만나러 왔을까요?"

하고 육가에게 물어 본다.

육가는 지난 3년 동안 줄곧 한왕만 따라다니던 사람인지라, 한왕

과 장량과의 관계를 누구보다도 잘 알고 있었다. 그러기에 육가는 신양에게 이렇게 대답하였다.

"장량은 대왕을 설득하여 한왕에게 귀순시키려고 온 것이 분명합니다."

"나를 설득하여 한왕에게 귀순시키려고?"

"네, 그렇습니다. 장량은 한왕을 위해서는 둘도 없는 충신이라는 사실을 아셔야 합니다."

"음……. 그러면 장량을 만나 어떤 태도를 취해야 좋겠소?"

"글쎄올시다."

육가는 얼른 대답을 못 하고, 고개를 갸우뚱하며 깊은 생각에 잠겼다. 육가는 잔재주는 비상하여도 성품이 경솔하고 대세 판단에 어두운 편이었다.

육가는 본시 한왕이 신양을 귀순시키라고 보낸 사람이었다. 그러나 육가는 자기 가족들이 신양에게 특별한 도움을 받아 온 사실을 알고 나서부터는, 한나라에 돌아가기를 포기해 버리고 숫제 신양의 충복이 되어 버렸던 것이다.

육가는 오랫동안 깊은 생각에 잠겨 있다가, 문득 고개를 들며 말한다.

"대왕께서 한나라 편에 가담하시느냐 하는 문제는, 대왕께서 친히 결정하실 문제입니다. 한나라에 가담할 생각이 있으시거든 장량의 말을 뭐든지 들어 주시옵소서. 그러나 그와 반대로 초나라에 가담할 생각이 있으시거든, 장량을 생포하여 초패왕에게 갖다 바치도록 하시옵소서. 범증은 옛날부터 장량을 몹시 미워하고 있었기 때문에 장량을 초패왕에게 갖다 바치면, 대왕은 커다란 이득을 얻게 되실 것이옵니다. 옛날부터 전해 오는 말에 '한 사람을 해침으로써 커다란 모계를 성공시킨다〔害一人而成大謀〕'라는 말이 있사옵는데,

그 말은 바로 그런 경우를 두고 일러오는 말일 것입니다."

역시 눈앞의 잔재주에는 누구보다도 비상한 육가였다. 하남왕 신양은 그 말을 듣고 고개를 끄덕이며 말한다.

"나는 옛날부터 초나라를 섬겨 왔는데, 이제 와서 어찌 한나라를 섬길 수 있으리오. 더구나 내가 주종관계主從關係를 변경하여 한나라를 섬기게 되면, 항왕이 대로하여 우리 국토를 대번에 쑥밭으로 만들어 버리고 말 것이오."

"대왕의 결심은 잘 알겠습니다. 그처럼 기본 법칙이 결정되셨다면, 저는 이 자리를 피할 테니 장량을 이리로 불러들여 당장 생포해 버리도록 하시옵소서."

그리고 육가는 뒷문으로 총총히 자취를 감춰 버리는 것이었다.

한편, 장량은 신양에게 면회를 신청해 놓고 대기실에서 기다리고 있었건만, 한나절이 지나도 신양에게서는 들어오라는 기별이 없었다.

'무엇 때문에 사람을 이토록 기다리게 하는 것일까. 신양은 이해에 밝은 사람이고 그의 친구인 육가도 잔재주가 비상한 사람이니까, 그들은 필시 이마를 맞대고 나를 해치려는 음모라도 꾸미고 있는가 보구나!'

장량은 신양과 육가의 사람됨을 너무도 잘 알고 있기에 애초부터 그런 일은 각오하고 있었다. 그러기에 번쾌와 관영에게 3천 군사를 주면서, '만약 자기가 팽성으로 사로잡혀 가게 되거든 중도에서 탈환해 주도록' 미리 대비책까지 세워 놓고 나서 신양을 만나러 온 것이 아니었던가.

장량이 신양에게 면회를 신청한 것은 아침 나절이었다. 그러나 신양에게서는 석양이 다 되어서야 만나 보겠다는 전갈이 나왔다. 그도 그럴 것이 육가와 쑥덕 공론을 하느라고 시간이 걸린 데다가 장량을 생포하기 위해서는 많은 군사들도 미리 배치해 놓아야 했기 때문이었다.

장량은 접견실로 들어와 신양의 태도를 보는 순간,

'역시 내 추측이 틀림이 없었구나!'

하는 직감이 번개같이 느껴졌다. 왜냐하면, 신양은 손에 장검을 들고 살기가 등등한 시선으로 장량을 노려보고 있었기 때문이었다. 장량이 접견실로 들어와 두 손을 모아 잡고 수인사를 올리자, 신양은 다짜고짜 큰소리로 외친다.

"장량은 듣거라. 그대는 나를 한왕에게 귀순시키려고 온 것이 아니냐. 얼마 전에 초패왕께서는 나에게 '장량의 행방을 알고 있거든, 그자를 팽성으로 신속히 잡아 보내라'는 명령이 계셨다. 그런데 그대가 제 발로 걸어왔으니, 그대를 그냥 돌려보낼 수는 없는 일이 아니냐."

그리고 이번에는 좌우에 서 있는 군사들에게 명한다.

"여봐라! 이 자를 당장 결박을 지어라!"

실로 날벼락 같은 봉변이었다. 장량은 이미 각오한 바가 있었기에 조금도 당황해 하지 않았다. 아니 대비책을 미리 펴놓고 있었기에, 오히려 입가에 가벼운 미소조차 지으며 군사들의 결박에 순순히 응해 주었다. 결박이 끝나자 신양이 측근에게 명한다.

"이 자를 생포해 놓았으니, 육 대부를 들어오시라고 일러라."

잠시 후에 육가가 들어오는데, 육가는 장량을 외면하고 있었다.

신양은 육가와 상의한다.

"곽미郭靡 장군에게 군사 백 명을 주어 지금 당장 항왕에게 갖다 바칠까 하는데, 육 대부는 어떻게 생각하시오?"

신양의 질문에 대해 육가가 대답한다.

"곽미 장군으로서는 항왕 폐하를 직접 만나 뵙기가 어려울 것이옵니다. 그러므로 저를 같이 보내 주시옵소서. 항왕이 제나라와 양나라를 정벌하는 일이 어떻게 되어 가고 있는지도 알아보고 싶고, 범증 군사와의 친분도 돈독하게 하려면 이 기회에 제가 같이 가야만 좋을 것 같사옵니다."

"그거 참 좋은 생각이오. 그러면 예물禮物을 많이 장만해 줄 테니, 육 대부가 같이 가도록 하시오."

이리하여 육가와 곽미는 장량을 생포해 팽성으로 길을 떠났다.

그런데 그들이 낙양을 떠나 50리쯤 갔을 때의 일이었다. 저 멀리 숲 속에서 별안간 한 떼의 군사가 이리로 몰려오고 있는데, 대장 하나가 선두에서 비호같이 달려나오며 이렇게 외쳐대는 것이었다.

"너희놈들이 누구를 붙잡아 가지고 어디로 간다는 것이냐. 장량 선생을 당장 내놓지 않으면, 한 놈도 살려 두지 않고 모조리 죽여 버리리라."

그렇게 외치며 덤벼 오는 장수는 다른 사람 아닌 번쾌 장군이었다. 그러나 그 사람이 천하의 맹장인 번쾌임을 알 턱 없는 곽미는 칼을 뽑아 들고 선두로 달려나오며 무섭게 엄포를 놓는다.

"이 무지막지한 산적 놈아! 네놈은 내가 '낙양의 곽미 장군'이라는 것도 모르느냐. 나는 장량을 사로잡아 팽성으로 가는 길이니 죽고 싶지 않거든 당장 비켜나거라……."

번쾌는 한바탕 웃고 나서 외친다.

"네가 누구인지는 알 바 아니다. 잔소리 말고 빨리 장량 선생이나 내놓아라!"

곽미는 사태가 심상치 않음을 알자, 장검을 휘날리며 번쾌에게 덤벼들었다. 그러나 곽미는 번쾌의 상대가 되지 않았다. 번쾌가 2, 3합쯤 싸우다가 곽미의 목을 한칼에 날려 버리니, 뒤에 따라오던 군사들은 장량을 내버려 둔 채 제각기 도망을 쳐버리는 것이었다.

육가도 정신없이 도망을 치기 시작했음은 말할 것도 없었다. 그러나 번쾌는 날듯이 추격하여 육가만은 기어코 붙잡아 오고야 말았다. 장량은 참선이라도 하듯 숲 속에 조용히 앉아 있다가, 육가를 보고 가볍게 꾸짖으며 말한다.

"한왕에게 3년간이나 총애를 받아 온 그대가 한왕을 배반한 것은 너무 심하지 않은가. 그대는 나까지 생포하여 항왕에게 바치려고 했으니, 어찌 그럴 수가 있는가?"

육가는 얼굴을 들지 못하고 오랫동안 침묵에 잠겨 있었다. 그러다가 문득 자기 변명을 이렇게 늘어놓는다.

"내가 한왕을 따라다닌 것은 일시적인 객기客氣에 불과했었소. 선생이 한韓나라를 도우려고 하는 것과 마찬가지로, 나도 나의 고국인 위魏나라를 돕기 위해 그랬을 뿐이오."

육가는 꾀가 많은 사람인지라, 자기 변명을 위해 장량을 물고 늘어졌다. 장량은 육가의 변명을 듣고 너털웃음을 웃었다.

"허허허, 처녀가 아기를 낳아도 할말이 있다더니, 그대의 변명이 아주 그럴듯하네그려. 그러나 그것은 이치에 합당치 않은 교언巧言일 뿐일세. 한왕은 인덕이 풍부하신 임금이시고 항왕은 광포한 폭군일 뿐인데, 신양을 어찌하여 한나라에 귀순시키지 않고 만고의 폭군인 항왕의 그늘로 몰고 가려고 했단 말인가?"

육가가 대답한다.

"신양은 본시 초나라에서 관직을 받은 사람이므로, 그의 뜻은 언제나 초나라에 있었소. 나는 그 사실을 잘 알고 있었기 때문에 선생을 생포하여 항왕에게 바침으로써 공을 세워 보려 했던 것이오."

번쾌가 그 말을 듣고 크게 노하여,

"네놈이 장량 선생을 생포해다가 항왕에게 바쳐서 공을 세우려고 했다니, 나는 네놈을 생포해다가 한왕에게 바쳐서 공을 세워야 하겠다."

하고 말하며 육가를 결박 지어 귀로에 올랐다.

한편 번쾌에게 쫓긴 도망병들이 본영으로 돌아와서 모든 일을 사실대로 고하니 신양은 크게 놀라며,

"도대체 도중에 어떤 놈들이 나타났기에 장량을 빼앗기고, 곽미 장군이 전사까지 했다는 말이냐. 그런 놈들을 그냥 내버려 둘 수 없으니, 내가 직접 나가서 본때를 보여 줘야 하겠다."

라고 말하며 천여 기를 거느리고 현장으로 달려나왔다. 그러나 사건이 발생했던 현장을 숲 속까지 샅샅이 뒤져 보아도 사람이라고는 그림자도 없지 않은가. 신양은 육가의 생사가 몹시 걱정스러워 지나가는 사람들을 붙잡고,

"그대들은 혹시 이 부근에서 군사들이 지나가는 것을 보지 못했는가?"

하고 여러 차례 물어 보았다. 그러나 그들은 모두가 한결같이,

"저희들은 지금 산을 넘어오는 길이지만, 아무도 만난 사람은 없사옵니다."

하고 대답하는 것이 아닌가.

신양은 점점 괴이쩍어서 날이 어두워질 때까지 육가의 행방을 열심히 찾고 있노라니까, 돌연 숲 속에서 장수 하나가 횃불을 밝혀 들고 비호같이 나타나더니,

"나는 한나라의 대장 번쾌로다. 장량 선생의 특별 분부에 의하여 너를 죽이지는 아니하고, 다만 사로잡아 가기만 하겠다."

하고 외침과 동시에 눈 깜짝할 사이에 신양을 말에서 끌어내려 결박을 지어 버리는 것이었다. 번쾌의 행동이 어떻게나 민첩했던지, 신양은 자기도 모르는 사이에 포로가 되어 버렸다.

이윽고 한나라 군사들이 진을 치고 있는 곳으로 신양이 끌려오

자, 장량은 촛불을 밝혀 들고 마중을 나오더니 신양의 결박을 손수 끌러 주고, 그에게 큰절을 올리며 말한다.

"번쾌 장군이 분별없게도 대왕에게 결박을 지은 무례를 용서하소서."

"……."

신양은 너무도 뜻밖의 예의에 어리둥절하였다. 장량은 신양을 부중府中으로 모시고 올라와 자리를 마주하며 말한다.

"실은 한왕께서는 천하 대사를 귀왕과 함께 도모하시고자, 저더러 그 뜻을 전달하라는 분부가 계셔서 제가 대왕을 찾아갔던 것이옵니다. 그러나 대왕께서는 다짜고짜로 저를 생포하여 항왕에게 바치려고 했었습니다. 저는 그런 일이 있으리라 미리 짐작하고 있었으므로 도중에 군사를 미리 매복시켜 놓았던 덕택에, 이렇게 무사할 수 있었습니다."

신양은 장량의 명감明鑑에 놀라움을 금치 못했다. 장량이 다시 말한다.

"우리는 지금 육가를 생포해 놓고 있는데, 육가는 '하남왕을 생포하더라도 제발 죽이지는 말아 달라'는 간청이 있었습니다. 그러기에 저는 번쾌 장군에게 '하남왕을 생포해 오되 죽이지는 말라'는 특별 명령을 내렸던 것이옵니다. 그러잖아도 한왕은 인자하신 어른인지라, 귀왕이 일시적인 과오를 범했다고 해서 사람을 함부로 살해할 어른은 아니십니다. 귀왕이 지금이라도 전비前非를 깨닫고 한나라에 귀순만 해주신다면, 지금까지 누려 오시던 부귀와 영화는 그대로 누릴 수 있게 될 것입니다. 그 점은 제가 책임지고 약속할 테니, 저를 믿어 주시옵소서."

장량은 시종 일관 정중하게 타일렀다. 신양은 장량의 정중한 태도에 크게 감동되어 이렇게 말했다.

"육 대부가 어디 있는지, 육 대부를 잠깐만 만나게 해주소서. 육 대부와 상의하여 나의 태도를 결정하겠소이다."

"지당하신 말씀, 육 대부를 곧 이 자리에 불러오겠습니다."

잠시 후에, 육가가 들어오더니 신양에게 눈물을 흘리며 말한다.

"대왕께서는 부디 장량 선생의 말씀대로 한나라에 귀순을 하시옵소서. 장량 선생은 우리들에게 생포되어 팽성으로 끌려갈 것을 미리 알고 계셔서, 도중에 군사까지 배치시켜 놓았던 것입니다. 그나 그뿐입니까. 주공께서 낙양성을 나오시자, 한나라의 장수 관영은 장량 선생의 명에 의하여 낙양성을 이미 점령해 버려서 주공은 돌아가실 근거지조차 없어진 셈이옵니다. 한왕은 워낙 인덕이 풍성하시므로 주공께서 지금이라도 귀순만 하시면, 모든 잘못을 깨끗이 용서해 주실 것이옵니다."

신양은 고개를 무겁게 끄덕이며,

"이제 깨닫고 보니, 과연 내가 어리석었소이다. 장량 선생은 나의 귀순할 뜻을 한왕 전에 꼭 전달해 주소서."

장량은 그 말을 듣고 크게 기뻐했다.

"대왕께서 한왕에게 귀순할 결심을 굳히셨다니 반갑고도 기쁘옵니다. 그러면 우리가 다 같이 일단 낙양성으로 돌아가서 육 대부를 함양으로 보내, 한왕에게 그 뜻을 알려 드리기로 하십시다."

세 사람이 말을 나란히 달려 낙양성으로 돌아와 보니, 낙양성 위에는 어느 새 한나라의 붉은 깃발이 수없이 펄럭이고 있었다. 신양과 육가는 그 광경을 보고, 장량의 초인적인 지략에 새삼 탄복을 금치 못했다.

태공太公과 유방의 상봉

삼진三秦을 비롯하여 서위왕西魏王 위표와 하남왕河南王 신양을 모두 귀순시키고 나니, 한나라의 세력은 날이 갈수록 강대해졌다. 그에 따라 인근 각지의 제후諸侯들도 앞을 다투어 한왕의 휘하에 들어올 것을 자진하여 요청해 올 지경이었다.

'이제 남은 문제는 오직 초패왕 항우를 정벌해 버리는 일뿐이로구나.'

생각이 거기에 미치자, 한왕은 한숨이 절로 나왔다. 그것은 초패왕이 두려워서 그러는 것은 아니었다. 한왕 자신의 늙은 부모들이 초패왕의 손에 볼모로 잡혀 있기 때문이었다. 항우를 함부로 쳐부수려다가는 부모님의 생명이 무사할 것 같지 않았기 때문이었다.

한왕은 그 문제로 밤잠을 제대로 이루지 못하고 있는데, 하루는 한신이 입궐하여 아뢴다.

"위표와 신양을 모두 귀순시켰으므로, 이제는 최후로 항왕을 정벌해 버릴 차례가 되었습니다."

그러자 한왕은 자기도 모르게 한숨을 쉬며,

"초나라에 섣불리 덤벼들다가는 항우의 손에 억류되어 계신 부모님의 생명이 위험할 것 같은데, 그 일을 어찌했으면 좋겠소?"
하고 자신의 고민을 솔직하게 고백하였다. 한신은 머리를 조아리며
아뢴다.

"신 등臣等은 대왕 전하의 고충을 충분히 짐작하고 있사옵니다.
그러기에 군사 행동을 일으키기 이전에 우선 태공太公 내외분부터
이 곳으로 모셔 올 계획을 강구하고 있는 중이옵니다."

한왕은 그 말에 귀가 번쩍 뜨이는 것만 같아서,

"고마우신 말씀이오. 그러나 항우의 손에 억류되어 계신 부모님
을 무슨 재주로 빼앗아 올 수 있겠소?"

한신이 머리를 조아리며 자신 만만하게 대답한다.

"계교만 잘 쓰면 세상에 불가능한 일이 어디 있겠습니까. 매우 외
람된 말씀이오나, 신이 목숨을 걸고 태공 내외분을 이곳으로 모셔
오도록 하겠습니다."

한왕은 너무도 감격스러워 한신의 손을 움켜잡고 눈물을 흘리며
말한다.

"항우의 손에서 갖은 고초를 겪고 계실 부모님을 구출해 주신다
면, 그 은공은 눈에 흙이 들어가도 못 잊겠소이다."

"염려 마시옵소서. 신이 태공 내외분을 기어이 구출해 오도록 하
겠습니다."

한신은 어전을 물러나오자, 곧 모든 장수들을 한자리에 불러 놓
고 이렇게 문의하였다.

"여러 장군들도 잘 알고 계시다시피, 대왕의 양친兩親은 지금 초
패왕 항우의 손에 볼모로 붙잡혀 계시오. 그러기에 태공 내외분을
빼앗아 오기 전에는, 우리는 항우를 절대로 정벌할 수가 없게 되어
있소. 왜냐하면 섣불리 군사를 일으켰다가는, 태공 내외분께서 그
날로 항우의 손에 살해될 것이 분명하기 때문이오. 따라서 태공 내

외분을 우리가 반드시 탈환해 와야만 하겠는데, 여러분들은 좋은 계교가 있거든 말씀해 보시오."

다른 사람도 아닌 초패왕의 손에서 볼모를 빼앗아 온다는 것은 하늘에서 별을 따기보다도 어려운 일이었다. 그러기에 만당滿堂한 장수들은 고개를 수그린 채 아무도 말이 없었다. 한신이 다시 입을 열어 말한다.

"우리가 머리를 쓰기에 따라서는 세상에 불가능한 일이란 있을 수 없는 법이오. 물론 항우의 손에서 사람을 빼앗아 오기가 결코 쉬운 일은 아닐 것이오. 그러나 우리 손으로 직접 빼앗아 오기는 어려울지 몰라도, 제삼자의 힘을 빌리는 간접적인 수단을 쓰면 결코 불가능한 일은 아닐 것이오. 그런 수단을 한번 강구해 보기 바라오."

그러자 말석에 있던 왕릉王陵이라는 장수가 손을 들고 일어나서 말한다.

"소장은 일찍이 남양南陽에 있을 때 주길周吉과 주리周利라는 두 의사義士들과 가깝게 지낸 일이 있었습니다. 그들 형제는 2천여 명의 부하를 거느리고 양민良民들을 보호해 주며 농사를 지어 먹고 살아갔는데, 지금은 그들의 부하가 2만 명으로 늘어났다고 들었습니다. 그러므로 태공을 탈환해 오는 일을 그들에게 부탁해 보면 어떨까 싶사옵니다."

한신은 왕릉의 말에 귀가 번쩍 뜨였다.

"그거 참 좋은 생각이오. 그들이 왕 장군의 부탁을 틀림없이 들어 줄 것 같소?"

왕릉이 대답한다.

"그들 형제는 의협심이 워낙 강하여 의로운 일을 위해서는 목숨을 아끼지 않는 사람들이옵니다. 게다가 소장하고는 친분이 워낙 두텁기 때문에, 제가 부탁하면 결코 거절은 아니 할 것이옵니다."

"그러면 됐소. 왕 장군에게 그 일을 꼭 부탁하오."

한신이 간곡하게 부탁하자 왕릉이 다시 입을 열어 말한다.

"소장이 출발하기에 앞서, 대원수에게 부탁 말씀이 있사옵니다."

"무슨 애긴지 어서 말씀해 보오."

"주길과 주리 형제가 수단 방법을 교묘하게 써서 태공 내외분을 탈환해 오게 되면, 항우는 반드시 대군을 일으켜 맹렬히 추격해 오게 될 것입니다. 그들 형제의 병력만으로는 항우의 추격을 막아낼 길이 없을 것이므로, 대원수께서는 그에 대한 방비책을 미리 강구해 주시기 바라옵니다."

"참으로 좋은 제안이오. 그러잖아도 나는 그런 경우에 대비해 5만 군사를 미리 배치해 놓을 생각이었소. 만약 이번 일이 성공하는 날이면, 왕 장군은 개국 공신 중에서도 일등 공신이 될 것이니 왕 장군은 지금 곧 나와 함께 입궐하여 대왕의 윤허를 받기로 합시다."

그리하여 한신은 왕릉을 데리고 즉시 입궐하였다. 한신이 왕릉을 대동하고 입궐하여 '태공 구출'의 계획을 보고하니 한왕은 뛸 듯이 기뻐하며 말한다.

"나는 부모님을 못 뵈온 지가 어느덧 3년이 넘었소. 늙으신 어른들이 그동안에 얼마나 많은 고초를 겪고 계시는지 그 일을 생각하면, 지금도 잠을 이루지 못하오. 왕 장군은 나의 부모님을 부디 구출해 주기 바라오. 부모님만 모셔 오면, 나는 마음놓고 초나라를 칠 수가 있을 것이오."

왕릉이 아뢴다.

"황은이 망극하옵나이다. 신이 무슨 수단을 써서라도 태공 내외분을 모셔 오도록 할 터이오니, 대왕께서는 태공 앞으로 보내시는 친필을 한 장만 써주시옵소서. 그래야만 태공께서 신을 믿으시고 따라오실 것이옵니다."

"오오, 그거 참 그렇구려. 부모님께서도 나의 친필을 알아보시고 얼마나 기뻐하시겠소. 그 일을 상상하니 눈물을 억제할 길이 없구려."

한왕은 눈물을 흘려 가며 즉석에서 친서를 써주었다.

왕릉은 그날로 장사꾼으로 변장하고 팽성을 향하여 길을 떠났다.

한편, 초패왕 항우는 군사를 일으켜 제齊와 양梁을 먼저 정벌하고 나서, 한漢나라는 그 다음에 정벌하려고 출진을 서두르고 있는데 때마침 비마가 달려오더니,

"황제 폐하! 서위왕 위표와 하남왕 신양이 모두들 한나라에 귀순했다고 하옵니다."

하고 전하는 것이 아닌가.

"뭐야? 위표와 신양이 한나라에 귀순을 했다고? 그놈들은 내가 직접 키워 놓은 놈들인데 배은망덕한 것들 같으니! 그놈들이 그럴 수가 있느냐?"

항왕은 분하여 주먹으로 용상을 치다가, 범증을 불러 상의한다.

"서위왕 위표와 하남왕 신양이 근자에 와서 나의 명령을 가끔 거역하기에, 나는 버릇을 고쳐 주기 위해 그놈들을 쳐부수려고 했는데 그놈들이 모두들 한나라에 귀순을 해버렸다니, 이를 어찌했으면 좋겠소. 더구나 한신이란 놈은 파촉에서 나와 가지고 나의 영토를 7천여 리나 무단 점령을 해버렸으므로, 나는 그놈들을 한꺼번에 쳐 없앨까 싶은데, 아부께서는 그 점을 어떻게 생각하시오?"

범증이 심사숙고하다가 대답한다.

"한나라에 귀순한 사람은 위표와 신양만이 아니옵고, 지금 모든 인심이 한결같이 한나라로 기울어져 가고 있사옵니다. 천하대세가 그처럼 변화해 가고 있는 이 때에, 팽성을 비워 놓고 원정의 길에 오르셨다가, 만약 적이 팽성을 공략해 오면 무슨 힘으로 그들을 막

아낼 수 있겠습니까. 무엇보다도 급선무는 풍패豐沛에 억류중인 한왕의 부모와 그들의 일가족들을 팽성으로 몽땅 옮겨다가 인질人質로 잡아 두는 일이옵니다. 그러면 한신은 절대로 침범해 오지 못할 것이니, 우리는 인질을 교묘하게 이용해 가면서 때를 기다려 일거에 쳐부숨이 좋을 줄로 아뢰옵니다."

초패왕 항우는 범증의 계교를 듣고 무릎을 치며 감탄한다.

"그거 참 절묘한 지략이오. 유방의 부모와 그들의 일가족을 몽땅 볼모로 끌어다 놓으면, 유방은 에미 애비가 죽을까 두려워 함부로 덤벼 오지 못할 것이오. 우리는 우선 볼모를 붙잡아다 놓고 나서, 저들을 근본적으로 때려부술 계략을 세우기로 합시다."

이리하여 항우는 즉석에서 대장 유신劉信을 불러 긴급 명령을 내린다.

"유신 장군은 군사 1천 명을 거느리고 패현沛縣으로 달려가, 유방의 애비 에미를 비롯하여 유씨 일문劉氏—門을 모조리 붙잡아 오라. 유씨 성을 가진 놈은 단 한 놈이라도 남겨 두어서는 절대 안 된다."

유신은 1천 군사를 거느리고 패현으로 달려와 풍패라는 마을을 포위하고 유씨 성 가진 사람을 모조리 붙잡으니, 유방의 친척이 무려 120여 명이나 되었다. 유신은 그들을 생선 두릅처럼 오라에 묶어 팽성으로 돌아오기 시작하였다.

그런데 그들이 풍패를 떠나 30리쯤 왔을 때의 일이다. 별안간 우거진 숲 속에서 철포鐵砲 소리가 나더니, 두억시니 같은 장수 세 명이 숲 속에서 달려나오며,

"한왕의 종친들을 모두 우리에게 넘겨라! 그렇지 않으면 너희놈들을 한 놈도 살려 두지 않으리라."

하고 벼락 같은 호통을 지르는 것이 아닌가. 유신은 크게 노하여 앞으로 달려나와 엄포를 놓는다.

"우리들은 항왕 폐하의 명령에 의하여, 태공太公 일족을 잡아 오는 길이다. 도대체 너희들은 어떤 놈들이기에 우리의 앞길을 막고 행패를 부리느냐?"

그러자 한 장수가 벼락같이 달려오며,

"이놈아! 말로 타일러서 모르겠거든 죽어 봐야 알겠다는 말이냐?"

하고 외치는 동시에, 유신의 목을 한칼에 날려 버리는 것이었다.

사태가 그렇게 되고 보니, 남은 군사들은 유씨 일족을 그냥 내버려 둔 채 사방으로 도망을 쳐버린다.

세 장수는 오라에 묶여 있는 사람들을 모조리 풀어 주고, 태공 내외에게 큰절을 올리며 말한다.

"태공 내외분께서는 이제 마음을 놓으시옵소서. 저희들이 조금만 늦게 왔더라면 두 어른께서는 큰일날 뻔하셨습니다. 모두가 한왕 전하의 홍복인 줄로 아뢰옵니다."

노부부는 영문을 몰라 어리둥절하며 반문한다.

"세 분 장수들은 도대체 어떤 분들이기에, 우리 두 늙은이를 고맙게도 이렇게 구출해 주시오?"

그러자 세 장수 중에서 젊은 장수 하나가 앞으로 다가와 대답한다.

"저는 한왕의 휘하에 근무하는 왕릉이라는 장수이옵고, 이 두 사람은 남양에 사는 주길과 주리라는 두 의사義士들이옵니다. 우리 세 사람이 태공을 모시러 왔사오니, 이곳을 빨리 떠나십시다."

태공으로 보면, 자기를 구해 준 세 명의 장수들이 모두 다 고마운 사람임에는 틀림이 없었다. 그러나 생면 부지의 사람들이 아무 까닭도 없이 자기를 구해 줄 리도 없으려니와, 도대체 어디로 가자는 것인지 그것도 불안하기 짝이 없었다. 물론 왕릉이라는 장수는 '한왕의 휘하에 근무하는 사람'이라고 말하기는 했지만, 세상이 하도 험악하니 그 말인들 어떻게 믿을 수 있을 것인가. 태공은 잠시 머뭇

거리다가 조용히 입을 열어 묻는다.

"세 분은 우리 일행을 어디로 데리고 가려는 것인지, 행방이나 좀 알고 갑시다."

왕릉은 태공이 불안해하는 심정을 그제야 깨닫고, 품속에서 '한왕의 친서'를 꺼내 주며 말한다.

"저희들이 한왕 전하의 친서를 가지고 왔사오니 이 친서를 읽어 보시고, 저희들을 조금도 의심치 말아 주시옵소서."

태공은 아들의 친서를 읽어 보고 눈물을 흘리며 말한다.

"오오, 이 편지는 틀림없는 내 아들 방邦의 필적이오. 세 분은 나의 아들의 부탁을 받고 나를 구하러 오셨음이 분명하니, 우리 일행은 당신네를 믿고 어디로든지 따라가겠소."

"고마우신 말씀입니다. 적이 언제 어디로부터 추격해 올지 모르니, 이곳을 빨리 떠나셔야 합니다."

일행은 함양을 향하여 길을 재촉하였다. 한편 초군 대장 유신이 전사하자 그의 부하들은 팽성으로 급히 돌아가, 항왕에게 이렇게 보고하였다.

"저희들은 태공 일가족을 압송해 오다가 산중에서 산적을 만나 유신 장군이 전사하는 바람에 태공 일가족을 죄다 산적들에게 빼앗기고 말았습니다."

초패왕 항우는 그 말을 듣고 길길이 노하며 외친다.

"패현에 무슨 산적이 있다는 말이냐. 그자들은 유방이 보낸 한나라 군사들임에 틀림없다. 그놈들은 함양으로 갔을 것이 분명하니, 지금 곧 군사를 동원하여 어떤 일이 있어도 그놈들을 붙잡아 와야 한다."

그리고 즉석에서 대장 영포英布와 종이매鍾離昧를 불러 서슬이 푸르게 군령을 내린다.

"군사 3천 기를 줄 테니, 그대들은 무슨 수를 써서라도 유씨 일가 족을 모조리 탈환해 오라."

한편, 왕릉은 적의 추격이 반드시 있을 것을 알았기에, 밤에도 자지 않고 함양으로 함양으로 길을 재촉하였다. 그러나 유씨 일문 중에는 부녀자들과 노약자들도 많이 섞여 있어서, 빨리 가고 싶어도 빨리 갈 수가 없었다.

그런 대로 길을 재촉하다가 하남 땅을 지났을 무렵에 문득 뒤를 돌아보니, 저 멀리 지평선 저편에서 먼지 구름이 자욱하게 일어나며 한 떼의 군사들이 질풍처럼 몰려오고 있지 않은가. 확인을 하나마나, 그들은 초군 추격대임이 틀림없으므로 왕릉은 주길과 주리에게 말한다.

"초군 추격대가 지금 우리의 덜미를 눌러 오고 있는 중이오. 부득이 나는 태공 내외분만을 모시고 먼저 달아날 테니, 두 분은 이곳에 머물러 있다가 여기서 적을 저지시켜 주면 고맙겠소이다."

주길과 주리가 입을 모아 대답한다.

"그거 참 좋은 생각이오. 우리는 여기서 적을 최후까지 저지할 테니, 장군은 태공을 모시고 빨리 떠나가시오."

왕릉이 태공을 모시고 떠나간 지 얼마 되지 않아, 초군 추격대가 노도와 같이 몰려왔다. 영포와 종이매가 장검을 휘둘러 덤벼 오며, 큰소리로 엄포를 놓는다.

"역적놈들아! 태공을 빨리 내놓아라! 그러잖으면 너희놈들을 모조리 죽여 없애리라."

주길과 주리가 당당하게 말을 달려나오며 맞선다.

"우리들은 한왕의 명령으로 태공을 모시러 온 한나라 군사들이다. 너희들이 무슨 권리로, 우리에게 태공을 내놓으라 말라 하느냐. 너희들이 태공을 빼앗아 가려고 굳이 행패를 부리면, 너희들의 목을 날려 버리는 수밖에 없겠다."

영포가 크게 노하며 번개처럼 덤벼 오며,

"이놈들아! 누가 누구의 목을 날려 버린다는 말이냐!"

하고 외치는 바람에 마침내 싸움은 벌어지고야 말았다. 영포는 천하의 맹장이었다. 그러나 주길과 주리 형제도 결코 만만하지가 않아서, 1대 2의 치열한 싸움이 50여 합이나 계속되어도 승부는 가려지지 않았다.

마침 그때, 초군 진지에서 '정전停戰'을 명령하는 징소리가 요란스럽게 울려 왔다. 영포는 마지못해 싸움을 거두고 돌아와, 대장 종이매에게 불평을 털어놓는다.

"그놈들을 모조리 죽여 없앨 생각이었는데, 장군은 무슨 까닭으로 정전 명령을 내리셨소?"

종이매는 아무 대꾸도 없이 적의 후방을 가리켜 보이며,

"적의 후방에서 먼지 구름이 요란스럽게 일어나는 것으로 보아 적은 후방에 복병伏兵을 수없이 대기시켜 놓고 있음이 분명하오. 그렇다면 우리 병력으로써는 적을 당해 내기가 어려울 것이니, 오늘은 일단 팽성으로 돌아갔다가 후일에 많은 군사를 거느리고 다시 오는 것이 현명할 것 같소이다."

하고 말하는 것이 아닌가. 그 말에 영포는 화를 벌컥 내며,

"에이 여보시오. 여기까지 왔다가, 적을 눈앞에 두고 그냥 돌아간다는 것이 말이나 되는 소리요? 나는 저놈들을 죽여 버리고, 볼모를 기어코 빼앗아 가고야 말겠소."

그리고 말머리를 돌려 일선으로 다시 달려나오니, 종이매도 어쩔 수 없이 뒤를 따라왔다. 그로 인해 피아간에 살기는 더욱 등등해졌다.

영포가 번개같이 달려나오며 주길의 목을 대번에 날려 버리니,

주리가 크게 노하여 단독으로 덤벼들었다. 그러나 주리는 영포의 상대가 되지 않았다. 영포는 4, 5합쯤 싸우다가 주리를 한칼에 찔러 죽이고, 그때부터는 3천 군사를 모조리 쳐부수기 시작하였다.

완승完勝을 거두고 보니, 해는 어느덧 저물어 가고 있었다. 영포가 산기슭에 진을 친 뒤 군사들을 쉬게 하고 있노라니까, 종이매가 달려와 말한다.

"장군의 용맹은 천하 무적이었소. 장군이 아니었다면 누가 두 장수를 한꺼번에 베어 버릴 수 있었겠소이까!"

영포가 어깨를 으쓱하며 대답한다.

"장군이 뒤에서 응원을 해주었기 망정이지, 나 혼자의 힘으로야 어떻게 완승을 할 수가 있었겠소."

종이매가 다시 말한다.

"저 멀리서 먼지 구름이 끊임없이 일어나고 있는 것을 보면, 적의 복병이 있는 것은 분명한 것 같구려. 오늘 밤에는 경계를 엄하게 해야 하겠소."

"물론 그래야 하겠지요. 오늘 밤에 아무 일도 없으면 내일 새벽에는 우리가 또다시 추격을 개시해야 하겠소."

한편, 왕릉은 태공을 모시고 결사적으로 달아나고 있었다. 그러다가 얼마 후에 소식을 듣고 보니, 주길과 주리의 형제가 모두 다 전사했다는 것이 아닌가.

왕릉은 크게 놀라며 더욱 앞길을 재촉하고 있는데, 영포와 종이매의 군사들이 어느덧 덜미를 눌러 오고 있었다.

'이제는 죽었구나!'

왕릉은 그렇게 생각하면서도 결사적으로 말을 달려나가고 있노라니까, 홀연 좌우편 숲 속에서 수만 군사들이 한꺼번에 함성을 지르며 일어나더니, 초나라 군사들을 사정없이 때려부수는 것이 아닌가.

그제야 깨닫고 보니, 붉은 깃발을 휘두르며 적을 때려부수는 장수는 한나라의 대장인 주발과 진무가 아닌가. 그들은 한신의 명령에 의해 숲속에 매복해 있다가, 맹렬하게 추격해 오는 영포와 종이매의 군사들을 풀 베듯이 후려치고 있었던 것이다.

그리하여 왕릉이 태공을 함양으로 무사히 모셔 오자, 한왕은 문무 백관들을 거느리고 성문 밖까지 마중을 나와 눈물로 태공에게 아뢴다.

"불효 막급한 소자가 항우의 계략에 속아, 늙으신 부모님에게 수다한 고초를 드리게 되어 여쭐 말씀이 없사옵니다."

태공 내외는 아들의 어깨를 정답게 두드려 주며 오히려 아들을 위로해 준다.

"너는 영웅답지 못하게 무슨 못난 소리를 하고 있느냐. 네가 천하를 얻기까지는 우리가 다 같이 고초를 겪어야 할 것은 너무도 당연한 일이 아니겠느냐?"

실로 감격적인 부자 상봉의 광경이었다.

(제 ④ 권에 계속)

소설 초한지 ③

2003년　1월　10일　초판　1쇄 발행
2023년　6월　30일　초판　18쇄 발행

지은이　정　　비　　석
펴낸이　윤　　형　　두
펴낸데　범　　우　　사

등　록　1966. 8. 3. 제406-2003-000048호
10881　경기도 파주시 광인사길 9-13 (문발동)
전　화　(031)955-6900, 팩 스 (031)955-6905

* 잘못된 책은 바꾸어 드립니다. 교정 · 편집 | 오유미 · 이경민 · 김지선

ISBN　89-08-04236-9　04810　　(인터넷) www.bumwoosa.co.kr
　　　89-08-04233-4　(세트) (이메일) bumwoosa1966@naver.com

작가별 작품론을 함께 실어 만든

범우비평판 세계문학선

❶ 토마스 불핀치
1-1 그리스 · 로마 신화 최혁순 값10,000원
1-2 원탁의 기사 한영환 값 10,000원
1-3 샤를마뉴 황제의 전설 이성규 값 8,000원

❷ 도스토예프스키
2-1.2 죄와 벌(상)(하) 이철(외대 교수) 각권 8,000원
2-3.4.5 카라마조프의 형제(상)(중)(하)
김학수(전 고려대 교수) 각권 9,000원
2-6.7.8 백치(상)(중)(하) 박형규 각권 7,000원
2-9.10 ,11 악령(상)(중)(하) 이철 각권 9,000원

❸ W. 셰익스피어
3-1 셰익스피어 4대 비극 이태주(단국대 교수) 값 10,000원
3-2 셰익스피어 4대 희극 이태주 값 10,000원
3-3 셰익스피어 4대 사극 이태주 값 12,000원
3-4 셰익스피어 명언집 이태주 값 10,000원

❹ 토마스 하디
4-1 테스 김회진(서울시립대 교수) 값 10,000원

❺ 호메로스
5-1 일리아스 유영(연세대 명예교수) 값 9,000원
5-2 오디세이아 유영 값 8,000원

❻ 밀턴
6-1 실낙원 이창배(동국대 교수) 값 9,000원

❼ L. 톨스토이
7-1.2 부활(상)(하) 이철(외대 교수) 값 7,000원
7-3.4 안나 카레니나(상)(하) 이철 값 12,000원
7-5.6.7.8 전쟁과 평화 1.2.3.4 박형규 각권 10,000원

❽ 토마스 만
8-1 마의 산(상) 홍경호(한양대 교수) 값 9,000원
8-2 마의 산(하) 홍경호 값 10,000원

❾ 제임스 조이스
9-1 더블린 사람들 김종건(고려대 교수) 값 10,000원
9-2.3.4.5 율리시즈 1.2.3.4 김종건 각권 10,000원
9-6 젊은 예술가의 초상 김종건 값 10,000원
9-7 피네간의 경야(抄) · 詩 · 에피파니 김종건 값 10,000원

❿ 생 텍쥐페리
10-1 전시 조종사(외) 조규철 값 8,000원
10-2 젊은이의 편지(외) 조규철 · 이정림 값 7,000원
10-3 인생의 의미(외) 조규철(외대 교수) 값 7,000원
10-4.5 성채(상)(하) 염기용 값 8,000원
10-6 야간비행(외) 전채린 · 신경자 값 8,000원

⓫ 단테
11-1.2 신곡(상)(하) 최현 값 9,000원

⓬ J. W. 괴테
12-1.2 파우스트(상)(하) 박환덕 값 7,000원

⓭ J. 오스틴
13-1 오만과 편견 오화섭(전 연세대 교수) 값 9,000원

⓮ V. 위고
14-1.2.3.4.5 레 미제라블 1.2.3.4.5 방곤 각권 8,000원

⓯ 임어당
15-1 생활의 발견 김병철 값 12,000원

⓰ 루이제 린저
16-1 생의 한가운데 강두식(전 서울대 교수) 값 7,000원

⓱ 게르만 서사시
17 니벨룽겐의 노래 허창운(서울대 교수) 값 13,000원

출판 36년이 일궈낸 세계문학의 보고

대학입시생에게 논리적 사고를 길러주고 대학생에게는 사회진출의 길을 열어주며,
일반 독자에게는 생활의 지혜를 듬뿍 심어주는 문학시리즈로서
범우비평판은 이제 독자여러분의 서가에서 오랜 친구로 늘 함께 할 것입니다.

（숲冊 새로운 편집·장정 / 크라운변형판）

 범우사

주머니 속에 친구를!

범 우 문 고

문고판/각권 값 2,000원 ▶ 계속 펴냅니다

온 고 지 신 (溫 故 知 新) 으 로 2 1 세 기 를 !

범우사

온고지신(溫故知新)으로 희망찬 21세기를!

현대사회를 보다 새로운 시각으로 종합진단하여
그 처방을 제시해주는

범우사상신서

범우고전선

시대를 초월해 인간성 구현의 모범으로 삼을 만한 책을 엄선

범우사 서울시 마포구 구수동 21-1호. TEL 717-2121, FAX 717-0429
http://www.bumwoosa.co.kr (천리안·하이텔 ID) BUMWOOSA

범우학술·평론·예술

범우사

20세기 최고의 모더니스트 제임스 조이스의 정수(精髓)를 맛본다!

제임스 조이스 전집

김종건(고려대 교수) 옮김

한국 제임스 조이스 학회장 김종건 교수(고려대 영문과)가 28년간에 걸쳐
우리 말로 옮긴 제임스 조이스 전집의 결정판이다.
고뇌와 정열이 낳은 이 일곱 권의 책을 통해 우리는 비로소
진정한 모습의 조이스를 만날 수 있다.

전7권

비평판세계문학선 **9**

더블린 사람들 - ❶

제임스 조이스 지음/김종건 옮김

'의식의 흐름'이란 수법을 대담하게 소설에 도입, 현대문학에
큰 영향을 미친 제임스 조이스의 단편(短篇) 모음집. 더블린 시
민들의 삶의 단편들을 열거함으로써 내재되어 있는 정신적 마비
의 양상을 특유의 에피파니(Epiphany)를 통해 묘사하고 있다.
크라운변형판/448쪽/값 10,000원

율리시즈(전4권) - ❷ - ❸ - ❹ - ❺

제임스 조이스 지음/김종건 옮김

현대 인간 심리의 백과사전적 총화(總和)로 불리우는 제임스 조
이스의 대표작! 가장 행복한 장수(長壽)의 책, 난해한 책, 인간
희극으로 읽으면 읽을수록 위대한 고전 등으로 불리는 조이스
최대의 걸작소설로서 원고지 1만 8,000장으로 옮긴, 한국 최초
의 완역본(개역본)이다.
크라운변형판/(1)464쪽(2)464쪽(3)416쪽(4)416쪽/각권 값 10,000원

젊은 예술가의 초상 - ❻

제임스 조이스 지음/김종건 옮김 404쪽

〈젊은 예술가의 초상〉은 스티븐 디덜러스라는 한 젊은 예술가의
성장을 그린 대표적 교양소설이라 할 수 있다.
작가는 의식의 흐름, 에피파니, 신화 구조 등과 같은 새로운 소
설 기법을 사용함으로써 주인공의 인생에 대한 도약과 그의 예
술세계의 창조를 향한 웅비를 가장 고무적으로 다루고 있다.
크라운변형판/400쪽/값 10,000원

피네간의 경야(抄) · 詩 · 에피파니 - ❼

제임스 조이스 지음/김종건 옮김 339쪽

피네간의 경야(經夜)(抄)
그 아름다운 낭만성과 서정성 및 언어의 율동성으로 세계문학사
상 산문시의 극치를 이룬다.
조이스의 시(詩)
〈실내악〉, 〈한푼짜리 시들〉 등은 전원(田園)과 도시의 아름답고
서정에 넘치는 우아한 교향시들이다.
에피파니(Epiphany)
작가가 구상했던, 품위있는 운문에 대한 사실적 산문 대구로 이
루어진 일종의 산문시라 할 수 있다.
크라운변형판/352쪽/값 10,000원

범우사

범우 셰익스피어 작품선

셰익스피어 4대 비극

W. 셰익스피어 지음/이태주 옮김
크라운 변형판 · 값 10,000원 · 544쪽

우리에게 너무도 잘 알려진 〈햄릿〉〈맥베스〉〈리어왕〉〈오셀로〉 등 비극 4편을 싣고 있으며, 셰익스피어의 비극세계와 그의 성장과정 · 극작가로서 그가 차지하는 문학사적 지위 등을 부록(해설)으로 다루었다.

셰익스피어 4대 희극

W. 셰익스피어 지음/이태주 옮김
크라운 변형판 · 값 10,000원 · 448쪽

영국이 낳은 세계최고의 시인이요 극작가인 셰익스피어의 희극 4편을 실었다. 〈베니스의 상인〉〈로미오와 줄리엣〉〈한여름밤의 꿈〉〈당신이 좋으실 대로〉 등을 통하여 우리의 영원한 세계문화 유산인 셰익스피어를 가까이 만날 수 있을 것이다.

셰익스피어 4대 사극

W. 셰익스피어 지음/이태주 옮김
크라운 변형판 · 값 12,000원 · 512쪽

셰익스피어 사극은 14세기 말에서 15세기 말에 이르기까지 영국사의 정권투쟁을 다루고 있다. 여기에는 〈헨리 4세 1부, 2부〉〈헨리 5세〉〈리차드 3세〉를 수록하였는데 셰익스피어는 이러한 역사극을 통해 세계인들에게 이상적인 군주의 모습이 어떤 것인지를 잘 보여주고 있다.

셰익스피어 명언집

W. 셰익스피어 지음/이태주 편역
크라운 변형판 · 값 10,000원 · 384쪽

이 책은 그의 명언만을 집대성한 것으로 인간의 사랑과 야망, 증오, 행복과 운명, 기쁨과 분노, 우정과 성(性), 처세의 지혜 등에 관한, 명구들이 일목요연하게 엮어져 있다.

 범우사

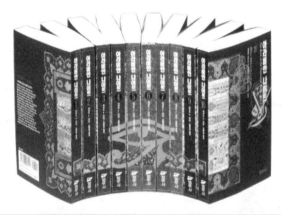

범우 아믹총서
(Animation · Movie · Illustration · Comics)

영화 역사가들은 애니메이션 기원을 서양에서만 찾고 있지만,
이 책은 400여 컷의 도판과 함께 국내외 주요 작가와 작품들을 소개,
우리 나라에서 그 기원을 찾는다.
이 책은 기원전 1만~5천 년경의 것으로 추정되는 동굴벽화에서부터
오늘에 이르기까지 애니메이션 역사를 각 나라별로 총망라하여 보여주고 있다.

애니메이션 영화사 – 기원 전에서부터 현대까지
황선길 지음 범우아믹총서 – ①/4×6배판/368면/15,000원

부천 애니페스티발 교수상 작품 (2000년)

남녀노소를 불문하고 향유할 수 있는 문화로 자리잡은 애니메이션은 이제 국내 창작물도
수적, 질적으로 증가하면서 과거 하청작업의 틀에서 벗어나고 있다.
이 책은 이러한 시점에서 국내 애니메이션의 기획·제작에 몸 담아온 저자가 그 동안의
경험을 살려서 애니메이션의 바탕이 되는 시나리오 작업에 대해서 소개하고 있다.

애니메이션 시나리오-발상에서 스토리보드까지
황선길 지음 범우아믹총서 – ②/4×6배판/224면/10,000원

영상(실사·애니메이션·다큐멘터리) 번역에 대한 체계화를 시도한 이 책은,
외국어를 우리말로 옮기는 의미 해석작업이 아니라 우리말로 옮겨 놓은 대사를
더빙 언어로 다듬는 작업방법을 다루고 있다.
이 책은 실사 영화, 애니메이션, 다큐멘터리 등에도 폭넓게 적용된다.

문법파괴 영상번역
황선길 지음 범우아믹총서 – ③/4×6배판/240면/10,000원

국내에 애니메이션과 만화가 대중문화로 각광받으며, 이와 관련한 책들도
쏟아져 나오고 있다. 그러나 출판만화이론 분야는 연구가 척박하다.
이 책은 만화분야에 종사하는 사람, 종사할 사람, 또 만화에 관심 있는 많은 일반인들에게
출판만화에 대한 안목을 깊게 해 줄 것이다.

서사만화 개론
김용락·김미림 지음 범우아믹총서 – ④/신국판/400면/13,000원

일본 최초의 출판인 전문 양성기관인 일본 에디터 스쿨 출판부가 이 책의 출판원(元)이다.
이 책에서는 언제부터 어떻게 그림책이라는 것이 만들어지게 되었으며,
모든 것이 수공업으로 이루어지던 활자 매체에 그림과 삽화가 도입된 기원에서
부터 제작 공정, 발전 과정 등이 그 시대의 그림·삽화와 함께 서술되어 있다.

일러스트레이션의 전통과 문화
요시다 신이치 지음/이민정 옮김/윤재준 감수
범우아믹총서 – ⑤/4×6배판/256면/15,000원

 범우사

 범우사